Es gibt keine Menschen im Paradies

Mireille Best

Es gibt keine Menschen im Paradies

Aus dem Französischen von Claudia Kalscheuer

Krug & Schadenberg

Für J...

... Bürger, das XX. Jahrhundert wird glücklich sein [...] Nicht Hunger wird zu fürchten sein, Ausbeutung, Prostitution aus Not, Elend durch Arbeitslosigkeit [...] und nicht all die Verbrechen des Zufalls im Wald der Ereignisse. Man könnte fast sagen: Es wird keine Ereignisse mehr geben. Die Menschen werden glücklich sein.

Victor Hugo, DIE ELENDEN

1

Fock ab vorm Zwickerbos!

Flieh vor dem Strick!

Meine Mutter steht in einer rötlichen Höhle voller Stalagtiten und Stalagmiten Ich sehe sie Sie lehnt mit dem Rücken an einer Wand Reglos Wie eingemauert in einen Kristall Einen roten Kristall Immer röter ... Und ihr starrer Blick ruht auf mir, egal was ich tue. Das weiß ich, obwohl ich mich nicht bewegen kann.

Auch ich sehe sie an, ich will schreien, doch kein Laut dringt aus meiner Kehle Da schreie ich in meinem Inneren, in Trichter von Stille hinab, in denen sich meine Stimme verliert Die Stimme, die ich hatte Die ich haben muß ...

Je mehr ich mich bemühe zu schreien, desto mehr durchbohrt mich die Stille wie tausend Speere, mein Blut spritzt an die Wände und gerinnt dort Die Höhle ist rot, immer röter Rot wie das Blut von Gott weiß wem ... Es ist meins natürlich, aber nicht nur, dafür ist es zuviel ...

Mein eigener Schrei weckt mich auf, ich finde mich auf dem Bett kniend wieder Aber was ist das für ein Bett? Der Lichtschalter ist nicht mehr an seinem Platz, und in der Dunkelheit erkenne ich den schwachen Schein eines Spiegels Eines großen Spiegels, aber ich habe doch gar keinen Spiegelschrank ...

Ich habe nach dem Lichtschalter getastet und ihn gefunden, uff Ich habe Licht gemacht. Meine Erinnerungen sind zurückgekehrt. Jetzt spritze ich mir am Waschbecken Wasser ins Gesicht, trockne mich ab, stelle mich schließlich meinem erstarrten Spiegelbild ... Meine Mutter hatte recht, ich habe einen Strohkopf. Einen Kopf, der plötzlich jede Orientierung verliert in dieser möblierten Wohnung, die ich doch seit zwei Jahren bewohne ... Wenn es noch der erste Tag wäre!

Am ersten Tag wollte ich die Kirche besichtigen (in der, wie man mir sagte, jahraus, jahrein zwei oder drei Konzerte pro Saison stattfinden) Es war ein berufsbedingter Reflex, ich mußte abschätzen, inwieweit sie und ich einander ertragen könnten ... Enrique-mein-Bruder hätte sich kaputtgelacht!

Ich frage also eine alte Oma in der Rue Grande (die so groß nicht ist, jedoch unmerklich ansteigt, was mit der Zeit auf die Waden geht) Sie sagt, sie ist da oben, ganz oben, gegenüber von den Arkaden, Sie können sie nicht verfehlen.

Oben angelangt, wenn man aus dem Schatten der Rue Grande heraustritt, blendet die Sonne Man muß noch etwas weiter hinauf, bis zu diesem breiten Steintreppenaufgang, der schließlich ganz nach oben führt zu einem kleinen, leicht abschüssigen Platz, über dem der Kirchturm emporragt.

Aber das ist eine Täuschung: Dieser vermeintliche Kirchturm ist nur ein ganz profaner Wachtturm, der, seit die Barbaren nicht mehr aus den Ebenen anstürmen, zu nichts mehr nutze ist, als die Stunde zu schlagen Und von einer Kirche keine Spur, wo zum Teufel ist sie versteckt?

„Da!" sagt ein Knirps, der unsicher auf seinem Skateboard balanciert, und zeigt mir einen gewölbten Durchgang unter dem Wachtturm. „Sie können sie nicht verfehlen."

Als ich unter dem Rundbogen des Wachtturms stehe, betrachte ich die Kirchenfassade auf der anderen Seite der Gasse Eine nüchterne Fassade aus schwärzlichen Steinen, eine schräge Flucht, als würde sie sich entziehen. Es ist eine bescheidene Kirche aus dem dreizehnten oder vierzehnten Jahrhundert, sie steht einträchtig mit den Mauern und Vorbauten da, die sich ihr hie und da angegliedert haben, und erscheint bemüht, nicht einschüchternd zu wirken ... Von meinem Platz aus sehe ich noch nicht einmal ihren Glockenturm. Sie erinnert mich an die Mauern meiner Heimat, die sich unter den wütenden Fußtritten Enriques endlos ins Nirgendwo verliefen Würde er sie mögen? Enrique waren Kirchen im allgemeinen scheißegal, wenn er ihnen nicht sogar im Vorbeigehen einen Blick voller Haß zuwarf, der in der Familie lag ... Meine Mutter hätte sie sicher schrecklich gefunden: Sie mochte nur saubere und blitzblank polierte Oberflächen.

Die dunkle Gasse, die mich von der Kirche trennt, schlängelt sich in einem Geruch nach feuchtem Stein dahin und verliert sich unter mittelalterlichen Vorbauten, deren Schatten im Sommer tintenschwarz ist ... Da nähert sich im Rückwärtsgang ein Leichenwagen, ich glaube zu träumen oder einen Film rückwärts ablaufen zu sehen, aber es ist tatsächlich so, daß er keinen Platz hat, um nach dem Beladen zu wenden Plötzlich erschüttert das Totengeläut des unsichtbaren, doch ganz nahen Kirchturms die Steine über meinem Kopf, und aus dem Nichts aufgetauchte Trauerkleider streifen mich wie schwarze Schmetterlinge ...

Ich drücke mich flach gegen die Mauer, um der heimtückischen Berührung der dunklen Stoffe zu entgehen, durch die ich mich gegen meinen Willen in eine Trostlosigkeit hineingezogen fühle, in der ich nichts zu suchen habe Mein Widerstand ruft Unruhe hervor, Gespensterblicke unter den Schleiern, betrübte oder unwillige Seufzer Die Schmetterlinge erkennen mich nicht Ich sie übrigens auch nicht Den Bruchteil einer Sekunde lang hassen wir einander von Herzen, nur so lange wie nötig, um ihr Schwarz von meinen Farben abzugrenzen, die zum Glück unter dem Gewölbe etwas gedämpft sind, aber trotzdem hervorstechen Ich merke wohl, daß ich Anstoß errege, daß ich in meinen Shorts und Sandalen fehl am Platz bin, aber ich drücke meine Schulterblätter schon gegen die Mauer und kann mich nicht noch flacher machen, ohne regelrecht hineinzuwachsen ... Endlich sind sie vorüber, schieben sich langsam in die Kirche, die ich nun ein andermal besichtigen werde, während die rauhe Mauer mich noch hartnäckig am Rücken meines Hemdes festhält, ich höre es reißen ... Das fängt ja gut an, hätte meine Mutter gesagt, mit diesem Katastrophen verheißenden Blick, der mir noch heute die Haare zu Berge stehen läßt ...

Denn die Worte meiner Mutter haben sich in meinem Körper eingegraben wie in Marmor Ich weiß nicht, wie Marmor bearbeitet wird Wahrscheinlich mit der gleichen Verbissenheit, mit der meine Mutter ihre Botschaft in mich einmeißelte Mit der Feile Mit dem Dolch Und mit dem Ärmel darübergerieben, um eine Unebenheit zu glätten oder den Staub zu entfernen ...

Ich sehe sie vor mir, meine Mutter Ich sehe sie, als wäre ich schon da, wie sie einer Königin gleich hinter diesem Bauch herläuft, der vor ihr die Türen erreicht Sie wird einen Jungen bekommen. Der Joseph heißen wird, wie sein Großvater. Und das ist tatsächlich mein Name.

„Schon allein wie du mich getreten hast“, wird sie mir noch zwanzig Jahre später erzählen „Allein diese furchtbaren Tritte, da gab’s keinen Zweifel ...“

Und meine Mutter zweifelt nicht, bahnt sich mit dem Bug einen Weg durch die überfüllten Busse, um Babywäsche in allen Schattierungen von Himmelblau einzukaufen.

Als ich auf die Welt kommen sollte, wird erzählt, habe ich gezögert getrödelt mich geziert – Jungen, so heißt es unter Frauen, trennen sich sehr schwer von ihren Müttern Am Ende wurde man nervös Es wurde gedrückt gestoßen geächzt, mein Vater wurde von der ganzen Nachbarschaft abgelöst, und ich, ich klammerte mich fest, man könnte glauben, daß es wirklich böse Vorahnungen gibt, aber die anderen waren stärker als ich, und schließlich haben sie mich ausgetrieben.

Es war an der Zeit, alle hatten die Schnauze voll, angefangen mit mir: Das habe ich mit so kräftigem Gebrüll kundgetan, daß meine Mutter wußte, sie hatte wieder einmal recht gehabt ... Erleichtert schloß sie vor Glück die Augen.

Hinterher ist es natürlich schwer, sich mit dem Gegenteil abzufinden.

„Bist du sicher?"

Mein Vater, den man in der Zwischenzeit hatte ohrfeigen müssen, um ihn am Umkippen zu hindern, und dann aus Platzgründen hinter der Tür abgestellt hatte, trieb die Gewissenhaftigkeit so weit, daß er es noch mal überprüfte Ja, ja, ich bin sicher: ein schönes kleines Mädchen! Schau ...

Verwundert, als hätte er mich in seinem Stiefel gefunden, seine beiden großen Hände fest unter meinen Achseln – manchmal ist mir, als spürte ich sie noch – hielt er mich hoch unter das Licht der Deckenlampe, während ich brüllte und zappelte und die Hebamme, von diesem hehren Moment wie gelähmt, sich damit begnügte, uns zu bewundern ... Aber meine Mutter war noch immer sprachlos, das war durch mein Geschrei hindurch schließlich zu hören, und die Hebamme wurde wieder zur weisen Frau und nahm mich meinem Vater ab, der heulte wie ein Pottwal.

Mein Vater hätte, und sollte sein Leben davon abhängen, um nichts in der Welt gewagt, meiner Mutter zu widersprechen, schon gar nicht in einem solchen Augenblick. Aber dieses Mal unternahm er doch einen schwachen Versuch, mit ihr zu diskutieren ... Nichts zu machen! Also wartete er mit der Meldung beim Standesamt bis zum äußersten Ende der gesetzlichen Frist – vielleicht in der Hoffnung auf ein Wunder, das mir in letzter Minute das wachsen ließe, was mir in den Augen meiner Mutter fehlte, um fertig zu sein.

Es wuchs mir überhaupt nichts, denn ich war bereits stur.

Meine Mutter war es auch, und schon länger als ich. Sie tauchte aus den Abgründen ihrer Bestürzung nur auf, um ihre Forderungen zu bekräftigen, und am Ende mußte mein Vater losgehen.

Dem Standesbeamten, der nach der Liste meiner Vornamen fragte, antwortete mein Vater also „Joseph“, wie meine Mutter ihn geheißen hatte, dazu hatte sie schließlich jedes Recht.

„Die Bescheinigung der Hebamme“, sagte der Beamte in schroffem Ton. „Wenn es ein Mädchen ist, ist es kein Junge.“

„Joseph“, wiederholte mein Vater unerschütterlich und schweißgebadet.

Mein Vater hielt an seinen Ideen fest, vor allem, wenn sie von meiner Mutter stammten. Wohl wissend, daß Standesbeamte nicht befugt sind, die Kleinen selbst zu taufen, setzte er auf das Trägheitsgesetz.

Gerade dieser Standesbeamte kämpfte jedoch mit all seinen Kräften: Aufgrund ferner korsischer Vorfahren trug er selbst den Vornamen Napoléon und hatte in der Schule allen Raufbolden, die einer nach dem anderen gewettet hatten, sie würden „Napoléon besiegen“, die Stirn bieten müssen!... Und ich, der Freude am Lernen hatte, ich habe schließlich alles aufgegeben. Und jetzt, sehen Sie, sitze ich hier und fülle den ganzen Tag Formulare aus ... Nennen Sie Ihre Tochter Nicole oder Sylvie, was weiß ich. Man muß doch Erbarmen haben mit den Bälgern!

„Joseph“, sagte mein Vater noch einmal, nahe daran aufzugeben.

„Dann mit einem Accent grave und einem e“, sagte der Beamte in einem Ton, der die Diskussion beendete. „Das ist alles, was ich für Sie tun kann. Der nächste!“

Da mein Vater dann sehr schnell ging, habe ich keinen zweiten gesetzlichen Vornamen, der mir wenigstens die Wahl gelassen hätte ...

Aber Josèphe ist doch sehr schön, hat Rachel gesagt und mir mit einem Strahlen in den Augen zugelächelt Und ich habe nicht das Gefühl, daß sie es ironisch meint, obwohl ihr klarer Blick mir ein so seltsames Unbehagen bereitet, daß ich gleichzeitig weglaufen und um jeden Preis standhalten möchte.

„Ja, nicht wahr!" habe ich gesagt, als würde ich sie beißen.

Daraufhin sehe ich in Rachels Augen etwas wie eine im Keim erstickte Begeisterung, während Judith und die anderen im Chor bestätigen: jaaa!, und auch Rosa, die in einer großen marokkanischen Teekanne Pfefferminztee bringt, lächelt mir mit den Augen zu, aber mit ruhiger Nachsicht ...

Es regnet. Ein unerbittlicher Nieselregen, der fast nicht naß zu sein scheint, auf die Dauer aber durch und durch dringt – doch das spüre ich kaum Dazu ist mir das Herz viel zu schwer in meiner zu engen Brust, und mein Atem ist beklemmt, als würde ich mich einem Brand nähern. Aber ich habe beim Kopf-oder-Zahl-Spiel verloren, die Würfel sind gefallen, und ich gehe in dem Nieselregen, der nach und nach auf meinen brennenden Wangen verdampft, meinem eigenen Verglühen entgegen.

Meine Mutter hatte gesagt Ach, diese Leute ... Diese Leute sind nicht unsere Welt, du wirst dich unwohl fühlen, wirst schon sehen. Die Prophezeiungen meiner Mutter erfüllten sich immer Renn nicht, du fällst gleich hin! Auch mein Vater sagte das, aber dann falle ich natürlich nicht hin Mein Vater holt mich ein und wirft mich laut lachend in die Luft Ich bin Tarzan, der von den Lianen springt Peter Pan, der durch die Lüfte fliegt Ich bin der Wichtel des Weihnachtsmannes auf einem großen Sternenwagen ... Aber wenn meine Mutter verkündete: „Du fällst gleich hin!" mit derselben Hexenstimme, mit der sie Unwetter vorhersagte, krach bumm, dann fiel ich jedesmal. Hab ich's nicht gesagt! seufzte meine Mutter dann mit dieser bitter triumphierenden Stimme. Und machte sich daran, meine Schrammen zu desinfizieren, als wimmelten sie schon von Ungeziefer.

Schon lange falle ich nicht mehr hin, und im Moment laufe ich immer noch durch den Nieselregen und hasse meine Mutter und ihre Katastrophenprophezeiungen mehr denn je Noch immer durchdringt sie alles mit ihren kleinen Nadeln aus Eis Und ich fühle mein Herz im Luftzug flackern wie eine Kerzenflamme kurz vor dem Erlöschen ...

Auch hier regnet es manchmal, aber es ist fast wie in einem anderen Land Hier fällt der Regen so senkrecht wie Milliarden streng parallel hängender Bleilote, von denen ein jedes in seinem eigenen spritzenden Krater endet Es regnet auf die Gehwege, wie es in einen Fluß regnen würde, es zeichnen sich Strömungen ab und Tausende von Kringeln im Wasser Hier verwickelt kein Windstoß die Bindfäden, kein Lufthauch bringt sie aus der Bahn, der Himmel öffnet und entleert sich ohne Ungeduld und ohne Zorn.

Dann kommt ein mächtiger Wind auf, der Tropfen Wolken Papierfetzen Frauenröcke und düstere Gedanken fortträgt Und der plötzlich blankgeputzte, glühendblaue Himmel beginnt wieder vor sich hin zu brennen.

Unter der sengenden Sonne habe ich mein erstes Leben zum Trocknen aufgehängt – angeblich sollen es ja sieben sein –, in der Hoffnung, dessen rechte Seite zu finden, nachdem ich es nun schon so lange verkehrt herum abgetragen habe ... Fast beginne ich, die Maria zu verstehen, die jedesmal, wenn sie in ihrer Wüste den Boden unter den Füßen zu verlieren drohte, auf ihre Kieselsteine zurückgriff. Aber Kieselsteine kann man verrücken vermischen vermengen mit anderen, das führt nie irgendwo hin, ich hab's doch gesehen ... Also bewege ich mich endlos durch diesen fremdgewordenen Raum, in dem mich nichts mehr zusammenhält: Was habe ich getan? Was ist passiert? Alles, was ich weiß, ist, daß ich es gewußt habe Aber jetzt weiß ich nichts mehr genau, es tut zu weh, daran zu rühren Besser, man läßt alles erst mal ruhen, damit der Schmerz ein bißchen abflaut ... Als ich klein war und hinfiel, blieb ich immer einen Moment „gefallen“, bis der Schmerz abgeklungen war. Und Enrique, dieser Trottel, rannte jedesmal los, um meiner Mutter Bescheid zu sagen!

Abgesehen von unzähligen Details, die letztlich nicht viel bedeuten (deren wichtigstes ist, daß ich nie Kinder haben werde), bin nunmehr auch ich eine Mutter. Das ist es jedenfalls, was im wesentlichen aus den Blicken der Bälger hervorgeht, die mich auf der Straße anrempeln, so wie man einen Mauervorsprung ein lebloses Ding anrempeln würde, das im Weg steht und einen ungeduldig macht ... Daher meine plötzliche Sorge, ob ich vielleicht schon gestorben bin, ohne es gemerkt zu haben, wenn ich für die Jugendlichen meines Viertels nur noch ein natürliches Hindernis bin, so neutral wie der Stamm einer Platane – oder noch nicht mal, ein Baumstamm oder eine Mauer ziehen wenigstens Graffiti an, mit dem Messer mit Kreide   Ich liebe dich   Michel ist doof   Dreckiger Schwuler   Oder auch etwas Originelleres, in sehr großen Buchstaben auf dem Pfeiler einer Brücke, das mich jedesmal dumpf zerreißt, wenn ich daran vorbeigehe: „Verbitterung“!

Wie alt mag er wohl sein, derjenige, der die pfeildurchbohrten Herzen und die naiven Schwänze, gen Himmel gerichtet wie Raketen, verschmäht? Oder diejenige   Mädchen verzieren die Wände nie mit ihrem Geschlecht   Ihnen hat man gesagt, es sei nicht schön, und sie glauben es   Ich aber wollte mir selbst ein Bild machen, ich habe es in diversen Spiegeln untersucht, jawohl, und das war keine Kleinigkeit, ich riskierte, mir jeden Moment das Kreuz zu brechen oder in voller Blöße überrascht zu werden keine Tür war abschließbar außer die vom Klo aber da war kein Spiegel was hätte ich da abgekriegt! Kurz, es erinnerte an eine Miesmuschel, und ich habe nie in eine Muschel beißen können, nicht mal gekocht ...

„Da haste recht“, sagt Judith. „Das ist ganz und gar nicht koscher.“

„Ach ja?“

Meine Mutter wütete Die Göre ist so was von schwierig! Aber wie. Da sich noch niemand dafür interessierte, streichelte ich es selbst freundschaftlich, so daß ich schon immer vollständig gewesen bin mir hat nie irgendwo etwas gefehlt ich bin nicht amputiert worden wie so viele Unglückliche zugrunde gerichtet vom Gehorsam und dazu angehalten, diese nutzlose Stelle zu ignorieren, die als eklig gilt, o wie unartig, die für viel später vorgesehen ist in dem zukünftigen Scheißleben, das mir meine Mutter versprach wie alle Mütter, unter Androhung von Ehrverlust für den Fall, daß ich nicht gehorchte ...

Ich habe wirklich nie irgend etwas von dem gemacht, was von mir erwartet wurde Vielleicht noch nicht mal das, was ich selbst von mir erwartet habe, wenn ich überhaupt irgend etwas erwartet habe in der wenigen freien Zeit, die mir der Kampf ließ. Ich war dauernd sehr beschäftigt, zumindest das hatte meine Mutter Gutes: Es gab nie Zeit totzuschlagen.

Von meiner Mutter habe ich ein sehr schönes Photo in einem großen Medaillon aus geprägtem Leder. Geschlossen paßt es in eine Hand- oder Jackentasche. Geöffnet kann man es auf ein Möbelstück stellen. Mein Großvater Joseph, ehemals Matrose, hatte es aus irgendeiner exotischen Stadt mitgebracht Vielleicht war es Singapur oder Caracas oder Macao Oder noch eine andere, egal, meinen Großvater habe ich gar nicht gekannt.

Auf diesem Photo, das bei uns „das Ringellocken-Photo“ genannt wird, ist meine Mutter um die Zwanzig. Sie hat Augen so hell, als wären sie von einem inneren Strahl erleuchtet, ein Grübchen in der Wange und sehr lange Locken, die sich unmerklich im Licht zu drehen scheinen, als wollten sie sich noch enger einrollen.

Wenn meine Mutter einen so ansieht, knapp am Rande des Lächelns, hat man auf einmal das Gefühl, daß alle Lichter angegangen sind. Und wenn sie einen nicht mehr ansieht, wird alles plötzlich wieder trüb und kalt.

Ich bin klein Ich sehe meiner Mutter zu, wie sie sich in dem vom Spiegel zurückgeworfenen Sonnenlicht kämmt Es knistert leise, als würden Funken sprühen Dann sieht meine Mutter, daß ich ihr zusehe, und sie sagt „Geh spielen!“ wie sie sagen würde „Geh weg!“

Das Medaillon und das Photo sind älter als ich. Daß die Gegenstände der Zeit widerstehen, scheint meine Mutter zu ängstigen: Sie umgibt sich ständig mit kurzlebigem Ramsch aus zerbrechlichen oder minderwertigen Dingen, die kaputtgehen Die sich sehr schnell abnutzen Die dauernd ersetzt werden müssen ...

Wenn meine Mutter verkündet Ich hab die Kaffeekanne kaputtgemacht – oder die Zuckerdose Die blaue Salatschüssel Den Pfannenstiel Den Fleischwolf Vier Gläser – oder Ich bin auf die Schöpfkelle getreten Hab den Kessel fallen lassen, er hat eine Beule Den Griff des Wandschranks abgerissen Mein Kleid zerrissen, dann klingt ihr abschließendes Urteil: „Das ist der letzte Dreck!“ wie ein Jubelschrei.

Mein Vater knurrt über seine Zeitung hinweg Scheint dich ja zu freuen ... Soll ich vielleicht weinen, faucht meine Mutter zurück. Und sie geht stehenden Fußes los, um den lädierten letzten Dreck durch einen neuen zu ersetzen, und zwar möglichst billig, wie um schneller wieder damit fertigzuwerden.

Aber dem Medaillon ist nie etwas passiert. Es wird sorgfältig abgestaubt gewienert poliert zurückgestellt Und das Gesicht meiner Mutter, die damit beschäftigt ist, es mit wundersamer Geschicklichkeit zu pflegen, bleibt unergründlich.

Unergründlich ist auch dieser leuchtende und kalte Blick, von dem ich mich, so weit ich zurückdenken kann, gefangen fühle wie eine Fliege zwischen zwei Eiswänden ... Manchmal ist das Eis dünn und wie lichtstrahlend, man könnte glauben, im Ringellocken-Photo zu sein Aber oft – immer öfter – ist es wie von innen verdickt durch einen plötzlichen Kälteangriff, dann wird es undurchsichtig und grobkörnig, und alle Helligkeit erlischt. Dann kann ich meine Mutter nicht mehr ansehen Ich rühre mich nicht mehr Ich bleibe allein auf der eisigen Fläche des spiegelblank gewienerten Linoleums, das ich unter ihren Schritten krachen höre wie Packeis ...

Du bist zu streng zu ihr, sagt dann mein Vater, während er scheinbar achtlos die Medizinflasche in den Wandschrank räumt, sie ist noch ein Baby, sie ist winzig ...

„Ein Baby!" ruft meine Mutter aus. „Daß ich nicht lache!"

Ihre Mundwinkel rutschen herunter, in ihren Augen beginnen Tageslichtsplitter zu tanzen wie Säbel ... Und sie wiederholt „Daß ich nicht lache!" wie sie sagen würde „Daß ich nicht kotze!" Sei doch still, fährt meine Mutter meinen Vater an, der schon gar nichts mehr sagt und mich auf seinen Schoß genommen hat, du weißt nicht, was du redest In diesem „Baby" steckt jemand, der mich an der Nase herumführt, und erst recht wenn du da bist! Aber du, du siehst ja nie etwas ...

Und lauft mir nicht zwischen den Füßen rum, sagt meine Mutter, mir reicht's jetzt! Ich hab schließlich zu tun!

Meine Mutter hat ein ständiges Bedürfnis, den Raum umzugestalten, der sie umgibt, als könne aus einer besseren Anordnung der Dinge – auch der Möbel – eine Art Gleichgewichts- oder Gewißheitszustand entstehen, dem sie sich offenbar nur stoßweise und nach langem ungeduldigen Zögern und Hin und Zurück annähern kann.

Mein Vater nimmt mich dann mit spazieren. Anfangs auf seinen Schultern, später auf seinem Fahrrad. An der Stange hat er einen kleinen Sattel in meiner Größe befestigt, und Fußstützen unterhalb des Lenkers, an dem ich mich mit beiden Händen über der Gummischicht festhalte, die mein Vater darangeklebt hat, um meine Hände vor der Kälte zu schützen. Es weht ein leichter, feuchter Wind, wir sausen zum Hafen und treiben uns zwischen den gekreuzten Füßen der Kräne herum. Mein Vater darf den Lenker natürlich auch halten, aber ich bin es, die steuert ...

Bis zu unserer Rückkehr hat sich meine Mutter beruhigt, da sie ihre überschüssige Energie darauf verwendet hat, den Küchenschrank oder den Spiegelschrank zu verrücken ... nicht ohne dabei den einen oder anderen „letzten Dreck" gerammt zu haben, den sie tags darauf ersetzen wird. Manchmal singt sie sogar vor sich hin, während sie die Sauce umrührt:

Die Mädchen von La Rochelle
Haben ein Schiff gerüstet,
Haben ein Schiff gerüstet,
Um auf den Meeren des Orients
In den Krieg zu ziiiehen ...

„Ins Rennen", verbessert mein Vater. „Nicht in den Krieg ... Frauen ziehen nicht in den Krieg, Mama ..."

Wenn ich mir aber meine Mutter und ihre blitzartigen Stimmungsumschwünge so recht anschaue, bin ich mir da nicht so ganz sicher.

Judith hatte es mir ja gleich gesagt   Brauchst nicht so 'n Bammel zu haben, meine Mutter ist ganz nett   Jedenfalls wird sie uns in Ruhe lassen, mach dir keinen Kopf ... Und falls es das ist, was du befürchtest, wir werden nicht anfangen, die Thora auszulegen, keine Angst ... Wir sind eher Kippur-Juden!

„Aha ... Wo ist das, Kippur? In Nordafrika? Du weißt doch, in Erdkunde bin ich eine Niete ..."

„Na, aber nicht nur in Erdkunde", hat Judith festgestellt und sich wie blöd gekringelt vor Lachen „Jom Kippur ist nämlich keine Stadt, Dummkopf, sondern die Große Versöhnung, die nach der Fastenzeit des jüdischen Neujahrsfestes kommt!“

Als ich sah, wie sie ihre Augen verschluckte, wußte ich, daß das gerade ein ziemlicher Patzer gewesen war. In der Schule, wenn wir wegen der Dämlichkeit der einen oder anderen loslachten, ließ Judith auf dieselbe unvergleichliche Art ihre Augäpfel wegkippen, so daß nur das Weiße des Auges sichtbar blieb Es sah dann aus, als wäre sie blind, als hätte sie ihren eigenen Blick verschluckt Alle gruselten sich davor, und ich hätte sie ohrfeigen mögen, damit sie ihre Augen endlich wieder richtigrum drehte.

„Na, macht nichts“, sagt Judith, schon wieder mit ihrem normalen Blick. „Kippur-Juden sein, das heißt einfach, daß wir nicht besonders religiöse Juden sind ... Wir begnügen uns damit, Neujahr zu feiern, so wie ihr Weihnachten in die Mitternachtsmesse geht, auch wenn ihr das ganze Jahr über keinen Fuß in die Kirche gesetzt habt, genau so ...“

Mein Schnitzer ist mir peinlich, aber ich bin sehr erleichtert über Judiths lockeren Umgang damit, denn ich habe von meinem Vater einen ehernen Materialismus geerbt, gepaart mit jener Verachtung, die den Unwissenden eigen ist. Worin mich Enrique, spanischer Kommunist aus Erbverpflichtung, nur bestärkt hat.

„Na, wenn das so ist, brauchste ja nicht so ’n Schiß davor zu haben, zu der Musiklehrerin zu gehen ...“ hat Enrique mit einem leisen neidischen Unterton gesagt.

Ich habe aber trotzdem Schiß, da meine Mutter ununterbrochen heimtückische Bemerkungen über meine verwahrlosten Manieren fallenläßt: „Also, wenn du dich bei den Lehrern auch so benimmst ...“

Daher habe ich versucht, Judith davon zu überzeugen, zuerst mit zu mir nach Hause zu kommen. Ich bin wohl in meinen Ausführungen durcheinandergeraten, denn plötzlich ist sie zurückhaltend und distanziert geworden, bis sie mich an der Bushaltestelle mit der Frage überfällt, die sie wurmt:

„Sag mal ... Deine Eltern ... Bist du sicher, daß sie keine Antisemiten sind?“

Und sofort darauf:

„Aber heutzutage traut sich ja niemand mehr, Antisemit zu sein ...“

Das ist echt Judith. Angesichts der Ungeheuerlichkeit ihres Schnitzers sehe ich ihre Augen in Aufruhr geraten Ihre Hand vor dem Mund Ihre Lider, die mit einem entsetzten Flattern die Augen verschlucken:

„Oh, Josèphe! Das ... Das ist überhaupt nicht, was ich sagen wollte ...“

Macht nichts, sage ich. Dann vertiefen wir uns wieder in unser Mathe-Buch, und Judith versucht, mir eine besonders rätselhafte Gleichung zu erklären, da wir eine Arbeit schreiben.

„Komisch“, hat Enrique gemeint, der wie immer an der Bushaltestelle zu uns stößt „Eine Musiklehrerin, die ein Mathe-As zur Tochter hat ...“

„Aber das weiß doch jeder, daß Mathe und Musik zusammenhängen, Dussel!“

Enrique ist skeptisch und macht ein Gesicht wie ein beleidigtes Lama. Von oben herab mustert er dieses dämliche Mädchen, das ihn auf die Schippe nimmt, und hält die Klappe. Aber er folgt uns weiter überall hin, außer in die Schule, und Judith findet, daß er eine ziemliche Klette ist:

„Wer ist denn der da? Dein Macker?“

„Nein, natürlich nicht! Er ist ... Er ist mein Republikanischer Bruder!“

„Was?“ sagt Judith. „Was ist ...“

Aber da springt sie schon in ihren anfahrenden Bus, und ich mache eine Geste der Ohnmacht ...

Als Enrique und ich acht Jahre alt sind, verloben wir uns. Aber wir schaffen es nicht, uns über die Modalitäten unseres zukünftigen Lebens zu einigen: Enrique behauptet, ich müsse spülen putzen einkaufen kochen bügeln Kuchen backen und Gott weiß was noch alles, während er Lastwagen Flugzeuge Planierraupen fahren würde, wrummwrummwrumm ...!

Ich will aber auch fahren, was soll das, und wir geraten ständig aneinander Zumal mir Enrique schon jetzt verbietet, mich anderen Jungen zu nähern, sogar um mich mit ihnen zu prügeln ...

Am Ende habe ich gesagt Ich hab die Schnauze voll! Du bist mein Bruder oder gar nichts. Hilf mir lieber, die anderen zu verkloppen!

Zu Beginn seines Standes als Bruder tut Enrique immer noch so, als hätte er das Sagen, und mehr noch als vorher ist er von der Gefahr möglicher Angriffe auf meine Tugend besessen, zumal weder er noch ich genau wissen, wie man sie behält oder verliert. Schließlich packe ich ihn an den Hosenträgern, und wir kämpfen miteinander wie Kojoten in der Prärie Das wirbelt große Staubwolken auf, und alle Frauen unserer Straße kommen aus den Häusern, um sich kreischend auf uns zu werfen Mein Vater kommt angerannt und entreißt mich der Meute Er trompetet wie ein Elefant, bleibt Herr der Arena Enriques spanische Mama stimmt eine unverständliche Klage auf spanisch an und droht auf französisch, sich in eine Ecke sterben zu legen, worin sie unterstützt wird von den polnischen Müttern, die sich ununterbrochen bekreuzigen und dabei tragisch mit den Augen rollen, während die Witwe Anavilella in ihrem Fensterrahmen auf armenisch psalmodiert ... Zum Glück ist durch das größte aller Wunder meine eigene Mutter nicht da ...

Auch die Maria kommt herbei, durch den Lärm des Aufruhrs abgelenkt von ihren Kieselsteinen und von meinem vor Empörung hochroten Vater über den Sachverhalt unterrichtet Sie erinnert Enrique daran, daß er ein kleinerrr Frrranzose ist,

Gott verrrdammt! Ein kleinerrr Rrrepublikanerrr, und nicht ein Drrreckschwein von kleinem Faschisten del Caudillo! Schließlich erklärt sich Enrique, in zerfetzten Kleidern und mit blutiger Lippe, endlich damit einverstanden, mein Republikanischer Bruder zu werden.

„Und das heißt", stellt die Maria noch einmal klar, wobei sie Enrique die Ohren langzieht „Das heißt, sie und du, ihrrr seid ... wie sagt man ... igual?"

„Gleich", übersetzt Enrique und verzieht den Mund, als müsse er eine Made ausspucken. „Auu-a!"

Von diesem Tag an gab Enrique es auf, alles bestimmen zu wollen, obwohl er manchmal – je nachdem, ob meine Gesundheit gerade angeschlagen oder wiederhergestellt war – unbestreitbar stärker war als ich. Aber im Gegensatz zu La Fontaine, für den ich übrigens keinerlei Leidenschaft empfand, vertrat mein Vater seinerseits immer, daß das Recht des Stärkeren nicht immer das beste ist, jedenfalls nicht im Umgang mit Mädchen.

Enrique ließ die Verkündigung dieser gesunden Prinzipien widerspruchslos und mit saurem Gesicht über sich ergehen, aber ich sah sein spanisches Blut unter der Haut kochen ...

Das ist ungerecht, murrte Enrique ein paar Tage später und rührte mit der Spitze seiner Latschen den Matsch in der Gosse um Als wir verlobt waren, durfte ich nicht bestimmen, und jetzt wo wir Bruder und Schwester sind, darf ich dich nicht mal mehr verkloppen! Und das soll „gleich" sein?

Mit einem leisen Gefühl der Scham für meinen privilegierten Status sah ich zu, wie er sich entfernte, immer noch die Schuhsohlen durch den Matsch schleifend: Er würde wieder einen Anschiß kriegen, wegen der verdreckten Schuhe.

Am ersten Tag gehe ich die Rue Grande, die in Wirklichkeit eher klein ist, wieder hinab Ich werde die Kirche ein andermal besichtigen, dieses Totengeläut ruft in mir zu viele Gespenster wach.

Jetzt habe ich mir doch eine sonnige Gegend ausgesucht, die mir wenigstens den Körper warmhalten sollte, und nun das: Der Himmel bedeckt sich schlagartig Es wird regnen Es regnet! Ich renne die Rue Grande hinunter, mitten durch die Pfützen, die bereits das Pflaster überschwemmen, werde mit Karacho von drei Jungs überholt, von denen einer ausrutscht und sich langlegt. Die beiden anderen bremsen mit ihren Sandalen, während ich den Gestürzten wieder auf die Beine stelle. Er blutet am Knie und sieht mich scheel an, als hätte ich ihn beleidigt. Tut abgebrüht, um zu demonstrieren, daß er ein Mann ist ... Okay, ist ja gut, ich drehe mich weg Die werden sich nie ändern, diese verdammten Hidalgos! Ich sehe diesem Miniatur-Enrique nach, wie er sich im strömenden Regen humpelnd entfernt: Zu Hause wird er eine Standpauke zum Thema Hosenpreise zu hören kriegen oder ein paar Ohrfeigen, und das wird ihn noch abgebrühter machen Und in zehn Jahren wird er in die Kneipe gehen, weil da die Männer von überallher hingehen, um ihre Wehwehchen zu ersäufen ... O Enrique, du Trottel!... Es regnet immer heftiger, und schon bin ich durchnäßt ich triefe Und ich fühle mich vollends als „Frrremdländerrrin“, was zum Teufel mache ich hier, frage ich mich, statt mit dem ersten Zug nach Hause zurückzufahren, um dort, wo mein Vater begraben liegt, um alles zu weinen!

Zurück in meinen sechzig Quadratmetern aus alten Mauern und alten Kacheln trockne ich mit einem Handtuch die Tropfen süßen und salzigen Wassers ab, die sich auf meinen Wangen vermengen. Das fängt ja gut an, das „neue Leben“!

Das große Photo meines Vaters, das auf einem Koffer darauf wartet, aufgehängt zu werden, betrachtet mich mit trauriger Güte ... Warum habe ich gerade dieses Bild ausgewählt?

„Weil es ihm ähnlich sieht“, hatte Enrique in seinen dichten Bart hinein gesagt, ohne mich anzusehen.

Zur Zeit dieses Photos bin ich knapp über Zwanzig, es ist schon eine ganze Weile her, seit meine Mutter mich rausgeworfen hat, und mein Vater ist unglücklich wie ein Kind, das zwischen seinen streitenden Eltern hin- und hergerissen ist.

Wir haben uns am Kanalufer verabredet, mit den Fahrrädern, ganz in der Nähe der Hubbrücke, vor der ich früher solche Angst hatte ... Dort habe ich das Photo gemacht. Es ist eine Großaufnahme, außer dem Gesicht meines Vaters ist darauf nur ein verqualmter Himmel zu sehen.

„Wie geht's?“ fragt mein Vater und nimmt seine vom Nieselregen trübe Brille ab.

Während er mich nicht sieht, sehe ich ihn an Alle Falten seines Gesichts haben sich vertieft, verstärkt. Seine laut meiner Mutter „erbliche“ Glatze hat an Land gewonnen, wie man es von der Wüste sagt, und legt immer mehr von dieser feinen und gebräunten Haut frei, die an ganz zartes Leder erinnert. Oberhalb der Ohren hat sich das Schwarz der verbleibenden Haare mit etwas Grau vermischt. Aber die Augenbrauen sind unverändert schwarz, und sie wachsen noch immer so struppig, daß er sie von Zeit zu Zeit mit einer winzigen Schere begradigt. Seine weiten dunklen Augen betrachten einen immer mit einer unendlichen Ratlosigkeit, als könne er die Gedanken der anderen erkennen, aber nicht deutlich genug, um sie zu verstehen ...

Er ist mein Vater Als ich drei bin Als ich acht bin Der Vater, den man nie wieder vergißt. Ich erkenne ihn von weitem, und jedesmal stolpert mein Herz, als hätte ich ihn beinahe verloren ...

Er stellt immer die gleichen Fragen Ständig fragt er, ob ich mich erinnere Als ob sein Leben in einer Sackgasse stecke und er sich rückwärts wieder aus ihr herausmanövrieren müsse Ob ich mich erinnere Sogar an Dinge, an die ich mich beim besten Willen nicht für ihn erinnern kann.

Erinnerst du dich? wiederholt mein Vater, er beharrt darauf, mir seine Erinnerungen zu übertragen, als versuche er, einen Traum festzuhalten, der schon beginnt, sich in Luft aufzulösen Erinnerst du dich, wie sicher sie sich war ... So was von sicher!... Ach, ich sehe sie noch genau vor mir!

Dann sehe auch ich sie wieder vor mir, ich habe sie schon fünfhundertmal in den dunklen Augen meines Vaters „gesehen", während der Anflug eines Lächelns eine Falte in ein Grübchen verwandelt. Ich sehe sie vor mir, meine Mutter, wie sie hinter ihrem Bauch herläuft, der ihr immer ein Stück voraus ist, strahlende Königin eines heruntergekommenen Nachkriegsviertels, die ihre Verkündigungsgewißheit von Hütte zu Hütte trägt: Sie würde einen Jungen bekommen, der Joseph heißen wird, wie sein Großvater ...

Die Maria, die wie gewöhnlich ihre Kieselsteine sortierte, hatte wohl versucht, anzudeuten, daß der Bauch meiner Mutter spitz war, während er rund hätte sein müssen, aber es war eine Gewißheit, die keinerlei Widerspruch duldete, und schließlich hatte die Maria nichts mehr gesagt und weise den Fälligkeitstermin abgewartet.

Die Maria hatte eine unerschöpfliche Geduld Sie sortierte die Steinchen in ihrem Garten Sie füllte Eimer um Eimer damit, so kam sie über die Stunden Und wenn die Steinchen alle nach Größe oder Farbe oder Gott weiß welchen ungeahnten Verwandtschaften geordnet waren, vermischte sie sie wieder und fing von vorn an ... Was für ein Martyrium, sagte meine Mutter über die Maria und ihre Steinchen Also nee, was für ein Martyrium ...

Ich bin noch klein Wir sehen der Maria zu, wie sie in der Sonne hockt und sortiert, manchmal wendet sie uns Kleinen ihr ausdrucksloses Gesicht zu. Ein Martyrium ist etwas Ruhiges Um nicht zu sagen etwas Einschläferndes Eine Art ewigen Aufschubs Eine endlose Pause, in der man sich ständig nervt, weil es regnet und man nicht auf den Schulhof darf ... Schließlich verdrücken wir uns, so schnell wir können.

Schon allein wie du mich getreten hast, wiederholte meine Mutter, als hoffte sie trotz allem immer noch, recht gehabt zu haben Und in ihren Augen sah ich die Zeit sich umkehren zurückfließen bis zu den noch nicht entgleisten Anfängen, deren Glanz sie plötzlich erstrahlen ließ. Allein diese furchtbaren Tritte, ich schwör's dir, da gab's keinen Zweifel ...

Also zweifelte meine Mutter nicht, und die Maria war nur eine alte Hexe! Noch über zehn Jahre nach ihrem Tod hatte meine Mutter ihretwegen plötzliche Anfälle von Abscheu, seltsam vermischt mit einer Art wütender Trauer ... Sie hat sie gehaßt, dessen bin ich sicher. Und dennoch habe ich sie am Tag ihrer Beerdigung weinen sehen.

Der Regen hat aufgehört, es wird windig, und der Briefträger ist gerade vorbeigekommen, ich habe ihn durchs Fenster gesehen.

Nein, ich werde nicht losstürzen: Es ist nichts da Oder nur Rechnungen, Prospekte Oder ein paar hastig hingekritzelte Zeilen von Judith Alle sind wohlauf Enrique tyrannisiert mich, eines schönen Tages werde ich die Kurve kratzen, das fühle ich Wenn David, dieser Nichtsnutz, noch mal durchs Abi rasselt, ertränke ich ihn und mache einen neuen! Und wie geht's dir? Küßchen. P.S. Schreib doch mal ein Briefchen an Rosa, sie vergißt dich nicht, und ich finde sie zur Zeit etwas trübselig. P.P.S. Und laß dich nicht hängen, klar?

Nie auch nur ein Wort über Rachel, als könnte schon der bloße

Name die Tinte entzünden und mich verbrennen. Aber weder Judith noch Rosa haben mich ganz fallenlassen, es ist, als wären sie bestürzt angesichts dieses unerklärlichen Schiffbruchs und wüßten nicht, wer von uns, Rachel oder ich, das Schiff versenkt hat, oder als wollten sie es nicht wissen, wild entschlossen, den Schlußpunkt nur als Auslassungspunkt zu betrachten ...

Enrique seinerseits, das spüre ich, beginnt in seiner anfänglichen Gewißheit, daß „dieser Quatsch nicht lange anhalten kann", zu schwanken. Also rät er mir, mich „abzulenken" – ich sehe ihn von hier aus, wie er sich am Bart kratzt, wie immer, wenn er „ganz schön angeschissen" ist, wie er sagt.

Na ja, ich gehe trotzdem mal nachsehen Und obwohl ich schon durch die Scheibe erkennen kann, daß der Briefkasten leer ist, kann ich nicht anders als ihn öffnen Als könne, durch irgendein Hexenwerk durch eine optische Täuschung durch eine plötzliche Hornhauttrübung oder all das auf einmal, der Brief, der in Wirklichkeit da ist, für mich unsichtbar geworden sein ...

Jedesmal schwöre ich mir, mich beim nächsten Mal zu ohrfeigen.

Ich habe versucht, Judith etwas öfter zu schreiben. Aber sie ist es nicht, der ich eigentlich schreiben will, und das ist ein bißchen zu offensichtlich Außerdem würde sie mir antworten, es nähme kein Ende Und ihr Brief würde, bevor ich ihn als den ihren erkenne, nur diese blödsinnige Hoffnung nähren, die mich bei jedem Verdacht auf weißes Papier ergreift, das durch die Scheibe schimmert: Ich renne Ich stürze los Ich zittere von Kopf bis Fuß Und es ist doch nur eine Rechnung ein Prospekt ein Steuerbescheid, ich müßte es wissen, aber trotzdem, jeden Tag geht etwas in mir ein bißchen mehr kaputt ...

Also schreibe ich niemandem. Aber ich denke an Judith An ihre Grimassen An unsere Lachanfälle in der Schule, beim Pauken Schulter an Schulter mit dieser Chaotin Zuerst war man versucht, ihr eine ordentliche Ohrfeige zu verpassen, um sie ein bißchen zu beruhigen Und dann fand man heraus, daß dieser ständig nachsitzende Kobold ein ehrfurchtgebietender mathematischer Kopf war, der mit den kniffligsten Gleichungen fertig wurde. Schließlich erfuhr man zufällig, daß sie sich auch noch sowohl an der Geige als auch am Klavier versuchte, und war fast erschrocken von so vielen Begabungen auf einem Haufen ...

Aber das hab ich dir doch schon mal gesagt, Dussel, sagte Judith zu mir, daß Mathe und Musik ... Doch was die Musik angeht, da muß ich dir mein Schwesterherz vorstellen ...

„Wäre besser, du würdest sie mir vorstellen", erwiderte Enrique, der seine große Nase immer überall und speziell in unsere Unterhaltungen hineinsteckte „Was soll denn Josèphe mit deinem Schwesterherz anfangen!"

„Du", sagte Judith, „hör auf, mich mit deinem Ellenbogen zu piesacken, der ist spitz wie ein Stein! Und was mein Schwesterherz angeht, die zieht eine ganze Schleppe von Hosenscheißern wie dir auf dem Gehweg hinter sich her!"

„Na dann", sagte Enrique und holte ein Paar Kastagnetten aus seiner Tasche, „wenn das so ist, werde ich eben die Troddel an ihrer Schleppe sein. Olé!"

Und mit über dem Kopf zurückgebogenem Arm und vorgewölbter Brust traktierte er unser Trommelfell mit einem Donnerwirbel, bei dem nicht zu unterscheiden war, was von seinem Instrument stammte und was von seinen Absätzen, die in einem Höllenstaccato auf dem Gehweg klapperten, so perfekt war beides synchronisiert.

Na ja, hatte mein Vater gesagt Wenn sie eine gute Freundin ist, könntest du sie doch ab und zu nach Hause einladen ...

Ich begriff, daß ihm das herausgerutscht war, ohne zuerst nachzudenken. Er schaute schräg nach oben, als erwarte er einen Erdrutsch, und fügte gleich hinzu: Nicht wahr, Mama?

Zum Glück war es ein friedlicher Tag Meine Mutter polierte ihr Kupfergeschirr Sie hat gesagt Warum nicht, wenn es ein guterzogenes junges Mädchen ist ...

„Wenn du willst, helf ich dir“, sagte mein Vater beglückt und faltete seine Zeitung zusammen, „zu zweit geht's schneller.“

Ich habe zu Judith gesagt Bitte mach nicht allzu viele Grimassen, wenigstens am ersten Tag ... Oje, hat Judith gesagt, jetzt ist aber wirklich das Zeitalter des Argwohns angebrochen! Weißt du, was mein Schwesterherz zu mir gesagt hat? „Versuch doch mal, deine freche Zunge mindestens siebenmal im Mund umzudrehen, ehe du sie rausläßt!“ ... Echt wahr, ihr tut alles dafür, daß ich ganz locker bin ... Wenn das so weitergeht, krieg ich ja Schiß vor deiner Mutter ... Irgendwann, sagte Enrique, wird sich eine von euch mal entscheiden müssen. Soll ich eine Münze werfen? Ich hab langsam die Schnauze voll von euren Müttern! Nerv ich euch vielleicht mit meiner?

„Was hat er denn?“ rief Judith in Richtung Bushaltestellenpfosten „Drücken ihn seine Schuhe oder was? Was für ein Typ!“

Da Enriques Lösung nicht schlechter war als eine andere, habe ich Kopf gewählt und verloren: Also mußte ich als erste mit zu Judith. Und prompt begann meine Mutter mit ihrer kleinen Untergrabungsarbeit Also, wenn du dich bei deiner Lehrerin auch so ausdrückst ... Na bravo, wenn deine Lehrerin dich sehen könnte ... Ich hätte sie umgebracht, wenn ich nicht andere Sorgen gehabt hätte.

Um der Luftveränderung willen – wenn man das so nennen kann! – gehe ich zu Enrique-meinem-Bruder, der mir viel mehr ist als ein Bruder Er ist wie ein Doppelgänger oder ein Zwilling, und was zum Teufel sucht er in Barcelona oder in Cadiz, während ich mich in dieses Zikadenkaff geflüchtet habe, in dem ich ständig am ganzen Leib zittere! Als wüßten wir nicht beide, daß wir zu diesem heruntergekommenen Viertel gehören, mit seiner Sonne, die immer nur zwischen zwei Regengüssen scheint, und dessen Gossengestank wir unter der Haut tragen ... Wir gehören zu dieser Gasse, in der mein Zuhause war, das inzwischen abgerissen worden ist Zu diesem matschigen Schlauch, in dem sein Zuhause war und den die Sonne zu meiden schien wie eine Falle.

Abends sahen wir zu, wie der Vater Valdès heimkam und erschöpft sein Fahrrad durch den ewigen Schlamm schob. Er hustete. Er setzte sich, als bräche er zusammen. Er schlug seine Zeitung auf Er aß seine Suppe Er verschwand ...

Nie habe ich ihn lächeln sehen – seine Wangen wirkten wie gelähmt durch die tiefen Furchen, die sie von oben bis unten spalteten –, nie habe ich ihn ein Wort zu Enrique sagen hören, abgesehen von den harschen Rüffeln, die er ihm auf spanisch erteilte. Enrique senkte dann den Kopf, und ich verkrümelte mich, ohne das weitere abzuwarten, allein die Anwesenheit dieses blassen kleinen Mannes mit seinen von Bartstoppeln verdüsterten Wangen, die dadurch noch ausgehöhlter wirkten, versetzte mich in Furcht und Schrecken ... Ich erinnere mich vor allem an seinen schmerzerfüllten Blick, als habe er ständig Sand in den Augen, der über mich hinwegglitt wie über eine spiegelnde, unerträglich helle Oberfläche.

Es ist traurig, sagt Enrique, aber als er starb, war es, als habe er nie existiert...

Er ist „an der Lunge" gestorben, der Vater Valdès. Und nach seinem Tod hat Dolorès angefangen zu reden Er hatte bei Teruel gekämpft, wo fast alle Männer der Familie umgekommen waren. Alle. Alle tot, wie auch die Maria sagte. Alle Rrrepublikanerrr. Alle tot.

„Warum hast du mir das nicht früher gesagt!" brüllte Enrique und schüttelte Dolorès wie ein Verrückter an den Schultern.

„Dein Vaterrr wollte nicht!" sagte Dolorès, ohne sich zu wehren. „Errr wollte, daß du ein Kind bist como los otros! Aberrr laß mich doch los, du tust mirrr weh!"

„Ihr habt mich wohl für einen Idioten gehalten, was?“ brüllte Enrique, öffnete den Küchenschrank und fing an, alle Gläser an die Wand zu schmeißen. „Und du, was willst du hier, verdammt!“

Ich gab Dolorès schnell den Salat, den mein Vater ihr von neulich schuldig war, und machte mich aus dem Staub, ganz erschüttert von Enriques Verzweiflung.

Danach fing Enrique an, mit seiner Cousine Pilar Flamenco zu tanzen und sonderbare Dinge zu sagen Er sagte, Spanien sei ein rot-schwarzes Land, voller Kreuze, an denen Leichen hingen. Und daß er, Enrique, später losziehen würde, um sie abzuhängen und anständig zu begraben ...

„Du“, sagte Dolorès zu Enrique und zielte mit ihrem ausgestreckten Zeigefinger zwischen seine Augen „Du gehst bis dahin errrstmal in die Schule, und zwarrr prrronto!“

Wir gehen in die Schule, bei unentschiedenem Sonnenschein oder in strömendem Regen, während sich Enriques Mutter wieder an den Waschtrog macht und meine an ihre Rechnereien, denen sie anfallsweise erliegt, wie einer anderen Art des Kaputtmachens ...

Meine Mutter hat schon immer absurde Rechnungen aufgestellt Rechnungen um des bloßen Rechnens willen Sie rechnete zum Beispiel aus, was ihr der Verkauf unseres kleinen Hauses, das mit Kriegsschäden erstanden und von meinem Vater zusammengeflickt worden war, einbringen würde und wie man dieses hypothetische Kapital am gewinnträchtigsten anlegen könnte ...

„Und wir?“ fragte mein Vater vorsichtig. „Würden wir dann unter der Brücke wohnen?“

„Idiot. Wir würden eine Wohnung mieten. Eine ganz neue ...“

„... deren Miete jeden Monat nicht nur die Zinsen, sondern auch einen kleinen Teil des Kapitals auffressen würde“, sagte mein Vater. „Weißt du, wie hoch die Mietpreise sind? Denk doch mal nach, Mama, in knapp zehn Jahren sitzen wir alle im letzten Hemd auf der Straße ...“

„Hör auf, mich Mama zu nennen!“ sagte meine Mutter plötzlich wütend. „Du weißt, daß ich das nicht ausstehen kann!“

Mit einem Schlag hatte sie eine mörderische Laune Ein oder zwei Stücke „letzten Drecks“ segneten von jetzt auf gleich das Zeitliche, während mein Vater einen großen Bogen um die Möbel machte, als stünden sie unter Strom.

In ihrer Verzweiflung rechnete meine Mutter auch die Ersparnisse aus, die wir haben könnten, wenn ... Wenn mein Vater zum Beispiel Vorarbeiter würde ... Da der Unglückliche angesichts der Unwahrscheinlichkeit dieses Falles zusehends kleiner wurde, fügte sie voller Verachtung hinzu Oder wenn ich arbeiten ginge ...

Mein Vater spreizte zum Zeichen absoluter Nichteinmischung alle Finger, woraufhin meine Mutter sauer wurde: Wie soll ich das denn machen, mit Joseph'!

Da er spürte, daß sich über mir ein Unwetter zusammenbraute, beteuerte mein Vater schleunigst Aber ich will doch gar nichts, Mama! Du bist es doch, die ... Und damit hatte er es geschafft: Er zog den Blitz auf sich:

„Aber natürlich bin ich es! Wer denkt denn hier an alles?!“

Jetzt mußte dringend irgend etwas gefunden werden, das wir unbedingt und unverzüglich zu erledigen hatten:

„Verflixt und zugenäht!“ rief mein Vater und schlug sich gegen die Stirn „Ich hab das Holz vergessen! Komm und hilf mir, Josèphe: Ich hacke, du stapelst, dann geht's schneller ...“

Wir ließen meine Mutter zurück, die das Ganze natürlich an ihren Kochtöpfen ausließ, hier ein Stück Email abschlug, da einen losen Griff abriß – der allerletzte Dreck! – und diesen Mann verfluchte, der nie oder höchstens in allerletzter Minute an irgend etwas dachte, und ihr Leben und das unsrige und die ganze Welt, die sich ihr immer nur in den Weg stellte ...

„Man gewöhnt sich an alles“, sagte meine Mutter formelhaft jedesmal, wenn sie verstimmt war Aber im Klartext verstand ich, daß sie sich an überhaupt nichts gewöhnte, und manchmal denke ich, daß sie sich nie ganz an mich gewöhnt hat Oder aber ihr Haß war eine Erscheinungsform der Liebe Jedenfalls hatte er deren Beständigkeit und deren Unvernunft. Er hatte auch deren hellseherische Seite: Der Blick meiner Mutter schwebte für den Bruchteil einer Sekunde über meinem Kopf, und schon war sie über jede meiner inneren Regungen im Bilde.

Aber umgekehrt konnte auch sie mir nicht viel von ihren inneren Wetterlagen verheimlichen: Ich nahm den Kältegrad von weitem wahr und wußte dann sofort, ob ich mit ihr sprechen konnte oder besser daran tat, schweigend an den Wänden entlangzuschleichen. Zwischen ihr und mir gab es nie Halbschatten: Uns trennte nichts als eine funkelnde Scheibe, manchmal aus unerklärlichen Gründen sonnendurchflutet, aber zumeist kalt wie Rauhreif.

Keiner außer meinem Vater brachte es fertig, gegen ihren Rhythmus zu lachen oder Späße zu machen – er, der Musiker! Dann ließ er sich herunterputzen wie ein gutmütiger Elefant, und ich tröstete ihn mit einem verstohlenen Augenzwinkern.

„Hier“, sagt die Maria manchmal zu mir, schroff wie immer, und hält mir über ihren Gartenzaun ein Bund Radieschen, vier erdige Zwiebeln oder eine große Handvoll Erdbeeren in einer Tüte aus Zeitungspapier hin „Hier, Josèphe, für deinen Vater.“

Ich bedanke mich höflich und bringe das Geschenk dem rechtmäßigen Empfänger, gleichgültig gegen diese ständigen Verrenkungen um unserer heimischen „guten Manieren“ willen, die ausschließlich unter Frauen und über dazwischengeschaltete Kinder praktiziert werden Hier, für deine Mutter Sag deiner Mutter danke von mir Da, das ist von meiner Mutter ...

Die Männer pflegen ihre eigenen Höflichkeitsformen – einander in die Kneipe mitnehmen Werkzeug leihen beim Basteln „zur Hand“ gehen –, ohne je ihre Sprößlinge dafür zu beanspruchen.

Keiner außer meinem Vater bringt es fertig, mit den Klatschweibern auf der Straße über Kindererziehung zu diskutieren – meistens, um ihnen zu widersprechen –, kein anderer geht nie mit den anderen in die Kneipe, außer um einen Pfefferminzsirup zu trinken, und verliert dabei dennoch nicht die Achtung seiner Nachbarn.

Unterdessen fuhrwerkt meine Mutter in der Küche herum, oder sie liest ihre berühmten Bücher, deren Inhalt sie hinterher von A bis Z leugnet und als „Hirngespinste“ abtut, indem sie sie mit einer heftigen Bewegung wegschiebt. Aber hör mal, Mama, sagt mein Vater mit seiner gutmütigen tiefen Stimme, das ist überhaupt nicht erfunden, du siehst doch, daß das eine autobiographische Geschichte ist ... Diese Leute sind tatsächlich deportiert worden! Es gibt noch Photos, Zeugnisse, Überlebende, sogar die Gebäude mancher dieser gottverdammten Lager stehen noch! Jeder kann sie sehen ... Wenn du willst, gehe ich mit dir hin ...

Aber jedesmal kommt der Punkt, an dem mein Vater die Diskussion abbricht, die gar keine mehr ist, weil er sie allein führt: Meine Mutter hat mit dem Gesicht, das sie an ihren schlechten Tagen macht, die Flasche mit ihrer „Medizin“ herausgeholt.

Ich bin noch klein Ich habe noch keinen Fluchtreflex Ich bleibe da und sehe zu, wie meine Mutter auf der Stelle versteinert, als würde sie von innen heraus immer schwerer ... Ich sehe sie immer weiter an, als würde ich auf dem glänzenden Linoleum stehend mit ihr untergehen.

Dann scheint mir, als könnte ich in ihren hellen, fast durchsichtig gewordenen Augen etwas wie ein zweites Augenpaar mit geschlossenen Lidern erkennen Da ist nur noch eine erstarrte Tote mit versteinerten Zügen, die von keiner Geste, keinem Wort der Liebe wieder zum Leben erweckt werden kann.

Ich werfe mich gegen meine tote Mutter Sie sieht mich nicht Hört mich nicht Spürt noch nicht einmal, wenn ich sie berühre. Sie ist allein, steht aufrecht in ihrem Grab. Ich vergrabe meine tränennassen Wangen in ihren herunterhängenden Händen, die nichts fühlen Ich zerre an ihr, damit sie zurückkommt Ich schreie, damit sie mich hört, ehe sie zu weit weg ist ...

Dann reißt mein Vater die Tür auf – verdammt und zugenäht, was ist denn hier los! –, nimmt mich in die Arme und wiegt mich. Ich sehe seine Kiefermuskeln, die angespannt sind unter der Haut, das macht Beulen Ich höre in seiner Brust einen heftigen Wind brausen, und er rubbelt mich, als habe er mich gerade aus eiskaltem Wasser gezogen So ... So ... So ... Es ist vorbei, mein Kleines, so ... Es ist nichts, es ist ... Na, na, komm mit Papa ... Und er bringt mich in mein Zimmer, wir malen Margeriten, die sind weiß, und Klatschmohn, der ist rot Und er nimmt seine Brille ab und drückt auf seine Augen, als wollte er sie in seinen Schädel pressen Und Blausterne? Na klar, die sind blau.

Wenn ich krank bin, liebt mich meine Mutter Sie hat Sonnenschein in den Augen und dieses Lächeln wie auf dem Photo Und ich sehe ihre Locken sich langsam im Licht drehen, als wollten sie sich noch enger einrollen. Sie bringt mir Karamellbonbons Sie bringt mir Enrique, ganz sauber und steif, der mich mitleidig ansieht, als sei ich ein toter Vogel Er streicht mir die Federn glatt – hier eine Haarsträhne, da ein verdrehter Kragen –, er schält meine Bonbons aus dem Papier, eins für sich, eins für mich, und nach einer Viertelstunde hat er es satt und geht.

Ich bin neun Jahre alt und habe den Beginn des neuen Schuljahres wegen einer Mittelohrentzündung verpaßt Jetzt habe ich kein Fieber mehr, aber meine Ohren laufen noch, und der Arzt sagt, nein, ich dürfe noch nicht wieder in die Schule. Enrique kennt ein Mädchen aus meiner Klasse und bringt mir die Hausaufgaben mit. Es ist ein Aufsatz über den Herbst Oje oje, jammert Enrique, hoffentlich kriegen wir nicht dasselbe Thema! Was kann einem über den Herbst schon einfallen, außer daß es jeden Tag gießt ...

„Riechen Sie das?“ sagt meine Mutter zum Arzt, der durch einen kleinen Trichter in mein Ohr schaut „Das ist eine richtige Infektion! Wird's noch lange dauern?“

Der Arzt zuckt mit der Schulter und murmelt etwas, das ich nicht mitkriege, während Enrique sich schnurstracks verzieht: Seit ihm die Mandeln herausgeschnitten worden sind, hat er einen Mordsbammel vor Ärzten.

Endlich darf ich wieder in die Schule, und meine Mutter schüttet mir ihr Kölnisch Wasser auf den Hals und um die noch immer laufenden Ohren, damit man ihren Geruch nicht riecht.

Während ich krank war, habe ich einen Haufen Gedichte von Victor Hugo gelesen, so daß der Herbst keine Geheimnisse mehr für mich hat, und ich schreibe einen achtseitigen Aufsatz. Die Lehrerin ist verblüfft Sag mal, Josèphe, komm doch mal her ... Ich steige auf das Podest, auf dem das Pult der Lehrerin steht, die im Sitzen fast so groß ist wie ich im Stehen. Eine schöne Lehrerin ist sie, mit großen hellen Augen und duftigen Haaren, die ihr wie Schaum auf Stirn und Hals fallen Man bekommt richtig Lust, die Finger da hineinzuwühlen, aber ich weiß natürlich, daß man das nicht tut ...

„Sag mal, Josèphe ... Wer hat dir denn bei deinem Aufsatz geholfen?“

Da ich mir gar nicht vorstellen kann, daß man seine Hausaufgaben anders als allein macht, und immerhin nicht dusselig genug bin, um ein Plagiat abzuliefern (ein Wort, das ich gerade gelernt habe), stehe ich verdutzt und sprachlos da ... Aber ganz tief in meiner Brust brennt es, und Tränen der Demütigung tropfen hinab und verdampfen, während ich im Lärm der Klasse, die hämisch zu lachen anfängt, stammelnd meine Unschuld beteuere.

Die großen hellen Augen der Frau sind voll auf mein Gesicht gerichtet, und ich halte ihrem Blick stand, ohne mit der Wimper zu zucken Ich sehe, wie die Ironie darin erlischt und eine andere Art Licht angeht ... Das Brennen in meiner Brust ist fast weg, zumal sie, in meinem kilometerlangen Aufsatz blätternd, wie um ihren Fehler wiedergutzumachen, nun auch noch laut sagt, daß das Ganze zu allem Überfluß fast fehlerfrei geschrieben sei, alle Achtung!

Daraufhin herrscht respektvolles Schweigen in der Klasse, und die Mädchen sehen mich an, als wäre ich schlagartig „jemand" geworden Aber im nächsten Augenblick weiten sich die Nasenflügel der Lehrerin, und sie streckt den Kopf vor, um an mir zu schnuppern Das ist einer von den Momenten, in denen man sich am liebsten in Luft auflösen würde, wie in den Zeichentrickfilmen.

Sag mal, fragt mich die Lehrerin ohne Umschweife Ist dein Vater Parfümfabrikant, oder was? Donnerndes Gelächter in dieser bekloppten Klasse, während ich mich naiv verteidige Nein, nein, Madame, er ist Metallarbeiter ... Dann geht mir ein Licht auf! Ich kapiere endlich die Anspielung und spüre, wie ich krebsrot werde Daraufhin sage ich hilflos die Wahrheit Mit dem Gefühl, das Ganze nur noch schlimmer zu machen Ich sage, es solle verhindern, daß meine Ohren schlecht riechen, weil ... In der Klasse wird das Gelächter hysterisch, die Mädchen kriegen sich nicht mehr ein, sie kugeln sich vor Lachen.

Dann ist die Lehrerin plötzlich sehr zornig Sie schreit die anderen an Seid still! Und sie gibt mir eine Eins minus. Aber das ist mir scheißegal, ich hasse sie für immer, obwohl sie den Rest des Schuljahres damit zubringt, mich hemmungslos zu hofieren, und mich allen anderen Lehrerinnen der Schule als das Wunder des Jahrzehnts vorstellt ... Mit neun Jahren ist einem die Art Reklame so was von scheißegal!

Warte mal! hatte Enrique gesagt, der fuchsteufelswild und puterrot geworden war, als ich ihm von meinem Mißgeschick erzählte Wir verprügeln sie bei Schulschluß Wir nehmen sie uns eine nach der anderen vor und reißen ihnen alle Haare aus! Oder wir stecken ihnen Brennesseln in die Unterhosen!

„Quatsch! Keine Brennesseln: Da würden wir uns doch selber dran brennen, du Dummkopf!"

„Also, was machen wir dann mit ihnen?"

„Mal überlegen ..."

Zum Glück haben wir uns so hoffnungslos in die Auswahl der Foltermethode verstrickt – es gab so viele Möglichkeiten, eine verlockender als die andere –, daß wir schließlich gar nichts gemacht haben.

Aber das war viel besser so. Auf diese Weise haben wir nämlich unvergeßliche freie Donnerstage damit zugebracht, uns mit meinen Klassenkameradinnen zu vergnügen, die als unsere Gefangenen in einer Höhle saßen – wir ließen ihnen Spinnen über alle Körperteile laufen Zwangen sie dazu, Erde Juckpulver Nacktschnecken Hundedreck zu essen Verklebten ihnen die Haare mit frischem Straßenteer und pinkelten ihnen die guten Sonntagsschuhe voll!

Was das Pipi auf die Schuhe anging, hätte Enrique ja leichtes Spiel gehabt. Ich ermutigte ihn energisch, zur Tat zu schreiten, aber dieser Trottel weigerte sich, seinen Piephahn in der Öffentlichkeit herauszuholen. Wir befanden uns in einer Sackgasse.

Da sind wir auch geblieben, weil das Schuljahr gerade mit der Verteilung der Preise zu Ende ging. Enrique und ich schauten mit verschwörerischen Blicken auf all diese neuen Schuhe, die so günstig auf einem Haufen standen, aber wir haben nichts gemacht, außer wie blöd zu kichern: Rache ist Blutwurst, aber essen muß man sie nicht.

Wenn Ferien sind, bringe ich mit meinem Vater die Zeitungen zur Maria. Mein Vater redet mit ihr über das, was darin geschrieben steht. Die Maria sieht mich an, sieht meinen Vater an und seufzt, als seien wir jeden Moment von einer der Katastrophen aus den Zeitungen bedroht. Ein Krieg. Oder ein neues Ministerium. Ich bin vier Jahre alt. Das Ministerium ist ein häßliches kleines Tier mit ganz vielen Beinen. Mit Kreide male ich das Ministerium auf die Gartenmauer der Maria. Es ist zu scheußlich, ich wische es mit dem Ärmel meines Pullis wieder weg. Mein Vater redet, und die Maria schiebt immer weiter ihre Kieselsteine hin und her, ohne etwas zu sagen.

Oder wenn sie einmal etwas sagt, mit dieser harschen Würde, die ihre Nachbarn auf Distanz hält, dann redet sie von ihrem Mann, der zurückgegangen ist, um für die spanische Rrrepublik zu sterben, von ihrem ältesten Sohn, der für die französische Rrrepublik gestorben ist, und von ihrer Tochter, la pobrecita, die „für garrr nichts" gestorben ist wie alle Frauen. Sechsunddreißig. Vierzig. Vierundvierzig ... Einerr alle vierrr Jahrrre, sagt die Maria und zählt noch einmal ihre Kieselsteine nach, wie auf einem Rechenschieber. Du mußt nett sein zur Maria, sagt mein Vater ständig. Verstehst du? Die Faschisten haben ihre ganze Familie umgebracht. Alle. Mitsamt ihren Eltern und ihren Brüdern, sechsunddreißig ...

Aber sechsunddreißig, da war ich noch nicht geboren. Vierundvierzig übrigens auch nicht. Und ich versuche gar nicht erst, mich in ihren Geschichten zurechtzufinden, das sind ihre eigenen Angelegenheiten, ich beginne ein neues Portrait eines noch scheußlicheren Ministeriums: Das ist bestimmt ein Kriegsministerium ... Meine Mauer! schreit die Maria, als würde ich sie mit Teer beschmieren. Und sie sieht mich an, aus ihren Falten heraus, mit dem schwarzen Kopftuch drumherum, aber ich merke wohl, daß in ihren Augen etwas aufleuchtet. Ah! Du bist ein kleinerrr Rrräuberrr ... Mas ... Du wirrrst den Männerrrn einmal gefallen!

Und während mein Vater das Ministerium wegwischt, als habe er es selbst verbrochen, betrachtet mich die Maria mit ihren schwarzen Hexenaugen, in denen ich Vergangenheit Zukunft und das ganze Leben zu sehen meine, das so richtig in Angriff zu nehmen ich noch gar keine Zeit hatte ...

In Algerien ist Krieg Überall heißt es, daß die Fallschirmjäger einfallen würden, um die Republik niederzuschlagen, und wir, wir begraben die Maria Oder vielleicht verwechsele ich da etwas, ich habe die Maria und die Republik immer so wenig auseinandergehalten, daß ich noch heute, wenn ich das Wort „Republik" ausspreche, das schwarze Kopftuch der Maria vor mir sehe, mit dem schmerzerfüllten Gesicht der Menschen, die keine einzige Träne mehr haben und im Wind mit ihren trockenen Augen dahingehen ...

Ich erinnere mich Meine Mutter und ich lasen: sie eines ihrer berühmten, von meinem Vater mitgebrachten Bücher, die sie mit demselben erbitterten Eifer liest wie anschließend leugnet.

Ich weiß nicht, was in ihrem Buch steht, sie will nicht, daß ich es lese, aber sie wird wieder schreien, alles Lüge und Verschwörung – eine recht komplizierte Sache muß das sein, die sie mir nicht erklären kann Ich muß mir wirklich ein Lexikon schenken lassen, so geht das nicht weiter.

Ich lese ein eigenes Buch, *Heimatlos* von Malot, und wir heulen beide wie die Schloßhunde, meine Mutter und ich! Sie will mir nicht sagen warum, aber in meinem Buch hat sich der schreckliche Vater Barberin gerade ein Omelett gemacht, der böse Alte, mit den Eiern, die für unsere Eierkuchen bestimmt waren Hör auf zu weinen, sagt meine Mutter schniefend zu mir Geh doch draußen spielen, es ist schönes Wetter. Außerdem muß ich einkaufen gehen. Und dann klappt sie unser beider Bücher zu.

Ich habe nicht widersprochen, dazu war es nicht der richtige Augenblick. Seit einigen Tagen herrschte eine eklige gewittrige

Hitze Meine Mutter machte ununterbrochen Sachen kaputt und regte sich darüber auf, was natürlich dazu führte, daß sie noch mehr kaputtmachte Mein Vater schlich wie gewöhnlich dicht an den Wänden entlang Und manchmal überkam mich die Lust, den einen oder anderen im Vorbeigehen zu beißen, nur um endlich die Explosion auszulösen, die die Atmosphäre reinigen würde.

Enrique, der selbst ziemlich geladen war, hielt sich auf einmal für den Big Boß: Sein Lieblingsspiel bestand derzeit darin, mich auf den Boden zu werfen wie beim Catchen, um mir zu zeigen, wer „der Stärkste“ war ... Unter ihm plattgedrückt, rührte ich mich nicht und wartete ab, bis er es müde wurde.

„Na, haste gesehen?“ schrie mir Enrique ins Ohr.

Schweigen. Während Enrique auf mir lag, ging sein Triumphgeheul schnell in eine leise Peinlichkeit über Um nicht zugeben zu müssen, daß es ihn langsam nervte, sich auf diesem dämlichen Mädchen herumzuwälzen, das zudem, statt das Spiel mitzuspielen, überheblich dreinschaute, versuchte er, mich zum Eingeständnis meiner Niederlage zu bewegen:

„Sag es! Los, Scheiße, sag, daß du dich ergibst! Wirst du's wohl sagen?“

Schweigen. Enrique schwitzte vor Wut.

„Nein! Ich ergeb mich nicht. Ich hab die Schnauze voll von diesem saublöden Spiel. Jetzt laß mich los, du stinkst.“

Er war krebsrot geworden. Er richtete sich mit einem Satz auf und verdrehte mir mit aller Kraft die Handgelenke Ich soll stinken? Sau! Nutte! Schlampe! Wart's ab, ich drück dir den Arsch in die Brennesseln!

„Was hast du gesagt?“

„Verdammte Mistschlampe, Tochter einer Hure!“

Daraufhin packte ich ihn am Schopf und schleuderte ihn in die Brennesseln Ich hätte ihn auch ins Feuer oder in den Fluß geschmissen Ich fühlte mich buchstäblich in eine dicke schwarze

Rauchsäule mit Augen verwandelt In etwas, das fähig wäre, den ganzen Planeten plattzumachen!

Enrique schlug wild um sich und brüllte Er kam aus den Brennesseln gesprungen, als habe er den Teufel im Leibe In verblüffendem Tempo wuchsen ihm am ganzen Körper Blasen Und meine Mutter tauchte am Ende der Straße auf, mit einer Tasche voll neuer Sachen zum Kaputtmachen. Sie ließ alles fallen und kam angelaufen, um Enrique daran zu hindern, sich zu kratzen, und ihn mit irgendeiner Salbe zu bestreichen, während er zusehends zu einem puterroten aufgequollenen Monster mutierte, das meine Mutter angreinte:

„Ich hab beim Spielen hingefallen ..."

Seine letzten Schluchzer zerrissen mir das Herz Ich habe den Mund nicht halten können:

„Das ist nicht wahr. Ich hab ihn gestoßen."

„Was?" sagte meine Mutter und ließ ihre Augen von einem zum anderen wandern, um sich ein Bild zu machen.

„Wir haben gespielt!" brüllte Enrique, der mit seinem Ausschlag vor Schmerz weinte und tänzelte.

„Ich hab ihn gestoßen. Er hat mich die ganze Zeit geärgert!"

Ich dachte, mein Kopf explodiert unter der Wucht der Ohrfeige Die Augen meiner Mutter hatten alle Farbe verloren, und ihr Mund war nur noch ein Strich. Sie ist weggegangen. Enrique auch, er hat mir über die Schulter noch zugerufen, ich sei eine blöde Kuh, ich bräuchte mich nicht selbst zu verpetzen, er hätte nichts gesagt ...

Dann ist meine Mutter zurückgekommen Sie hatte Gartenhandschuhe angezogen Sie machte sich daran, büschelweise Brennesseln auszureißen.

Mein Vater brüllte unverständliche Dinge. Ich weinte immer noch, weil meine aufgequollenen Beine mich nicht mehr trugen in meinen Venen Feuer floß und mein Schädel sich anfühlte, als wäre er ausgefüllt mit einem Haufen Alteisen, in dem es funkte und blitzte ... Ich wußte nicht einmal mehr, wer ich war.

„Ich hab ihr nur zurückgegeben, was sie dem anderen getan hat“, verteidigte sich meine Mutter mit seltsam heiserer Stimme Schwankend, mit Entsetzen in den Augen, wich sie zurück.

Da ging mein Vater auf meine Mutter los, die immer weiter zurückwich, bis sie mit den Schulterblättern gegen die Wand stieß Er hob sie an den Trägern ihres Kleides hoch, als wollte er sie in die Wand rammen:

„Wenn du das noch einmal tust ... Ich bring dich um! Ich-bring-dich-um!“

Nein, habe ich zu Judith gesagt, ich kann dir nicht erzählen, wie meine Mutter ist, vergiß es. Außerdem hab ich ja verloren, ich muß mit zu dir nach Hause Und ich bin mir sicher, daß es so im Grunde besser ist ...

Judith verstand überhaupt nichts, wie auch Sie war in ihrer anfänglichen Ungewißheit verblieben: Antisemiten oder keine Antisemiten? Und ich würde jetzt nicht anfangen, ihr von den Büchern zu erzählen, die sich zu Hause stapelten und bei meiner Mutter bald Tränen hervorriefen, bald heftige Leugnungen, von denen ich, da ich inzwischen selbst alles gelesen hatte, wohl wußte, daß sie unhaltbar, um nicht zu sagen völlig bescheuert waren.

Ich wandte mich damals von meiner Mutter ab Meine Mutter war nicht erzählbar Sie war eine Galaxie für sich, und sogar in Gedanken konnte ich sie nicht streifen, ohne mich an ihr zu verbrennen.

Denn so weit ich zurückdenken kann, ist meine Mutter für mich gleichbedeutend mit Schmerz Ein dumpfer und formloser Schmerz Ein Schmerz ohne Namen noch Umriß Ein eisiges

Glühen, das mich verschlingt ... Um mich von meiner Mutter zu befreien, von meiner Heimsuchung durch sie, gab es nur meinen Vater Er war meine schmale Brücke über dem Abgrund.

Manchmal, wenn meine Mutter zuviel von ihrer „Medizin" getrunken hatte, standen ihre Augen voll Wasser und schienen zu meinem größten Ekel bereit überzulaufen. Ich verdrückte mich schleunigst, wohl wissend, was passieren würde, wenn ich den Moment verpaßte. Aber manchmal, wenn ich in einen spannenden Schmöker vertieft oder in mein Dividieren zweistelliger Zahlen versunken war, worin ich übrigens nicht schlecht war, erwischte es mich kalt.

An ihrer matten Stimme, die klang, als fiele sie aus ihr heraus, erkannte ich, daß ich diesmal nicht davonkommen würde:

„Joseph', komm und gib mir einen Kuß!"

Ich gehorchte, was sollte ich machen. Ich legte meine Wange gegen ihre, möglichst weit weg von ihren Augen, die bei der leisesten Erschütterung überlaufen würden, ich machte ein Küßchen ins Leere und riß mich schleunigst wieder los, bevor sie Zeit hatte, sich an mich zu klammern.

„Man könnte meinen, daß du mich nicht liebhast, Joseph' Man könnte meinen ..."

„Doch, natürlich hab ich dich lieb ..."

Nunmehr in sicherer Entfernung log ich, daß sich die Balken bogen In diesen Momenten haßte ich sie, und das war alles Ich haßte ihre Flasche Ich haßte dieses Haus, in das mein Vater zu spät heimkehrte – schon wieder diese blöden Überstunden! –, und ich haßte mich selbst für meine eigene Hartherzigkeit, aber wie sollte ich mich denn zwingen, diese Karikatur einer Mutter zu lieben, zu der sie wurde, wenn sie getrunken hatte ... Ich hätte sie in einen Abgrund stoßen mögen Auf dem Kachelboden zertreten Ich wollte sie nicht berühren, und ich wollte nicht, daß sie mich berührte Vor ihren Händen hatte ich Angst wie vor Krabbenscheren Ich wäre zum Fenster hinausgesprungen, um ihr zu entfliehen, ich hätte das Haus angezündet, um sie in Rauch aufgehen zu sehen ...

„Na komm, Joseph'! Gib mir einen Kuß. Gib deiner Mama einen Kuß ..."

Je weinerlicher sie wurde, desto mehr wünschte ich mir, sie würde sterben, hier, sofort, ohne daß ich etwas dafür tun müßte Ich wünschte mir, sie würde stürzen, sie würde sich den Schädel einschlagen oder sich in Luft auflösen Oder sie würde wenigstens einschlafen und nie wieder aufwachen ... Ich war ein Monster Ich hatte Hörner und Hufe Ich hatte Krallen Ich hatte ein schreckliches Maul voller Reißzähne ...

„Ich geh mal die Straße runter, schauen, ob Papa kommt ..."

„Und wenn er nicht mehr heimkäme?" hat meine Mutter gesagt, mit einer Stimme, die immer mehr ins Gurgelnde entgleiste. „Was würdest du dann machen, Joseph'?"

Schließlich haute ich ab, irgendwohin Auf die Straße Oder zu Enrique, bei dem es auch nicht lustig war, aber da bettelte zumindest niemand um geheuchelte Liebkosungen Oder aber ich ging zur Maria und sah ihr zu, wie sie wieder und wieder ihre ewigen Kieselsteine sortierte. Das war wenigstens ruhig, und die Luftblasen, die unter meiner Schädeldecke kribbelten, platzten schließlich eine nach der anderen, und der Schmerz wurde mit jedem kleinen Knallen schwächer ...

Ich bin fünf oder sechs Jahre alt. Es ist Abend. Meine Mutter ist, immer noch „erregt", als erste ins Bett gegangen. Mein Vater sitzt auf meinem Bett. Ich stehe zwischen seinen Knien Er bürstet mir die Haare und flicht sie für die Nacht Und dann klettere ich auf eines seiner Knie, und er singt – mit leiser Stimme, um meine Mutter nicht aufzuwecken –

Schlaaaf, mein kleiner Jumbooo,
Dort oben ist das Leben schöööön ...

Es gibt keine Menschen im Paradiiies,
Die sind in der Hölle beim Teuuufel ...

Das Ohr auf der Brust meines Vaters, die Nase in seinem Pulli vergraben, der nach Tabak riecht – wechsle deinen Pulli, sagt meine Mutter immer, er stinkt! –, fühle ich seine Baßstimme zwischen seinen Rippen vibrieren, wie beim Musikmachen mit einem Blättchen Zigarettenpapier auf dem Kamm ...

„Papa ... Ist das wahr, daß es im Paradies keine Menschen gibt?“

Schweigen. Ich sehe meinen Vater an Auf seiner Stirn bilden sich waagrechte Falten, die seine Augenbrauen hochziehen Seine weiten schwarzen Augen starren über den Brillenrand und meinen Kopf hinweg ins Leere ...

„Sag doch, Papa?“

Tjaaa, sagt mein Vater und reibt sich die Kopfhaut Also erstens mal bin ich mir nicht so ganz sicher, ob es ein Paradies gibt ... Weißt du, ich und die Pfaffengeschichten ... Er rückt seine Brille zurecht und betrachtet mich mit einer gewissen Ratlosigkeit Dann geht er darüber hinweg und fährt fort, als wäre ich schon groß Ist es denn vernünftig, ans Paradies zu glauben, hm? Ein rationaler Geist muß Beweise verlangen, oder zumindest Indizien ...

„Was ist das, Indizien?“

„Hör mal“, brummt mein Vater und rückt an seiner Brille herum, „das ist kompliziert ... Im Paradies, da bin ich noch nie gewesen. Andererseits bin ich auch noch nie in Amerika gewesen, und doch existiert Amerika ... Verstehst du, was ich meine?“

„Und was ist dann mit der Hölle?“

Mein Vater lächelt auf einmal einem unsichtbaren Dritten zu, der wohl hinter mir im Dämmerlicht des Zimmers steht. Er lächelt ihm zu, wie wenn er von meiner Mutter entmutigt ist – oder von mir, wenn ich unerträglich werde. Es ist ein geduldiges und müdes Lächeln, das die Falten seiner Wangen in Richtung Ohren verschiebt und seine Augen traurig macht:

„Ja, die Hölle ...“, sagt mein Vater, als berührten wir damit ein allzu vertrautes Gebiet „Über die Hölle gäbe es viel zu sagen ... Viel zu viel für dein kleines Näschen ...“

Und er tippt mit dem Zeigefinger meine Nasenspitze an, ganz zart, und diesmal mit einem echten Lächeln, das wirklich für mich bestimmt ist:

„... dein klitzekleines Näschen, so klein, daß du es überall hineinstecken kannst ... Laß mal gut sein! Über die Hölle reden wir noch mal, wenn du so einen großen Rüssel hast wie ich. Ja? Und jetzt ab ins Bett!“

Und überhaupt, sagt mein Vater noch, als er mich zudeckt, ist die Hölle kein Ort für kleine Kinder, die einen Teddybär haben. Schlaf, mein Küken. Und du, Teddy, du paßt auf sie auf, verstanden?

Als ich die Augen schließe, sehe ich die Hölle, so wie ich sie bei meinen Freundinnen im Katechismus gesehen habe – bei denen, die mein Vater die „Pfaffengänse“ nennt Da gibt es ein riesiges Feuer, mit haarigen Dämonen ringsherum, in das sie hineingestoßen werden können, bloß weil sie ein Bonbon geklaut haben, es sei denn, sie rennen schnurstracks zur Beichte ... Blödsinn! jaulte mein Vater auf Man stopft ihnen den Kopf mit Blödsinn voll!... Seine Stimme dröhnte so laut aus seiner Brust, daß die Scheiben zitterten Stimmt doch, Teddy, daß das Blödsinn ist? Grrrrr!

Teddy war immer mit meinem Vater einer Meinung Er hatte Musik im Bauch, die vibrierte wie eine gedämpfte Stimme Und seine Ohren ließen seine Mütze immer wieder hochrutschen, so wie die Ohren meines Vaters ihn daran hinderten, seine Kappe richtig herunterzuziehen ... Er beschützte mich zuverlässig vor der Nacht, vor dem Sandmann und vor den Flammen der Verdammnis ... Lange habe ich ihn an mich gedrückt, ohne mich an seinem zunehmenden Verfall zu stören – er wurde immer stimmloser, immer räudiger ...

Später vergißt man Irgendwann fängt man an, allein zu schlafen, ohne Schutz gegen die Schatten, die immer bereit sind, einen mitten im Schlaf zu zerfleischen Man ist groß Und plötzlich drückt einen das Herz wie ein gewöhnlicher Geflügelmagen voller Kieselsteine Man stolpert zwischen den Trümmern umher ... Rachel!

Rachel. Ich streiche deinen Namen gegen die Wände, als wäre er ein Zündholz. Die Wände sind grau. Mit Wasser getränkt. Denn es regnet seit mehreren Tagen. Und ich denke an die Steinzeitmenschen, die das Feuer in Käfigen hielten ... Sie töteten sich gegenseitig, um es zu verteidigen oder zurückzuerobern, ich finde, das war es wert.

Rachel.

Meine Funken sind im Luftzug der Tür erloschen, die du hinter dir geschlossen hast. Ich hätte rennen sollen Mich die Treppe hinunter oder aus dem Fenster stürzen Ich hätte dir erklären sollen Verhandeln Mich auf die Knie werfen Bäuchlings auf den Boden Auf den Kopf stellen Warte, schau, ich jongliere für dich Ich bringe dich zum Tanzen Zum auf die Klippen Klettern Zum Seilspringen Ich kenne mitreißende Javas, mein Vater spielte sie früher auf dem Akkordeon, vor dem Krieg, als meine Mutter sie noch nicht verachtete ... Komm, wir steigen wieder mit meinem Vater in das große Trockendock hinab Weißt du noch?

Papa! Papaaa! Rachel hat ihre Sandale verloren ... Oje, die ist ja ganz glitschig, die Treppe, das rutscht ... Siehst du sie, Papa? Seid doch still, verflixt und zugenäht! wetterte mein Vater Wir dürfen ja eigentlich gar nicht hier sein, ich hätte euch nie nachgeben dürfen ... Wißt ihr, daß hier der Zutritt verboten ist!? Ich warne euch, wenn ihr die Wächter auf uns hetzt, nehme ich euch nirgendwohin mehr mit!... Rachels Sandale, Papa, bitte ... Sie ist ganz nach unten auf den Grund gefallen ... Wie kann man auch nur mit solchen Schühchen rumlaufen?! Grrrrr ... Nie wieder nehme ich euch mit auf die Werft, und vor allem nicht mehr bei Nacht! Dazu bringt ihr mich kein zweites Mal ... So eine hirnverbrannte Idee ...

Ich kann sie nicht sehen, diese olle Sandale, knurrte mein Vater vom Grund herauf Ach, doch ... Bleibt ja, wo ihr seid! Rutscht bloß nicht aus und brecht euch den Hals! Und laßt das Geländer nicht los ... Der ist hinüber, dein Schlappen, mein Mädchen! Ist ja klar, mit dem Meerwasser, der Ölschmiere und dem ganzen Dreck ... Grrrrr! Konntet ihr nicht Schnürschuhe anziehen wie jeder normale Mensch!

Danach sind wir über einem Anlegepfosten vor Lachen zusammengebrochen Hinter den Wolken kam auf einmal ein riesiger Mond zum Vorschein, der aussah, als neigte er sich über uns drei, wie wir uns kaputtlachten Der leere Quai warf das Gelächter zurück Mein Vater fluchte noch, während er mit seinem Hemdkragen an seiner Brille herumputzte, aber er war glücklich wie ein großes Kind ...

Dann ist der Mond von einem langsamen Wolkenstrudel wieder verschluckt worden, und es hat angefangen zu nieseln Jetzt aber los, hat mein Vater gesagt Ich bring euch bis an die Tür und gehe dann nach Hause Deine Mutter wird ... Na ja, du kennst sie ja ...

Rachel. Du humpeltest beim Gehen, wegen deines glitschigen Schuhs, der bei jedem Schritt wegzurutschen drohte Der Nieselregen legte sich auf dein Haar wie feiner Lack, auf dem das Licht der Straßenlampen winzige Feuerpunkte aufblitzen ließ. Mein Vater schob sein Fahrrad Fahr doch nach Hause, Papa! Was soll uns denn passieren! Wir sind doch groß ... Große Gänse seid ihr, ja, knurrte mein Vater Ich bin ruhiger, wenn ich weiß, daß ihr die Tür hinter euch abgeschlossen habt, quatscht mir nicht die Ohren voll.

Und er schüttelte seine nasse Kappe, bevor er sie sich wieder auf den fast nackten Schädel setzte Es sah aus, als habe ihm die Schirmmütze die Haare abgefressen, so genau paßte sie auf den verbleibenden Kranz schwarzer Borsten.

„Er mogelt", habe ich zu dir gesagt. „Er rasiert alles ab, was übersteht, damit es haargenau paßt. Er ist eitel wie ein Mädchen!"

Mein Vater ging ungerührt weiter neben uns her, eine Hand am Lenker, die andere in der Tasche, der Hals rund wie ein junger Baumstamm, die Kappe verwegen schräg in die Stirn gezogen, mit seiner Brille, die vom Nieselregen wieder anlief und ebenfalls kleine Funken in die Nacht setzte.

Rachel!

Wie haben wir das nur gemacht, frage ich mich. Enrique hat auch keine Ahnung. Und wenn er einmal im Jahr mit seinem Gauklerwagen auftaucht, todmüde von der Reise und bärtig wie ein Räuber, dann sehen wir einander an wie zwei Überlebende einer Katastrophe ...

„Geht's dir gut, Chérie-meine-Schwester?" fragt er stets, während er meine Wangen nacheinander mit seinem kratzigen Bart streift.

„Na ja ... Und dir?"

„Es geht", sagt Enrique und greift nach seinem riesigen Rucksack. „Ist bei dir immer noch Platz?"

„Klar. Ach, du hast dein Parfüm immer noch nicht gewechselt?!"

„Nee", sagt Enrique, wie als Kind „Ich mag den Gestank von dem da gerne."

Oho! hatte mein Vater zu Enrique gesagt Bist du das, der so nuttig riecht? Na so was! Gehst wohl heute abend mit einem Mädchen aus, wie?

Enrique, dreizehn Jahre alt, tauchte gerade erst aus seiner Schmuddelphase auf, das war natürlich auf einmal eine ziemliche Umstellung. Er wurde knallrot und wußte nichts darauf zu erwidern, zumal er die Flasche Eau de Cologne Mont-Saint-Michel mit Lavendelnote von mir hatte ... Aber da nahm mein Vater die vom Eintritt Enriques samt seines befremdlichen Blumenduftes kurzzeitig unterbrochene Diskussion schon wieder auf:

„... Und all diese Kleingeister", fuhr mein Vater fort und rückte dabei seine Brille zurecht, ohne die er sich offensichtlich nicht ausdrücken konnte „All diese Kleingeister, die immer gut achtgaben, daß sie die Juden auch ja Jidden nannten, nur für den Fall, daß man sie für Pétain-Gegner halten könnte ... Wißt ihr, daß das eine sehr unhöfliche Bezeichnung ist? Wie zum Beispiel ..."

„Wie wenn man Nigger zu den Schwarzen sagt, genau. Aber warum sagst du denn dann Nigger?"

Enrique drehte den Kopf so heftig zu mir um, daß man seine Halswirbel knacken hörte. Mein Vater betrachtete mich ganz verdattert über den Rand seiner Brille hinweg, die schon wieder heruntergerutscht war:

„Was?"

Aber schon schob er sie mit der einen Hand wieder an ihren Platz, mit der anderen zog er seinen Gürtel hoch, und brummte dabei, daß er den Zusammenhang nicht sähe, und daß erstens die Juden doch Menschen wie alle anderen seien, Menschen von hier, eben ...

„Trotzdem", habe ich gesagt. „Die Schwarzen sind auch Menschen."

„Und seit wann", sagte plötzlich meine Mutter, die niemand hatte hereinkommen hören „Seit wann hältst du deinem Vater Moralpredigten! Willst du eine Ohrfeige?"

Mein Vater war auch hochgeschreckt Aber schon zog er mich mit einer mechanischen Bewegung aus der Gefahrenzone und vermittelte:

„Wir haben diskutiert, alle drei, Mama ... Eigentlich hat sie recht, ich hatte nicht genug nachgedacht ..."

Darauf verschwand Enrique, ohne das weitere abzuwarten.

„Du bist und bleibst der König der Deppen", hat meine Mutter zu meinem Vater gesagt, ohne daß man genau wußte, ob sich das auf den eingestandenen Mangel an Überlegung bezog oder auf seine entwaffnende Fähigkeit, sofort zuzugeben, wenn er im Unrecht war. „Und hör endlich auf, mich Mama zu nennen, das macht mich schon seit Jahren rasend! Mach dich lieber nützlich: Hol mir Kohlen!"

Im Hof schlug der Kohleneimer meinem Vater gegen die Waden, und die Bluejeans aus dem amerikanischen Army-Laden, die er immer zu groß und zu weit unten auf den Hüften trug, machten ihm einen faltigen und gutmütigen Elefantenhintern ...

Noch heute, wenn ich in der Dämmerung manchmal einen untersetzten und leicht kahlköpfigen Mann sehe, der in solchen Jeans seinen Garten umgräbt, spüre ich in den Beinen ein freudiges Kribbeln und in der Kehle den gellenden Ruf, mit dem ich aus meinen Alpträumen aufwachte: Papa!

II

Der fröhliche Wahnsinn

Ich habe Mühe, aus diesem absurden Traum herauszufinden, in dem meine Mutter in den rötlichen Kristall eingemauert ist ... Er macht mich verlegen wie etwas Obszönes, ängstigt mich wie eine rätselhafte Bedrohung ...

Unter der Dusche schrubbe ich mich mit dem Massagehandschuh ab, um die letzten Fetzen meines Alptraums von mir abzuwaschen. Heute ist ein Jahrestag: der meiner Ankunft hier im Dorf und meines fehlgeschlagenen ersten Besuchs in der Kirche Ich hatte im übrigen nicht viel verpaßt: Abgesehen von ihrer verwirrenden Lage – weil ein Wachtturm den eigentlichen Kirchturm verdeckt – ist überhaupt nichts Besonderes an ihr, aber ihre Akustik ist ganz ordentlich.

Ich wohne jetzt ganz in ihrer Nähe, über den Arkaden. Eine Wohnung, in der es im Winter eisig kalt, im Sommer jedoch schön frisch ist hinter den dicken Steinmauern ... Meine Fenster gehen zum Wachtturm hinaus   Er ist das erste, was ich sehe, wenn ich meine Läden öffne   Ein wuchtiger, viereckiger Turm aus totenblassem Gestein, gekrönt von einem schmiedeeisernen Aufsatz, in dem die Glocke untergebracht ist und der einer fremdartigen, exotischen Haartracht ähnelt ... Direkt darunter ist die Uhr, wie ein einzelnes offenes Auge mitten auf der Stirn.

Die Uhr ist nachts beleuchtet   Ein starrer Blick, der schwer auf meinen Fensterläden lastet und sie zum Teil durchdringt ... Ich habe Mühe, mich daran zu gewöhnen.

Wenn ich nach Hause komme, muß ich in den Schatten der Arkaden eintauchen, wo ein paar alte Omas auf meinen Gruß antworten, während sie ihre Stühle zurück in die Wohnungen räumen. Einige sind noch immer abweisend – oder schwerhörig? –, aber im großen und ganzen haben sie mir allmählich verziehen, keine „Eingeborene“ zu sein, und werden mich schließlich akzeptieren.

Im Moment ordne ich Papierkram in meinem Büro, an dessen Tür ein nagelneues Schild prangt:

KULTURELLE ANGELEGENHEITEN

was ein großes Wort ist für die bescheidenen Veranstaltungen, die mein täglich Brot sind, und ich warte darauf, daß es Zeit wird für meinen Termin mit Dieu.

Und er ist fast pünktlich. Das erste, was ich in einer Höhe von einem Meter achtzig über dem Boden von ihm zu sehen bekomme, ist ein braunes Auge unter einer hochgezogenen Braue im Türspalt:

„Oh, Entschuldigung, Madame ... Verzeihung.“

„Kommen Sie herein!“

„Nein, ich ... Ich hab mich wohl in der Tür geirrt ...“

Und da ich ihm immer noch Zeichen mache, näher zu treten, hundertprozentig sicher, daß er es ist, streckt er das Kinn vor wie ein Fisch im Wasserglas, jederzeit bereit zu einer blitzschnellen Kehrtwende:

„Ich ... Ich hab mich geirrt ... Ich suche einen gewissen Joseph. Ich bin wirklich dusselig, entschuldigen Sie ...“

„Aber kommen Sie doch herein! Josèphe, das bin ich.“

Schweigen. Lähmung. Die losgelassene Tür geht von allein auf, und er tritt mechanisch ein, mit mißtrauischen Augen, als sei er das Opfer einer wundersamen Sinnestäuschung Also stelle ich klar, daß es Josè-pheee heißt, setzen Sie sich doch Ich nehme an, daß Sie Jean-Paul Dieu sind?

Was werde ich wohl mit diesem verdatterten langen Lulatsch anfangen können, der sich von seiner Wolke herab auf den Stuhl fallen läßt, den ich ihm anbiete! Was soll's, er ist ganz niedlich, mal was anderes als die alte Madame Michel mit ihrer Putzsucht und ihrem Sodbrennen, das der Ruhestand vielleicht lindern wird.

„Haben Sie schon mal im kulturellen Bereich gearbeitet?"

„Äh ... Na ja ... Das heißt ..."

„Macht nichts, keine Sorge: Die meiste Arbeit hier besteht darin, Stühle zu schleppen."

„Wie bitte?"

„Daran wirst du dich gewöhnen müssen, mein Junge ... Kultur, die hehre Kultur, das heißt, den ganzen Tag auf den Beinen sein und einen Haufen Gerümpel hin- und herschleppen. Besser, du stellst dich gleich darauf ein."

„Ach, wissen Sie", sagt der junge Dieu lächelnd, „ich habe nichts gegen ... Körper-Kultur!"

Er gefällt mir. Ich gebe ihm den Papierkram zum Ausfüllen, die Adresse einer möblierten Wohnung, die ich ihm in aller Eile gefunden habe, und verschiedene Prospekte über die nächsten Veranstaltungen. Er ist froh.

Danach schließe ich mein Büro Was für ein Jahrestag Zwei Jahre in der Wüste Zwei Jahre voller Sonne und Regen Voll eisigen Mistrals Strahlenden Himmels Zwei Jahre absoluter Leere auf all meinen einsamen Wanderungen durch die Heidelandschaft, während Rachel immer noch nicht schreibt ...

Rachel!

Vor gerade erst fünfundvierzig Jahren entdeckte Europa starr vor Entsetzen die Existenz der Lager, der Massengräber und der Gaskammern Und heute können makabre Witzbolde ungestraft behaupten, daß es all das nie gegeben habe Das ist eine „Meinung" wie jede andere, und wir leben ja schließlich in einer Demokratie, oder? Was muß man sich nicht alles anhören!

Ich hätte Jean-Paul Dieu fragen sollen, ob er an die Gaskammern glaubt oder nicht ... Hier in der Gegend erzielt Le Pen ganz hübsche Ergebnisse Die Chancen stehen drei zu zehn, daß der kleine Dieu eine faschistische Einstellung ausbrütet! Als ich nach draußen komme, durchdringt mich die Helligkeit der Sonne Ich fühle mich plötzlich durchsichtig und gewichtslos Und dabei haben wir erst März ... Ein paar von den Omas haben ihre Stühle schon in den Schatten der Arkaden gezogen Mit einer Spur von Überraschung sehen sie zu, wie ich vorbeigehe, als wäre ich noch immer „fehl am Platz“ Als wüßten sie, daß ich noch immer zu meiner so hoffnungslos grauen Straße gehöre, in der die Schönwettersonne jedesmal im Staub erlosch oder im Matsch versank ... Das hinderte die Mütter nicht daran, beim Fensterputzen zu singen Sie bringen es fertig, daß es gleich wieder regnet, prophezeite Enrique und trat nach einer zerbeulten, aus einer Mülltonne ausgebrochenen Dose Wir hören sowieso nicht mehr hin, sie singen seit Jahren dieselben Ohrwürmer Aber auf einmal – liegt es an Enriques bösem Kommentar? – höre ich sie, es ist zum Totumfallen:

Wenn du einmal Kummer hast,
Bambino, bambino!
Behalt es nicht für dich ...
Komm, erzähl es der Mamaaa,
Bambino, bambino!
Dazu sind die Mamas daaa ...

Ich gebe Enrique einen Knuff mit dem Ellbogen Hör sie dir an ... Er lacht sich kaputt.

Eines ist sicher, weder er noch ich kämen auf die Idee, diesem schmachtenden Ratschlag zu folgen, den die putzenden Frauen von Fenster zu Fenster erklingen lassen, drauf und dran, von ihren Leitern loszufliegen: Unsere Mütter würden uns sofort fragen, ob wir sie noch alle hätten und ob wir uns nicht nützlich machen könnten, statt Blödsinn von uns zu geben!

Mit der Schultasche im Arm lauschen wir dem dramatischen Höhepunkt:

Und hier, in ihre süßen Arme gekuschelt,
Wein dich aus, und dein Kummer verfliegt ...

Buuuh! brüllt Enrique, bevor wir uns im gestreckten Galopp davonmachen.

Unser Kummer, das wissen wir wohl, ist nicht salonfähig Also drücken wir ihn mit unseren ersten Zigarettenstummeln aus, auf der wackligen Bank auf der Straße, bevor wir nach Hause gehen.

Und die glauben auch noch dran! sagte Enrique grinsend und ließ absichtlich die Bretter der Bank krachen, die gezeichnet waren von den Taschenmessern mehrerer Generationen von Vandalenbanden in kurzen Hosen. Ich frage mich, ob die und wir in derselben Galaxie leben!

Wahrscheinlich sind sie in der glückseligen Zeit steckengeblieben, als wir in der Schule sangen: „Im nahen Waaald, da ruft der Kuckuck ..."

Da mir der Doppelsinn von „nahe" nicht ganz klar war, glaubte ich damals, es handele sich um einen zukünftigen Wald, der noch nicht gewachsen wäre – vielleicht ließ ihn sogar der Kuckuck selbst allein durch den Zauber seines Gesangs wachsen? Er hatte zwar schon eine hohe Eiche, von der aus er die Eule rief Aber es gibt auch große Eichen, die ganz allein in der Landschaft stehen Ich hatte mit meinem Vater auf dem Fahrrad welche gesehen, und daher sprach nichts ernstlich gegen meine Annahme: Der Kuckuck würde um sich herum einen ganzen Wald emporwachsen lassen – bald, in naher Zeit. Vielleicht morgen – allein durch die Kraft seines Gesangs ...

Wie gewöhnlich klärte sich mein Irrtum durch einen Zufall auf, aber dieses eine Mal wenigstens ohne die Demütigung, ihn ahnungslos öffentlich gemacht zu haben ... Denn in den meisten Fällen wurde meine Unwissenheit durch ein plötzliches Auflachen behoben, und ich stand dann da wie ein begossener Pudel!

Die Neuordnung meines Wortschatzes war ein langer und schmerzlicher Prozeß: Ganze Wände von wunderbaren Gebäuden wurden durch Zufälle zum Einsturz gebracht, und an deren Stelle blieben nichts als ganz gewöhnliche Gebrauchsgegenstände zurück, plötzlich jeglichen Sinnes beraubt – und das heißt auch jeglicher Anziehungskraft –, die ich dann irgendwo zurückließ wie ein unbewohntes Schneckenhaus ... Zum Beispiel: Klistier Ein Wort, das klang wie „Klick!" und wie „Glückstier" ... Und was bedeutet es wirklich? Es ist ein Einlauf!

Das Lexikon, nach dem ich so gierig verlangt hatte, erwies sich beim Gebrauch als zweischneidiger Verbündeter: Es war zwar voll mit schillernden undurchsichtigen klingenden bedrohlichen Wörtern ... Aber ihre Definition ließ sie sofort zu grauem Staub zerfallen ... Schmetterlinge. Schmetterlinge darf man nicht anfassen, sagte mein Vater, das bringt sie um.

Jaja, sagte Rachel lachend zu mir Der Fluch des Apfels! Wer davon ißt, wird auf immer und ewig davon essen müssen, ohne je satt zu werden ... Armes Häschen, lern doch Fremdsprachen, die sind voll von Wörtern zum Umbringen ... Willst du es nicht mit Hebräisch probieren?

Aber in dieser Zeit ist mein Lexikon eine Art Heiligtum. Es thront zwischen *Die Elenden* und *Heimatlos,* und ich behandele es mit größter Sorgfalt, vor allem, wenn ich in den rosa Seiten mit den lateinischen Ausdrücken blättere, die dünn sind wie Zigarettenpapier *Animula vagula:* irrende kleine Seele ... Endlich mal ein Wort, das nicht an seiner Definition stirbt!

Diesen Namen will ich dem Kätzchen geben, das ich mit meinem Vater gefunden habe, aber meine Mutter hat gesagt *Animula va...* was? Viel zu lang für einen Katzennamen! Das ist ja eher ein Schlangenname! Und mein Vater hat *Animus* vorgeschlagen, auch wenn es vielleicht nicht lateinisch wäre, würde es doch wenigstens so ähnlich klingen, aber meine Mutter antwortete nicht, sie war dabei, die Unterseite des Kätzchens zu untersuchen, das vor Hunger laut miaute Sie hatte gesagt Ich sag's euch gleich, wenn es ein Weibchen ist ... Und obwohl ich keine Ahnung hatte, was sie in diesem Fall tun wollte, hatte ich Bammel und traute mich nicht, meinen Vater anzuschauen, vor lauter Angst, das könnte ihr wieder die Laune verderben.

Sie wird in drei Tagen acht, warf mein Vater in die Waagschale, während das Urteil noch immer auf sich warten ließ, und ich glaube schon, daß es ein Kater ist, weißt du, Mama ... Das wäre doch gut, zum Geburtstag ...

Meine Mutter hörte nicht mal zu, ganz vertieft in ihre Untersuchung Schließlich hat sie gesagt Ich habe doch den Eindruck, daß es ein Kater ist ... Ihr habt Glück!

Wenn ich nicht gerade in meinem Lexikon lese, schläft Animus von nun an darauf, er liebt den Geruch von Papier Meine Mutter nennt ihn hartnäckig „Flohsack", obwohl sie nie auch nur einen einzigen an ihm entdeckt hat Animus läßt sich friedlich Haar für Haar absuchen Das dauert Stunden, und er schnurrt dabei ununterbrochen, er erstickt schier daran Er ist süß, räumt meine Mutter ein Und schließlich hört sie auf, ihm zu mißtrauen.

Nachts schläft er bei mir, er schnarcht mir ins Ohr Ich bin acht Jahre alt, habe einen Kater und ein aus Kisten gebasteltes Bücherregal Mein Vater spielt sonntags Akkordeon Und wochentags bringt meine Mutter mir Rechnen Grammatikregeln Geschichte und Erdkunde und Eigenschaftswörter bei ...

Wann kommt sie wieder bei uns in die Schule? fragt Enrique Wenn sie nicht mehr krank ist, antwortet meine Mutter Und du, hast du auch nicht vergessen, dir die Schuhe abzutreten, als du hereingekommen bist? Außerdem sagt man nicht „bei uns in die Schule", sondern „zu uns in die Schule" ...

Donnerstag, wenn das Wetter schön ist, sehe ich Enrique wieder, er muß meiner Mutter schwören, daß er mich nicht zum Rennen verleitet, weil ich sonst schwitze und dann huste. Wenn sie hustet, sagt meine Mutter in einem Ton, der keine Widerrede duldet, darf sie nicht mehr mit dir spielen, verstanden?

Enriques Verständnis übertrifft alle Erwartungen: Beim leisesten Windhauch verzichtet er zu meinen Gunsten auf Schal Pulli Mütze Er rubbelt mir Hände und Rücken Und er bringt mich sogar vor der Zeit zu meiner Mutter zurück, dieser Dummkopf, und erklärt, es sei „plötzlich ziemlich frisch" geworden! Ich habe Lust, ihn zu verhauen, so sehr fühle ich mich mißhandelt Aber ich kann nicht, weil wir einander gerade geschworen haben, daß wir uns für immer lieben werden wie im Kino.

Ein Kino haben wir auch in unserem Viertel Meine Mutter sagt, es sei heruntergekommen wie alles andere, aber da es nur ein paar Straßen weiter ist, dürfen wir trotzdem allein hingehen Im übrigen laufen da schöne Filme *Das Verbrechen der Brotfrau* *Zwei Waisen im Sturm* Sogar Enrique ist zu Tränen gerührt ... Er ist noch kein richtiger Mann: An dem Tag, als wir *Der Wald des Schreckens* gesehen haben, hat er bestimmt noch mehr Schiß gehabt als ich, dabei wurde ich schon wochenlang von Alpträumen verfolgt, und das trotz des doppelten Schutzes durch Teddy und Animus.

Am scheußlichsten ist es im Winter, weil es da schon dunkel ist, wenn wir nach Hause gehen. Enrique spielt den Mutigen, aber ich merke, daß er unter seinem überheblichen Getue zittert Aber ich halte die Klappe, das ist nicht der richtige Moment zum

Streiten, es ist dunkel und neblig ... Außerdem war der Film blöd und irgendwie beunruhigend, obwohl wir überhaupt nichts verstanden haben, und ich fühle, daß Enrique noch unsicherer ist als sonst: Seinen Schal – hart wie Schmirgelpapier, Marke Dolorès – viermal um den Hals gewickelt, wirft er sich manchmal nach vorn, als würde er gleich losrennen:

„Kalt ist's, Scheiße! Los, mach schneller ..."

Dann sehen wir die zwei Typen, die an der großen Fabrikmauer lehnen und zusehen, wie wir näher kommen, als würden sie nur auf uns warten.

„Scheiße!" flüstert Enrique und vergräbt sich noch ein bißchen tiefer in seinen aufgetürmten Schal „Die haben Schlagstöcke, haste gesehen? Was machen wir jetzt?"

Abgesehen davon, daß es keinen anderen Weg nach Hause gibt und uns ein schöner Anschiß erwartet, wenn wir zu spät kommen, lassen uns diese Typen nicht aus den Augen: Bei der kleinsten Fluchtbewegung werden sie die Verfolgung aufnehmen!

Da fällt Enrique, der ganz steif ist, eine heldenhafte Entscheidung:

„Hör zu. Du rennst los und holst deinen Vater, und ich beschäftige sie solange mit Fußtritten in die Eier, okay? Aber beeil dich, ja! Wenn ich sie nämlich nicht erwische, dann erwischen die mich bestimmt, diese Schränke!"

Starr vor Entsetzen bei der Vorstellung, wie Enrique von den beiden Muskelprotzen wie eine Fliege zerquetscht wird, fühle ich es in meinem Magen rumoren ... Aber da sehe ich plötzlich den Farbtopf:

„Das sind doch gar keine Schlagstöcke, du Dummkopf, das sind Pinsel!"

Wie eine Schildkröte streckte Enrique den Kopf wieder hervor, obwohl er noch so tat, als habe er Zweifel. Wir waren nur noch ein paar Schritte von ihnen entfernt, und die beiden hatten in aller Ruhe wieder angefangen, die Wand zu bemalen.

„Wer ist das?“ erkundigte sich Enrique, nachdem er die Aufschrift entziffert hatte.

„Wir sind von der Kommunistischen Jugend“, sagte der größere von den Typen, der die Frage falsch verstanden hatte und gerade ein riesiges BEFREIHT HENRI vollendete, während der andere MARTIN hinzufügte.

„Aha“, sagte Enrique bewundernd.

„Befreit, das schreibt man ohne h“, korrigierte ich, ich konnte es nicht lassen.

„Biste dir da sicher?“

Der Große beäugte mich mißtrauisch, während sein Pinsel auf den Gehweg tropfte.

„Ihr könnt's glauben“, sagte Enrique, „sie ist echt gut in Rechtschreibung.“

Und während daraufhin der Große in aller Demut das „H“ durchstreicht, fragt Enrique noch einmal nach:

„Wer ist denn nun Henri Martin?“

„Weiß nicht“, sagt der Größere, der überhaupt den Eindruck macht, als wisse er nicht besonders viel „Ich bin neu.“

„He, ihr Gören, verzieht euch“, sagt schließlich der Kleinere, der sich schon die ganze Zeit unsicher umschaut „Man kann hier leicht eins mit dem Schlagstock übergezogen kriegen. Haut ab!“

Wir bohren nicht weiter, sondern setzen unseren Weg fort, weil wir sowieso schon spät dran sind, aber es läßt mir doch keine Ruhe:

„Sag mal ... Erscheint dir das logisch, daß man das Risiko eingeht, zusammengeschlagen zu werden, bloß um den Namen von jemandem auf 'ne Wand zu pinseln, den man noch nicht mal kennt?“

„Das sind Helden!“ sagt Enrique leidenschaftlich und reckt das Kinn aus dem Schal „Wenn ich groß bin, gehe ich auch zur Kommunistischen Jugend.“

Jedenfalls, sagte mein Vater ein paar Jahre später zu mir und knöpfte dabei seinen Hemdkragen auf, der schon locker war, ihn aber dennoch beim Reden zu stören zu schien, hältst du dich da raus! Wenn Enrique so hirnlos ist, ist mir das scheißegal, aber dir verbiete ich, denen auf den Leim zu gehen!

„Aber Papa, jetzt verstehe ich gar nichts mehr ... Du wählst doch selber die Kommunisten, oder?"

„Ja!" trompetete mein Vater und riß noch einen Knopf auf „Aber ich bin nie eingetreten, und sie kriegen mich auch nicht! Der Meinungszwang, der Chef-Kult, die Abstimmungen per Handzeichen ... Ist dir klar, was das heißt?! Und ich warne dich, wenn du je ..."

„Was ist denn das für ein Geschrei hier", sagte meine Mutter, als sie plötzlich die Tür aufmachte.

„Nichts, Mama", sagte mein Vater mit normaler Stimme „Wir haben diskutiert ..."

„Ihr hättet besser die Wäsche aufgehängt", hat meine Mutter mit einem Mörderblick auf den zu unseren Füßen vergessenen Wäschekorb gesagt „Sie wird im Knäuel trocknen und nachher stinken!"

Schon griff mein Vater kleinlaut nach dem Wäschekorb. Du bleibst da, sagte meine Mutter zu mir, als würde sie mich ohrfeigen Es sind Kartoffeln zu schälen.

Und doch müssen sich mein Vater und meine Mutter einmal geliebt haben. Hie und da war eine Art vagen geheimen Einverständnisses davon übriggeblieben, in ruhigen Zeiten ein Sonnenaufgang im Blick, ein flüchtiges Lächeln, das wie Sonnenlicht über eine Scheibe glitt ... Ich erinnere mich an den Tag, an dem meine Mutter – kaum zu glauben! – eingewilligt hatte, eine Java zu tanzen. Mein Vater, zu der Musik aus dem Radio pfeifend, räumte den Tisch zur Seite, während ich, auf Zehenspitzen in meinen Sandalen, die Lautstärke vorsichtig aufdrehte ... Da schien die Musik die Küche plötzlich bis in die letzte Ecke mit Sonnenschein zu erfüllen, und mein Vater und meine Mutter fingen an herumzuwirbeln, mit Tageslichtsplittern in den Augen den Zähnen den Brillengläsern ... Und ich sehe buchstäblich die Funken eines aus dem Nichts entsprungenen Glücks, die in einem Wasserfall von Licht auf mich herabregnen, wie auf den Weihnachtskarten ...

Man hätte glücklich sein können, im Luftzug des Kleides meiner Mutter, das ich noch leise gegen die Möbel schlagen höre ... Es hätte genügt, diesen eisigen Auswuchs mit seiner schwarzen Wurzel zu vergessen, den meine Mutter immer weiter aus sich herauszog und von dem ich spürte, daß sie mich eines Tages damit anstecken würde ...

Inzwischen, während ich meine Kartoffeln schälte, brütete ich weiter über meine Verabredung bei Judith am nächsten Donnerstag – also übermorgen – nach. Meine Mutter hatte endlich aufgehört, einen immer tieferen Abgrund für mich daraus zu machen ... Wahrscheinlich dachte sie an andere Dinge   Oder sie hatte Mitleid mit mir, das passierte ihr auch ab und zu ...

Meine Mutter, hatte Judith gesagt, heißt Rosa. Mein Schwesterherz heißt Rachel   Sie ist Geigerin.

„Richtig von Beruf?"

„Bald. Sie studiert noch, aber sie gibt schon Konzerte   Und mein kleiner Bruder heißt Raphaël. Er ist süß, aber nervtötend."

„Und dein Vater?"

Ach, sagt Judith betont ungezwungen, habe ich dir das nicht erzählt? Er hat uns vor Jahren sitzenlassen ... Er war ein Goi – ein prächtiger Goi! ruft Judith aus, sichtlich jemanden nachahmend, die Hände zusammengeschlagen und mit verlorenem Blick   Man könnte glauben, daß sie ihn immer noch liebt, trotz allem, was er uns angetan hat   Sie hat ihn übrigens immer in Schutz genommen, hat uns Märchen erzählt, er sei auf Reisen, er käme wieder ... Meine Mutter ist echt die Königin der Märchen, du kannst es dir nicht vorstellen!

Ich lege meinen Arm um Judiths Schultern: Die Märchen der Mütter, das kenne ich auch ... Ich sage zu Judith, daß sie alle spinnen, aber daß das vielleicht vom Krieg kommt ...

Eben! sagt Judith und fährt hoch, dabei reißt sie sich aus meinem Arm los Der Krieg, das ist es!... Weißt du, daß ich gelebt habe wie ein ganz normaler Rotschopf, bis ich dreizehn war? Es ging mir völlig am Hut vorbei, daß ich Jüdin war, das hieß für mich bloß Kerzen am Sabbat statt der Messe, wo ihr alle hingingt – jaja, ich weiß, alle außer dir Und wenn ich Zusammenstöße mit der Hirnlosigkeit der Welt hatte, dann wegen meiner Haarfarbe und nichts sonst. Ob Jude oder nicht, das ist heutzutage allen scheißegal, das steht dir nicht auf der Stirn geschrieben Aber die Rothaarigen, auf die haben es alle abgesehen! Ansonsten habe ich mich nicht anders gefühlt als die anderen Die Synagoge, das war wie eure Kirchen: das nervige Dingsda, wo man auf keinen Fall reinwill ... Zum Glück ist Rosa nicht sehr fromm ... Jedenfalls hat unsere Mutter uns alle in totaler Unwissenheit belassen Kannst du dir vorstellen, daß ich die Shoah in Büchern entdeckt habe?!

„Die was?“

„Die Vernichtung!“

Ich stehe auf dem Gehweg wie angenagelt Ich traue mich noch nicht einmal, Judith in die Arme zu nehmen, so beschäftigt bin ich damit, keine Träne loszulassen, weil Scheiße, das wäre zu einfach, das eigene kleine Gewissen kostet einen ja nichts Ob ich es nun will oder nicht, ich gehöre zu diesen Gojim, die keinen Finger gerührt haben, um die Transporte am Abfahren zu hindern Ich höre meinen Vater noch meine Mutter anbrüllen, auf den Tisch hauend, als würde er Beweise hinknallen:

„Das Pogrom vom Vel d’Hiv’, im Juli zweiundvierzig! Das Lager in Drancy! Die französische Polizei! Ist das alles erfunden? War das eine Landpartie, deiner Meinung nach?... Wach endlich auf, Mama!... Erinnere dich!...“

Wir stehen vor dem Bahnhofsturm, dessen Uhr siebzehn Uhr fünfundzwanzig anzeigt Drei Busse haben wir schon fahren lassen, und meine Zunge ist voller Dornen, ich bringe kein einziges Wort mehr heraus ...

„Ich nehm den nächsten“, sagt Judith, „sonst steigt sie mir aufs Dach ... Ich hätte dir das alles nicht erzählen sollen ...“

„Doch, natürlich! Spinnst du, oder was?... Hör mal, Judith ... Deine Mutter ... Sie dachte doch, daß es so besser ist, das muß man auch verstehen ...“

„Ich weiß, ich weiß“, hat Judith zu ihren Schuhspitzen gesagt „Aber meine Großeltern, meine Onkel, die sind alle tot Sie hat uns erzählt, daß sie bei den Bombardierungen umgekommen sind ... Rosa ist ein Schatz. Aber ich warne dich: Sie lügt wie gedruckt ... Ah! Da ist mein Bus, ciao!“

Siehst du, was für Schalen du da machst? Joseph', ich rede mit dir! Wenn du eine Ohrfeige brauchst, um wieder auf den Boden zu kommen ...

Ich bin drauf und dran, ihr zu sagen, einfach so und ohne Vorwarnung, daß meine Freundin Jüdin ist Daß die ganze Familie jüdisch ist, außer dem Goi von Vater, der nie wieder gesehen ward ... Und hast du vielleicht irgendwas dagegen, Mama?

Aber ich weiß nicht warum, ich weiß wirklich nicht warum, ich halte die Klappe.

Dann hält der Aufzug mit einem Ruck an, und ich bin bei Judith. Rosa ist als Dame des Hauses verkleidet und serviert mir einen Pfefferminztee Ein bernsteinfarbener Strahl, der dem Schnabel der großen marokkanischen Teekanne entspringt und genau im richtigen Moment, bevor meine Tasse überläuft, mit einer geschickten Drehung des Handgelenks unterbrochen wird.

„... Und ihr Vater hatte graue Augen“, sagt Rosa. „Wie Rachel.“

„Ein prächtiger Goi“, zitiert Judith mit unterschwelliger Hinterlist, „mit einer schönen, markanten Visage ...“

„Davon hab ich etwas abbekommen“, murmelt Rachel, die Ältere, und schlägt zerstreut einen Akkord auf dem Klavier an.

„Die Augen!“ sagt Rosa begeistert.

„Und der Höcker auf der Nase!“ sagt Rachel am Klavier. „Es müßte gestimmt werden, das e ist ein bißchen falsch, hört ihr das?“

Ich vergehe vor Scham, da ich weder höre, ob das beschuldigte e falsch ist, noch daß es überhaupt ein e ist Man könnte mir ebensogut ein g vorspielen Aber ich nicke überzeugt ... Ich bin total benebelt.

Noch lange nachdem ich mich verabschiedet habe, fühle ich etwas wie eine offene Schneise in meinem Kopf, diesen unglaublichen grauen Blick, der mehrmals durch meine Augen eingedrungen ist wie der Lichtstrahl einer Fackel ... Wenn Rachel in diesem Augenblick behauptet hätte, sie könne meine Hirnwindungen sehen, hätte ich ihr ohne zu zögern geglaubt. Und ihre „Abenteurer-Nase“ (wie Raphaël sie nennt, der „nervtötende“ kleine Bruder, der immerhin fünfzehneinhalb ist) verstärkte diesen Eindruck eines überfallartigen Eindringens noch: Rachel hatte Platz genommen in meinem Leben, ohne ein Wort, ohne ein Lächeln, und benahm sich darin wie zu Hause. Ich fragte mich, ob ich sie lieben oder hassen würde ...

Im Bus, der mich in unsere matschige Sackgasse zurückbrachte, hatte ich das Gefühl, eine Grenze überschritten zu haben und für die Dauer einer sonnigen Siesta in einer anderen Welt gewesen zu sein ... Dort drüben spiegelte sich im Schnabel der Teekanne ein Licht, das von anderswoher zu kommen schien Es entsprang Rachels Blick Es fegte durch das Innere meines Schädels wie ein Sonnenstrahl, reflektiert von hundertfachen Spiegeln ... Es gab keinen Ort, um in meinen eigenen Halbschatten zu fliehen Keine Höhle Keinen Busch Nicht der geringste Schlupfwinkel in der Szenerie ...

Wie durch ein Wunder hat mich meine Mutter in Ruhe gelassen, in der Annahme, meine Niedergeschlagenheit sei eine Niederlage: Wenn sie glaubte, einen Sieg errungen zu haben, bohrte sie in der Regel nicht weiter.

In den folgenden Tagen bin ich den Fragen von Enrique und meinem Vater mit entmutigend einsilbigen Antworten begegnet, die das Ereignis verharmlosten. Mein Vater hat mir geglaubt. Enrique hatte Zweifel ... Und ich konnte nicht aufhören, den Filz in meinem Hirn haarklein auseinanderzufieseln, während Judith die Sache schließlich abhakte, nachdem sie mir vorgeworfen hatte, ihrer Mutter schamlos den Hof gemacht zu haben ... Ich wagte kaum, es zu glauben, aber das Erdbeben war unbemerkt vorübergegangen.

Ich ging fortan bei Judith ein und aus Raphaël zählte sogar auf die Unterstützung durch Enrique-meinen-Bruder bei seinen Bemühungen, „sich gegen diese ganzen Mädchen zu wehren", und da die Ferien näherrückten, würden wir bald genug Zeit haben, die wir uns gemeinsam vertreiben könnten ...

Enrique schlich allerdings um mich herum und beschuldigte mich mehr oder weniger, mich in den „kleinen Bruder" verliebt zu haben, er wurde plötzlich wieder genauso lästig wie damals, als wir acht waren.

Gleichzeitig war ich immer noch damit zugange, mein verfilztes Haarknäuel auseinanderzuklauben, und das mindeste, was man sagen konnte, war, daß es sich schlecht entwirren ließ ... Zum Glück ließ meine Mutter mich in Ruhe, als wäre sie es zufrieden, daß ich so depressiv schien ...

Nachdem ich einige Tage lang im dunkeln getappt war, begann ich schließlich zu ahnen, daß mein Problem ein narzißtisches war: Bis dahin war ich der kleine Liebling meines Vaters und der Lehrerinnen in der Schule gewesen – meine Mutter ließ ich aus dem Spiel: Ihre Kritik war viel zu willkürlich, als daß sie glaubwürdig gewesen wäre. Und Enriques streitbare Verehrung vergrößerte meinen strahlenden Wirkungskreis nur noch mehr.

Aber nun überfiel mich plötzlich Rachel mit der Wucht eines Felsbrockens und nötigte mich, jemand anderen als mich selbst zu bewundern. Durch ihr bloßes Auftreten verwies sie meine eigenen kleinen „Auftritte“ in den Rang reinen Bluffs – oh, dieser Blick, mit dem Rachel einen Witz bedachte, der nicht ganz aufging!

Ich fühlte mich regelrecht wie ein geprügelter Hund, außer daß ich Herzklopfen hatte und daß es mal was anderes war als sonst ... Aber, wie Enrique in seinen ersten Schnurrbartflaum hineinmurrte, das war „doch echt kein Leben mehr!“, und ich hätte in Betracht ziehen können, Rachel zu demontieren, wenn sie mich konsequent auf Distanz gehalten hätte ...

Aber nein: Ich sah sie jetzt mindestens zweimal die Woche, so selbstverständlich bewegte ich mich bei ihr zu Hause Und nach einer kurzen Zeit der Zurückhaltung, während der ich mich buchstäblich mit dem Radar abgetastet fühlte, redete sie dann mit mir wie mit einem Menschen. Besser noch: wie mit einem mit Vernunft und Humor begabten Menschen.

Es gab zwischen uns lediglich eine Art stillschweigender Warnung, die ebenso kategorisch wie unausgesprochen war und sich zusammenfassen ließe als ein gegenseitiges „Versuch nicht, mich zu bluffen, das bringt nichts“.

Wir hatten uns gleich von Anfang an jedes Verführungsmanöver verboten ... Das Alter der Gefühlsgemetzel! würde Enrique später in einem alkoholbedingten Anfall von Klarsicht dazu sagen.

Vorläufig arbeiteten Rachel und ich auf verschlungenen Pfaden an unserer Annäherung und setzten einen unübertrefflichen Einfallsreichtum daran, einander hinterrücks Dolchhiebe zu versetzen, wahrscheinlich um bei der anderen zu erreichen, daß sie sich auf Knien ergab.

Wir kämpften mit solcher Tapferkeit, daß wir uns jedesmal am Rande des Zusammenbruchs trennten, und jetzt könnte ich mich ohrfeigen, weil Rachel für immer gegangen ist und ich fast glaube, daß ich es von Anfang an darauf angelegt hatte!

„Aber ... Du kannst doch nicht schwul sein!"

Enrique saß völlig fertig auf der Bank in unserer Straße, rieb sich mit den Fingern einer Hand den Schädel und sah mich an, als würde ich versuchen, ihm den Bären des Jahrhunderts aufzubinden: Spinnst du, oder was?

Enrique las nicht genug: Mit über sechzehn Jahren hatte er keine Ahnung, daß es das auch zwischen Mädchen geben konnte.

„Ach ja? Und wie nennt man das?"

So ein grober Klotz! Ich schwebte zwischen Himmel und Hölle, ich hatte regelrechte Übelkeitsanfälle vor lauter Ungewißheit und obendrein meine Mutter am Hals (denn sie witterte irgendeine verdächtige Veränderung an mir), und alles was ihm einfiel, war „Und wie nennt man das?"!

„Ach, du Arsch! Wenn du anfängst, mir mit Vokabularfragen zu kommen, sag ich gar nichts mehr, basta. Oder ich suche mir einen weniger bekloppten Typ, um ihm meinen Kram zu erzählen!"

„Gibt's nicht", sagte Enrique seelenruhig. „Jedenfalls nicht hier in der Nachbarschaft. Komm, Chérie-meine-Schwester, ich versteh nicht, warum du dich so aufregst ..."

„Du verstehst nicht ... Du verstehst sowieso nie irgendwas!"

„Also, das stimmt so aber nicht ..." sagte Enrique.

„Verstehst du nicht, daß du mich nach dem Vokabular der Verachtung fragst?!“

„O nee! Was will sie denn jetzt wieder ...“ stöhnte Enrique und sackte auf seiner Bank noch mehr zusammen „He, Moment mal!“

Hau doch nicht ab, Dummkopf! plärrte Enrique und raste hinter mir her Jetzt warte doch, Herrgott! Grrrrr, was für ein Dickschädel!

Die Witwe Anavilella, die sich in den letzten Sonnenstrahlen aus ihrem Fenster lehnte, beobachtete uns mit ihrem kohlrabenschwarzen Blick, in dem auf einmal ein schalkhafter Funke aufblitzte:

„Jajaja! Schon wieder ein Ehekrach ...“

„'n Abend!“ knallte Enrique ihr vor den Latz, als würde er sagen „Hände hoch!“, worauf sie grinsend ihr Fenster zumachte und Enrique mir weiter hinterherlief.

„Das Problem mit dir ist“, keuchte Enrique, als er sich wieder auf die immer wackligere Bank fallen ließ, „daß man nie diskutieren kann ... Puuuh! Immerhin ein Glück, daß du dich in Rachel verknallt hast ... Weil ich nämlich ... Aber du sagst's niemandem, ja? Schwörst du?... Weil ich nämlich auf Judith abfahre ... Du mußt zugeben, daß das nicht weit vom Schuß ist!“

Ich räumte ein, daß wir ganz schön Schwein gehabt hatten, woraufhin Enrique über die Triftigkeit seiner eigenen Wahl zu quasseln begann und gestand, daß Rachel, die er nur mal ganz kurz gesehen hatte, ihn eher einschüchtere ...

„Es gibt so Leute, sobald du anfängst, mit ihnen zu reden, merkst du, daß du Blödsinn verzapfst ...“

Ganz versunken in meine eigenen Komplikationen, hörte ich Enrique nicht mehr zu Mit einschmeichelndem Gesicht unternahm er jedoch einen neuen Vorstoß:

„Komm! Sag mir doch, wie man das nennt ... Damit ich wenigstens nicht dastehe wie ein Idiot, wenn mir das Wort mal begegnet ... Los, sag schon!"

„Das nennt man Liebe, du Trottel!"

Unsere Sitzungen auf der Bank – oder im Stehen am Ende der Straße – haben meine Mutter immer mehr oder weniger aufgeregt. Abgesehen davon, daß es „verlorene Zeit" war, beschuldigte sie uns der chronischen und sorgfältig kultivierten Depression.

„Und wenn ich ihr sagen würde, daß sie ihren Zorn auch sorgfältig kultiviert?"

„Würde ich dir nicht raten", sagte Enrique, gelassen wie immer, solange es um fremde Mütter ging.

In der Tat waren wir selten fröhlich, vor allem in Anwesenheit unserer Mütter. Die traten im übrigen nur auf, um uns aus unseren Vertraulichkeiten herauszureißen, die wir am Ende der Straße austauschten, beide auf einem Bein stehend und das andere drumrumgeschlungen Störche mit Spatzenhirn! sagte meine Mutter.

Enriques Mutter sagte gar nichts, sie begnügte sich damit, uns mit Blicken abzuknallen Und dann hätten sie noch gern gehabt, daß wir ein heiteres Gesicht aufsetzten! Wir hatten keinen anderen Ort als die Straße, um uns unsere Geschichten zu erzählen, und selbst da störten wir noch ... Enrique fluchte auf spanisch, und seine Mutter überfiel ihn mit der ganzen Last, die sie mit sich herumschleppte, mit der Faulheit dieses unwürdigen Sohnes und schließlich mit ihrem eigenen Tod, den sie nicht müde wurde anzukündigen, das Ganze in einer Flut von Silben, von denen mir die meisten unverständlich waren ... Ein Glück! schrie Enrique Wenn sie anfängt, so herumzubrüllen, schäme ich mich, ich schwör's dir ... Und noch lauter zurückbrüllend als sie, ging er mit Dolorès, die ihm mit Putzlumpenschlägen um den Kopf den Weg zu dem eisigen Schlauch wies, der zu ihnen nach Hause führte.

Mich erwartete die Rückenansicht meiner Mutter in der Küche, deren gesamte Einrichtung durch die eisige Kälte erstarrt zu sein schien. Ich durchquerte diese Kälte mit zusammengebissenen Zähnen Ich flüchtete mich in mein Zimmer Ich schlug das Lexikon auf, um noch ein paar Wörter um die Ecke zu bringen: Sogar als Tote waren manche schön, und das beruhigte wenigstens meine Nerven.

Dann kam mein Vater nach Hause, das Eis schmolz mehr oder weniger, oder aber meine Mutter übertrug ihren unerklärlichen Zorn auf die Pfanne, die „anbabbte", den Preis der Butter oder den traurigen Zustand der Radieschen. Und Animus, der auf der Türschwelle saß, stellte seinen blauen, unergründlichen Blick auf Sparflamme und rollte seinen Schwanz wie einen Sockel um die Pfoten.

Bei Rosa gab es wenigstens Bewegung und Abwechslung: Freunde und Freundinnen der einen oder anderen, Gelächter und knallende Türen, und für jeden ein eigenes Zimmer für die geheimen Sitzungen ... Manchmal riß Rachel ihre Tür auf, um die anderen anzuschreien, doch gefälligst den Ton ein bißchen runterzudrehen! Aber meistens ertrug sie den Lärm, der ja schließlich auch eine dichte Wand zwischen unseren Vertraulichkeiten und all diesen herumlungernden Ohren bildete Denn obgleich wir es vermieden, einander auch nur mit den Fingerspitzen zu berühren, legten wir nach und nach unsere Seelen völlig bloß Dann lud sich die Atmosphäre mit seltsamen Schwingungen auf Eine geheimnisvolle Spannung elektrisierte uns Und zwischen den Schlägen meines Herzens schien es mir, als hörte ich das ihre wie ein Echo stolpernd klopfen ... Dann ging ich schnell, aus Angst, mich unwiderruflich zu verlieren oder vorzeitig etwas zu gestehen, was aussehen könnte wie eine Unterwerfung ...

Enrique, schmerzensreicher als eine Christusfigur seiner spanischen Heimat, weigerte sich immer noch, mich zu Rosa zu begleiten Im übrigen verfolgte er Judith mit einer solchen Vorsicht, daß sie es noch nicht einmal bemerkt hatte ... Am Ende ist mir der Geduldsfaden gerissen:

„Also, was ist, Romeo? Du bist ein Waschlappen, Alter, jetzt trau dich endlich! Ich werd dir doch nicht unter die Arme greifen und dir das Laufen beibringen wie einem Wickelkind!“

„Du bist ein Miststück, Chérie-meine-Schwester“, hat Enrique zu dem Häufchen Kippen zwischen seinen Latschen gesagt. „Also gut, wenn das so ist, komme ich eben das nächste Mal mit. Dann werden wir schon sehen, wer hier der Waschlappen ist!“

Er hatte sich schön gemacht, Enrique, oh là là! Neue Schuhe, blitzblank geputzt, und der Anzug von der Beerdigung seiner Tante. Und obendrein hatte sich der Friseur an ihm ausgetobt: ein echter Waisenhausschnitt!

„Geht das so?“

„Na ja ... Weißt du, ich hab dir ja gesagt, daß da eher Jeans und Turnschuhe angesagt sind ...“

„Scheiße“, sagte Enrique, „dreh das Messer nicht in der Wunde rum! Das war Dolorès, du kennst sie ja: Sie besteht darauf, mich auszustaffieren wie einen Vertreter, mit der Begründung, daß ich Abitur mache und ein feiner Herr werde! Ich geh nicht hin, Scheiße! Scheiße Scheiße Scheiße!“

„Na na na ... Gleich so große Worte! Komm, ist doch nicht so tragisch: Nimm mal die Krawatte ab, zieh das Jackett aus, mach den Kragenkopf auf und krempel die Ärmel ein bißchen hoch, so sieht's schon viel weniger steif aus ... Und jetzt hängst du dir das Jackett über eine Schulter, das ist cooler. Jawoll. So, jetzt biste schön, mein Bruder. Anda!... Und hör auf, darüber zu jammern, daß deine Mutter ehrgeizige Pläne für dich hat: Meine träumt ständig davon, daß ich von der Schule abgehe und einen alten Fettwanst mit 'nem Haufen Kohle heirate, das sind Zukunftsaussichten!“

An diesem Tag schwebte eine Art himmlischer Gnade über uns Sogar Enrique hatte etwas von seiner Steifheit verloren Um ihm eine Freude zu machen, spielte Rachel, da sie keinen Flamenco auf Lager hatte, den *Bolero* von Ravel auf der Geige. Enrique und Judith erfanden darauf eine Art Choreographie, die etwas improvisiert war, aber nicht ohne Anmut … Und nachdem die erste Befangenheit überwunden war, lächelten sich unsere beiden Turteltauben immer heftiger an, während ich mich in der Betrachtung Rachels verlor, die mit dem Kinn auf der Geige und abwechselnd federleichtem und sägendem Bogen für mich spielte, und nur für mich, das wußte ich ... Ich fühlte, wie die kaum merklichen brennenden Wellen vibrierten, die uns eine mit der anderen verbanden, und es war mir bewußt, daß ein weiteres Bündel von Wellen die beiden Tanzenden miteinander verband Wir befanden uns in demselben Strudel, den die unaufhaltsame Beschleunigung des Boleros stufenweise zum Weißglühen brachte ...

„He, Mädels!" sagte Enrique plötzlich und hielt inne. „Hat da nicht jemand an die Tür geklopft?"

Es wurde nicht geklopft, sondern feste dagegengehämmert.

„Jaja, ich komm ja schon!" brüllte Judith, bereits auf dem Weg. „Sekunde mal!"

Durch die Tür hörte man die entfesselte Stimme Raphaëls, die ein Gewirr anderer Stimmen und Gelächter übertönte He, seid ihr taub da drinnen oder was!... Hoffentlich ist Rosa nicht da ...

„Nein", sagte Judith schroff „Sie ist in ihrem Kurs. In dem Kurs, in dem du, nebenbei gesagt, auch gerade sein solltest, statt vor meiner Tür herumzuröhren! Was ist denn mit euch los?"

Aber Raphaëls Stimme überdeckte bereits jeden Willen zum Dialog Wie sein Name schon sagt, grölte Raphaël, ist der Konformist ein Mistviech, das konform gehen will!… Muuuh! brüllten die anderen, ein halbes Dutzend, darunter zwei, an deren Hals sich Raphaël festklammerte.

„Jetzt haltet mal die Luft an, ja?“ sagte Rachel und blockierte die halboffene Tür. „Also nee, was seid ihr für ...“

... Aber weil er ein Mistviech ist, schrie Raphaël voll in Fahrt, weiß er nicht, wie er da vorgehen soll ... Also schaut er sich die anderen Mistviecher an ... Hör auf! sagte Judith und schnitt Grimassen wie ein Äffchen, du nervst! ... die Mistviecher, die schon konform gehen, fuhr Raphaël unerbittlich fort, allen Radau übertönend, und er beschließt, es ihnen nachzumachen Verschwinde! sagte Rachel zu ihrem Bruder. Ihr kommt hier erst rein, wenn ihr euch beruhigt habt ... Muuuh! grölten die anderen Und dann, röhrte Raphaël triumphierend, schafft er es und wird ein formvollendetes Konformistviech! Ich sag's dir gleich, sagte Judith, wenn das ein Sketch sein soll, dann ist er ein totaler Flop Und dann, sagte Raphaël wie besessen, trifft er auf ... Raus! brüllte Rachel und stemmte sich gegen die Tür im Versuch, sie wieder zu schließen Wir haben die Schnauze voll, beruhigt euch erst mal! Und zu Enrique, der zur Statue erstarrt war: Jetzt hilf mir doch, die Tür zuzumachen!... Wenn ihr das macht, plärrte Raphaël, dann seid ihr eine Herde Konformistviecher, die in ihrem eigenen Mist schmoren!

Dann waren alle auf einmal still und bemerkten Enrique, der verdattert und stumm dastand, starr wie ein steinerner Hidalgo ... Du bist ja niedlich, sagte Raphaël mit nahezu normaler Stimme zu ihm Aber du solltest Rosa tragen, das würde göttlich zu deinem Teint passen. Und zu einem anderen, der gerade mit zwei Fingern seine Diva-Mähne auflockerte: Nicht wahr, Schätzchen? Hör auf, sagte der andere, der sich ein bißchen beruhigt hatte Der Junge wird einen sehr schlechten Eindruck von uns bekommen ...

Schämst du dich nicht? O doch, schluchzte Raphaël den Türrahmen an, wie kann ich mir das je verzeihen!

Er ist immer nervtötend, sagte Judith zu Enrique, aber doch nicht in dem Maß Ich weiß nicht, was er hat ...

„Er hat einen andalusischen Blick", sagte Raphaël zu Judith, „findest du nicht?"

„Und – hast du vielleicht was gegen Andalusier?" sagte Enrique auf einmal und ging, die Fäuste in den Taschen geballt, einen Schritt auf ihn zu.

„Aber nein, ich liiiebe die Andalusier!" verkündete Raphaël lauthals und berief sich auf die Glühbirne an der Decke als Zeugin. „Madre de Dios, welch eine Ungerechtigkeit!"

„Wißt ihr was?" sagte Judith plötzlich und verschluckte jäh ihre Augen „Er ist stockbesoffen, das ist es!"

„O weh!" sagte Rachel mit bebenden Nasenflügeln. „Du hast recht! Raphaël! Was hast du getan?! Philippe, was hat er getan?"

„Äh ... Ich glaube gesehen zu haben, daß er getrunken hat", sagte Philippe „Man müßte ihn unter die Dusche stellen, bevor Rosa zurückkommt ... Wäre besser, daß sie das nicht zu sehen bekommt, oder?"

„Schweinebande!" brüllte Rachel, die plötzlich rotsah „In was für einen Zustand habt ihr ihn gebracht!... Laßt ihn los und haut ab, bevor ich aus euch allen Hackfleisch mache!"

Auweia, jammerte Philippe, sie ist wie ihre Mutter, unheimlich auf Disziplin erpicht ... Also, wenn ich das gewußt hätte ... Hört auf rumzuspinnen, kommandierte Judith Es gibt auch noch Nachbarn, Scheiße! Sie ist eine entfesselte Konformistin, flüsterte Raphaël zärtlich Enrique ins Ohr, der zurückschreckte, als hätte er ihm hineingespuckt Warum rückst du denn ab? Bin ich dir etwa unsympathisch?

Ich dachte, ich wäre unter die Irren geraten, sagte Enrique später Alles raste wie wild in meinem Schädel herum und gleichzeitig fühlte ich mich total steif, mit ganz fest zusammengekniffenen Pobacken Wie diese blöden Püppchen, weißt du, die als Matadore aufgemacht sind Etwas Unechtes, schlecht Imitiertes Richtiger Basar-Ramsch ... Und ich fühlte mich nicht nur fehl am

Platz, sondern ... Sondern als gäbe es gar keinen möglichen Platz für mich Niemals Nirgends ... Den Erzengel hätte ich an diesem Tag erwürgen können!

Aber das Schlimmste, sagte Enrique, kam danach Als ich nach Hause zurückkehrte Es war, als seien überall die Lichter gelöscht worden und als sei es ein paar Grad unter Null. Ich hab das kaputte Waschbecken gesehen – seit Jahren ist es kaputt. Die gestopften schwarzen Strümpfe meiner Mutter hingen zum Trocknen über einer Stuhllehne ... Ich weiß nicht, wie ich's dir erklären soll, ich hatte Lust, mich abzuknallen, einfach nur, um ganz tot zu sein ...

Ich vermied es, Enrique, meinen Republikanischen Bruder, anzusehen, jedes seiner Worte war ein Faustschlag gegen den schillernden Schaum dieses Tages. Beide hatten wir ins Licht gesehen, waren bereit gewesen, unsere Flügel zu entfalten, mit den Schmetterlingen zu tanzen, die uns empfingen wie Brüder ... Und mit einemmal, nachdem der Zauber verflogen war, waren wir nur noch Fledermäuse, die, geblendet vom hellen Tageslicht, mit dem Kopf gegen Mauern flogen ...

Wir wurden wieder zu Geschöpfen der Nacht Die eisige Nacht unserer Herkunft, die uns wie Blei in den Eingeweiden hängt und uns bis in alle Ewigkeit hinabzieht Die Nacht unseres Viertels, von dem alle Straßenlampen zu weit weg sind, als daß das Licht uns erreichen könnte Weswegen man beim Gehen gegen Mülltonnen stößt, zwischen denen manchmal ein schlafender Säufer vor sich hin schluchzt ...

Das ist nicht wahr! sagte Rachel und traute sich endlich, meine Hände in die ihren zu nehmen Du bist ein Lichtwesen, das weiß ich, das sehe ich doch ... Josèphe, ich muß dir was sagen ... Ach, ist das alles kompliziert ... Hör zu ... Aber ich hörte nicht zu, ganz benebelt vom Lärm meines eigenen Blutes, das mir in der Kehle pochte, und von der kaum merklichen Vibration der Wände um uns herum ...

Oh, Entschuldigung! hatte Rosa gesagt Ich hab euch doch hoffentlich nicht weh getan?... Und sie zog sich zurück, mit einem mechanischen Lächeln, das mir das Blut immer noch in den Adern stocken läßt, wenn ich daran denke.

Wie kann man sich auch nur in einer Wohnung voller Menschen zwischen zwei Türen küssen, und zack! geht die Tür auf, und Rosa, glaubst du, sie hat's gesehen?

„Nein, nein", sagte Rachel, „mach dir keinen Kopf ... Und meine Mutter ist ja auch nicht bescheuert ..."

Das war das zweite Mal, daß wir in flagranti erwischt wurden Weißt du noch, sagte Rachel, das kleine Labyrinth am Square Saint-Roch? Und Colette Lecœur, hast du sie noch mal gesehen?

„Ach, die ... Wo denkst du hin."

Sie hatte uns angesichts unserer verschlungenen Hände und unserer sicher feierlichen Gesichter gefragt, ob wir gerade *Romeo und Julia* aufführten und ob wir nicht vielleicht die Adresse von ihrem Cousin wollten, der das viel besser könne als wir ... Ich wollte mich gerade über ihre Hochfrisur hermachen – ein häßlicher dicker Zuckerbäckerkuchen voller Schleifchen und Löckchen, der mir schon seit Schuljahresbeginn ein Dorn im Auge war –, als du mit zuckersüßer Stimme sagtest: Glaubst du?

Und in derselben Bewegung hast du mich mit dem Schwung eines jugendlichen Liebhabers aus dem Kino umarmt Es war so unglaublich, daß es mir vorkam wie einer dieser verrückten Träume, die man kurz vor dem Aufwachen hat und die den ganzen Morgen in einem seltsam märchenhaften Licht erstrahlen lassen ... Durch deine Locken hindurch sah ich die Baumwipfel, die sich herabneigten Eine Ecke des weiten, farblosen Himmels Einen Vogel, der in gerader Linie vorbeischoß Und aus meinem Körperinneren war auf einmal alles herausgefallen, wie auf der

Achterbahn, wenn es viel zu schnell geht, bis man nicht mal mehr weiß, wo die Knie sind ...

Colette Lecœur hatten wir verschwinden lassen wie eine Fata Morgana, wir haben im nachhinein nie rekonstruieren können, zu welchem Zeitpunkt sie genau ihre Hochfrisur woanders hingetragen hatte ... Als wir wieder ein wenig voneinander abrückten, waren wir jedenfalls ganz allein in dem Labyrinth mit den Vögeln im Gebüsch Und du, du hattest graublaue Augen wie ein Himmel bei Sonnenaufgang ...

Rachel! An diesem Tag hatte ich mir geschworen, mit dir zu leben mit dir zu schlafen mit dir zu sterben ... Und jetzt sterbe ich allein vor mich hin, jeden Tag ein bißchen mehr in einer unendlichen Zeitlupe, unter der riesigen Sonne des Winters, des Winterendes oder des Frühlings, wie ein löchriges Gerippe, das vertrocknet und verstaubt ...

Damals lebten wir eher als Sippe Nicht auszudenken, wieviel Geduld Rosa an manchen Tagen brauchte, um uns nicht alle miteinander rauszuschmeißen ... Raphaël, dieser kleine Verrückte, hatte sich Ringellocken gemacht Er sah aus wie ein Kleinkind aus den vierziger Jahren beim Photographen, eingeklemmt zwischen Stuhl und Tischchen Zeig dich so nicht deiner armen Mutter, hatte Rachel gesagt, das würde ihr Herz nicht verkraften!

Ich fragte mich langsam, ob Enriques Herz das viel besser verkraften würde: Ich sah, wie er immer steifer wurde und sichtlich nach dem Ausgang schielte Er war drauf und dran, noch mal die Nummer vom Edlen Hidalgo bei den Clowns abzuziehen, also habe ich ihn in den Arm gezwickt: „Jetzt komm, das ist doch Spaß ...“ Er hat mir einen tintenschwarzen Blick zugeworfen, und der Erzengel, dem der Zirkus natürlich nicht entgangen war, hat sich vor uns aufgebaut, plötzlich verwandelt in einen Edelmann aus dem siebzehnten Jahrhundert: Hand auf dem Knauf eines imaginären Schwertes, stolzer Blick unter der Perücke hervor, und sogar der Schatten eines Schnurrbartes war auf rätselhafte Weise auf seiner Oberlippe erschienen ... Enrique und er sahen einander herausfordernd an.

„Wollen Sie mich fordern?“ ließ Raphaël von oben herab fallen, mit einer Baritonstimme, die ihm niemand zugetraut hätte.

Enrique musterte ihn, steif und mit zu Kugeln geballten Pobacken in seinen nagelneuen Jeans.

„Monsieur würden sich doch wohl nicht mit einem Nichtadligen schlagen! Monsieur wissen, daß man einen Bauern prügelt oder aufhängt!“

Enriques Erwiderung war mit Applaus begrüßt worden, da er damit, wenn auch eher unfreiwillig, auf das Spiel eingestiegen war. Alle Mädchen sprangen ihm an den Hals, es war eine Art Taufe, außer daß es dafür der falsche Ort war Und ich sah nichts mehr als Rachels graue Augen, die durch die Rauchschwaden und die Wände hindurchzusehen schienen ...

„Hör zu“, hatte Rachel gesagt „Meine Mutter ist schließlich nicht bescheuert Sie weiß wohl, daß ...“

„Was sagst du?“

Rachel stammelte noch einmal irgend etwas in das Stimmengewirr aus geistreichen Sprüchen und Gelächter um uns herum, wurde langsam sauer, weil ich es immer noch nicht kapierte und kreischte schließlich Ich sagte, daß erstens mal alle Frauen lesbisch sind ... Das wird auch meiner Mutter ... Was hast du ihr angetan, deiner armen Mutter? sagte ein kleiner Spaßvogel, der ein Tablett mit Keksen herumreichte Das wird also auch meiner Mutter nicht entgangen sein, in ihrem Alter, und daß du außerdem nicht dein Leben lang an den Wänden entlangschleichen kannst ... Sie hat recht, sagte der Spaßvogel, der mit seinem Tablett wieder vorbeikam, das er nirgends abstellen konnte Könntet ihr nicht ein bißchen zur Seite gehen? Und außerdem, sagte

Rachel, während sie zur Seite ging, wenn du immer so reagierst, kann das ja heiter werden!

Tja, ist es auch geworden Und es war mir wohl bewußt, daß die Komplikationen gerade erst angefangen hatten, denn wie zum Beispiel sollte ich jetzt gehen, ohne mich von Rosa zu verabschieden ...

„Sie ist in der Badewanne“, sagte Rachel mit einer gewissen Erleichterung Wenn wir sie nerven, badet sie Siehst du, es ist gar nicht so schwierig ...

Man hörte Rosa pfeifen und in der Badewanne planschen, während ich mir im Flur meine Jacke holte Mach dir keine Gedanken, hauchte Rachel mir auf die Lippen, während sie den Riegel der Wohnungstür öffnete Wenn sie schlecht drauf ist, pfeift sie nie, da kannst du sicher sein. Womöglich hat sie überhaupt nichts gesehen ...

Nichtsdestotrotz wälzte ich die Behauptung stark zweifelnd in meinem Kopf hin und her, während ich die Treppen hinabstieg: „Alle Frauen?“ ... Niemand außer Rachel brachte es fertig, derartige Dinge im Konversationston zu behaupten Und ehrlich gesagt konnte ich mir nicht vorstellen, daß meine Mutter ... Die eigene Mutter kann man sich nie vorstellen, sagte Rachel. Auch nicht die eigenen Kinder. Das ist eine angeborene Unfähigkeit, da ist nichts zu machen ...

Unterdessen empfing mich Rosa wie immer, ob unschuldig oder von diplomatischer Amnesie befallen, was meine Qualen mit jedem Mal verschlimmerte ... Schließlich hatte Rachel beschlossen, mit ihr zu reden:

„Na, hast du mit ihr geredet?“

Kopfnicken.

„Und ... Was hat sie gesagt?... Jetzt antworte doch!“

„Nichts“, sagte Rachel mit dieser natürlichen Lässigkeit, um die ich sie immer heimlich beneidet habe „Gar nichts, was hätte sie denn sagen sollen? Sie hat gesagt, ich würde sie noch umbringen, das ist alles."

„Und das nennst du 'gar nichts'!"

Oje oje! hat Rachel gesagt und mich mit mitleidigem Blick an sich gedrückt und gewiegt, man sieht, daß du von jüdischen Mammes keine Ahnung hast! Das sagen sie zu ihren zwanzigjährigen Söhnen, die über Nacht wegbleiben, zu Kindern, die hinfallen oder nicht essen wollen, zu denen, die zu Jom Kippur nicht kommen können, und zu ihrem Mann, wenn er heimkommt und das Essen nicht fertig ist! Sie sind fünfzigmal am Tag drauf und dran zu sterben, die jüdischen Mammes, reg dich nicht auf!

Anscheinend waren also jüdische Mammes auch in meinem Viertel weit verbreitet: spanische oder portugiesische oder arabische Mamas Polnische armenische martinikanische Mamas und so weiter, ohne die eingeborenen französischen Mamans zu zählen ... Eigentlich ziemlich alle, außer meiner. Weil meine ...

„Ja?" sagte Rachel und pflückte ein ausgefallenes Haar von meiner Schulter. „Was ist mit deiner?"

„Nichts. Zu kompliziert ..."

Meine Mutter drohte mir nie mit ihrem Tod: Sie starb aufrecht stehend vor meinen Augen weg. Wie eine Blinde lächelte sie mich an, den Blick zwanzig oder dreißig Zentimeter an mir vorbeigerichtet, und schlagartig war ich mir über gar nichts mehr sicher: War ich tatsächlich im Zimmer? Hatte ich mich aufgelöst wie eine Nebelschwade oder wie eine Fata Morgana ... Hatte ich überhaupt jemals existiert?

Ich weine Ich stelle mich auf Zehenspitzen und strecke ihr die Arme entgegen Mama! Mama!... Ich schüttele sie an der Hand oder am Gürtel, wie um ihren Blick wieder in die richtigen Bahnen zu lenken und ihr Abdriften zu unterbrechen ... Manchmal gelingt es mir, aber meistens mache ich es nur noch schlimmer:

ihr wirrer – irrer? – Blick flattert und hebt ab und schraubt sich hoch Am Ende wissen weder sie noch ich mehr, was oben und unten ist ... Ich falle Ich schreie In meinem Schädel ist heftiges Getrappel, wie von einer Menschenmenge, die fliehen will und nicht kann und die ständig irgendwo anstößt. Ich schreie Ich schreie Dann kommt mein Vater herbeigestürzt, und das Getrappel steht mit einem Schlag still.

„Papa!...“

Den Mund so angespannt, um nichts zu sagen, daß seine Unterlippe die obere wie ein bleicher Knebel bedeckt, hat mich mein Vater mit einer einzigen Bewegung hochgehoben-fortgetragen-und-gewiegt, seine linke Hand um meinen Kopf gelegt wie einen Schutzhelm. Ich höre die Schreie meiner Mutter noch, aber weit weg Es ist wie eine Erinnerung an eine erfrorene Stelle Ganz langsam taut sie auf, wie ein stechender Schmerz, der nachläßt ...

Dann fängt mein Vater leise an zu singen, während er mich an sich drückt und wiegt Mein Ohr liegt an seiner Brust, in der das kleine Lied widerhallt:

Dort oben ist das Leben schöööön ...
Es gibt keine Menschen im Paradiiies,
Die sind in der Hölle beim Teuuufel ...

Mit wem sonst hätte ich reden können? Ich habe den richtigen Augenblick abgewartet Zum Beispiel wenn meine Mutter beim Friseur wäre, dann würde sie wenigstens nicht mittendrin über uns herfallen ...

Hör mal, Papa ... So ein Mist, jetzt hätte er einmal Akkordeon spielen können, ohne meine Mutter am Hals, die ihn falscher Noten bezichtigte – die obendrein eingebildet waren, meine Mutter ist völlig unmusikalisch Hör mal, Papa ... Also erstens mal sind alle Frauen lesbisch ...

„Aha“, sagte mein Vater und zog seine Hose hoch, die ihm dauernd unter den Bauch rutschte. „Und von wem ist diese Theorie?“

„Jetzt zieh doch mal deinen Gürtel richtig zu! Von Psychiatern.“

„Ja aber“, sagte mein Vater und gehorchte mechanisch, als wäre ich meine Mutter, „sind sie sich denn darüber alle einig?“

„Weiß ich doch nicht!“

„Tja, das ist aber dumm“, sagte mein Vater, bei dem der Zweifel die Oberhand gewann „Wenn das nämlich eine umstrittene Theorie ist ...“

„Hör zu, Papa! Es geht hier nicht um Theorie ... Die Theorie ist mir scheißegal!“

„Was!“ sagte mein Vater und fing im letzten Augenblick seine Brille auf, die wieder einmal herunterrutschte „Verstehe ich richtig, was du mir da sagen willst?... Ah, Herrgott noch mal!“

Er tätschelte sich auf dem Schädel herum, wie um den schrecklichen Verdacht plattzudrücken, den er dort zart keimen fühlte.

„Hör auf, um dem heißen Brei herumzureden, und sag mir, was du zu sagen hast, weil ich nämlich befürchte, daß ich dich nicht recht verstehe!“

Just in diesem Augenblick ließ uns das Knallen einer Tür beide erstarren. Meine Mutter platzte herein, mit wilden Haaren, bloßliegenden Nerven und mörderischem Blick Geschlossen! wütete sie und warf ihre Handtasche auf den Tisch. Einfach so. Ohne Vorwarnung! Ich schwöre euch, daß ich da so schnell keinen Fuß mehr hineinsetze! „Geschlossen wegen Taufe“! Wenn es wenigstens eine Beerdigung wäre ...

„Ach komm, Mama“, sagte mein Vater „Ist doch nicht so schlimm ... Du kannst doch genausogut morgen hingehen ...“

„Glaubst du, ich hätte nichts anderes zu tun? Und worauf habt ihr eigentlich gewartet mit dem Abwasch? Daß ich heimkomme und ihn selbst mache?“

Mein Vater stürzte sich auf die Spüle Ließ Unmengen heißen Wassers hineinlaufen Verbrannte sich, fluchte. Meine Mutter schnappte sich mit Märtyrerblick eine Schürze:

„Hast du denn nichts zu tun, Joseph'?"

Ich nehme ihr die Schürze, die sie mir hinhält, aus der Hand. Dann setzt sie sich sehr aufrecht an den Küchentisch.

„Weißt du, was Louisa mir erzählt hat, die, die aus Algerien heimkehren mußte?"

Mein Vater, der weiter seine Teller schrubbt, gibt ein Grunzen von sich, das als Identifizierung der Besagten durchgehen kann.

„Also", fährt meine Mutter fort „Eines Tages hat sie in ihrem Viertel die Leiche eines toten Fellachen auf dem Boden liegen sehen: Ein Gewehrschuß hatte ihm den halben Schädel weggepustet ... Und weißt du was? Da waren zwei Hunde, die sein Gehirn auffraßen ..."

Mit gesenktem Kopf reicht mir mein Vater die Teller zum Abspülen.

„Mitten auf der Straße", sagte meine Mutter. „Vor aller Augen!... Und keiner hat die Hunde weggejagt!... Alles Feiglinge!"

Schweigen.

„Daraufhin ist Louisa weggegangen. Bevor sie auch so ein Monster wurde ... Sag mal, hörst du mir zu?"

„Ja, natürlich, Mama," sagte mein Vater mit mechanischer Geduld. „Wie kommt es nur, daß gerade du immer solche Geschichten hörst?"

Die Frage war nicht wirklich an meine Mutter gerichtet, eher an sich selbst oder an den unsichtbaren Zeugen des fortdauernden „Verhängnisses", das sein Leben mit meiner Mutter war Denn sie versäumte es nie, ihren ewigen Refrain über die Feigheit der Menschen wiederaufzunehmen ... Da habe ich gesagt:

„Und Louisa? Hat sie sie weggejagt?"

„Wen?"

„Na, die Hunde."

„Wo denkst du hin“, sagte meine Mutter zu mir, als hätte ich eine Ungeheuerlichkeit von mir gegeben „Denkst du denn, du Unglückskind, daß das die Aufgabe einer Frau ist?!“

Aber ich bleibe dabei, den Ellenbogenstößen meines Vaters zum Trotz, daß es die Aufgabe eines Menschen gewesen wäre, ob männlich oder weiblich.

„Ich diskutiere nicht mit dir“, hat meine Mutter mit ihrem glitzernden Eisblick gesagt „Ich rede mit deinem Vater. Sei still.“

Ich habe geschwiegen. Ich wollte Rachel zu Hause einführen, es war nicht der richtige Augenblick, das Donnerwetter auf mich zu ziehen. Danach ist meine Mutter in ihr Zimmer gegangen, um ihre Medizin zu trinken. Als sie zurückkam, hatte sie sich etwas beruhigt, aber ich habe trotzdem lieber den nächsten Tag abgewartet, das war sicherer.

Es war ausnahmsweise einmal ein schöner Tag Meine Mutter polierte ihr Kupfergeschirr, spiegelte sich darin, strich sich angewidert eine Haarsträhne aus dem Gesicht, die ihren Ärger über den Friseur neu entfachte, aber es ging nicht über ein Schulterzucken hinaus. Mein Vater las ein Buch aus der Leihbücherei, über Trotzki.

„Dein Begründer der Roten Armee“, sagte meine Mutter mit sanfter Stimme, „weißt du nicht, was er getan hat, damals in Kronstadt?“

„Es war eine schlimme Zeit“, sagte mein Vater, bemüht, dem Konflikt auszuweichen.

Ich mußte mich beeilen, bevor sie wieder anfingen, sich wegen Trotzki in die Haare zu kriegen Also habe ich vorsichtig die Katze aus dem Sack gelassen Tja, hat meine Mutter gesagt Sie lädt dich zu sich nach Hause ein ... Es ist eine anständige Familie, vielleicht sogar zu anständig ... Aber na ja, besser als umgekehrt ... Ja, warum nicht, du kannst sie zu uns einladen ... Aber ist es nicht ihre Schwester, die du uns eigentlich vorstellen müßtest?

„Ja, aber ihre Schwester ... Äh ... Die hat einen Freund, verstehst du ... Und ich ... Ich bin jetzt mit Rachel viel vertrauter ...“

„Du wirst nie wissen, was du willst, meine arme Joseph' ... Aber mir kann's ja egal sein, ob die eine oder die andere ...“

Ich habe gesehen, wie sich die Brille meines Vaters in plötzlicher Besorgnis in meine Richtung drehte.

„Nicht wahr, Papa?“ hat meine Mutter gesagt, was in zweifacher Hinsicht ans Wunderbare grenzte, denn eigentlich nannte sie ihn nicht Papa, und sie fragte ihn nie nach seiner Meinung.

„Na ja“, sagte mein Vater, wohl darauf bedacht, nicht zuviel Begeisterung zu zeigen, „wenn du einverstanden bist, klar ... Außerdem ist sie Musikerin, heißt es ...“

„Ich hoffe aber sehr“, sagte meine Mutter, „daß du nicht dein erbärmliches Akkordeon auspacken wirst! Ich würde mich schämen!“

Es hätte mich auch überrascht, wenn sie gar nichts kaputtgemacht hätte. Aber im Blick meines Vaters lag, seine Ratlosigkeit überlagernd, ein kleines Lächeln, das mir sagte, ich solle mir nichts daraus machen, mit der Zeit würde sich alles einrenken ... Wir werden sie zum Abendessen einladen, hat meine Mutter gesagt, ich hoffe, du ziehst ein Kleid an.

Ich hätte sie umarmen sollen. Aber das hatten wir uns schon viel zu lange abgewöhnt, das hätte nur ihren Argwohn geweckt.

Rachel.

Meine Mutter ist ihr vom ersten Augenblick an mit Mißtrauen begegnet, wie einer trügerischen Substanz, die harmlos aussieht, aber jeden Moment explodieren kann ... Jeder ihrer Blicke schien einen Bogen um sie zu machen, jede ihrer Bewegungen enthielt im Ansatz ein Zurückweichen   Bedienen Sie sich, Rachel ... Und die Hand meiner Mutter, die gerade die Schüssel anreichte, zuckte zurück, als fürchte sie sich vor einem bissigen Hund.

„Iß, mein Mädchen“, sagte mein Vater und tätschelte ihr den Nacken, genau wie er es mit mir machte „In eurem Alter ist das Wachstum noch nicht abgeschlossen ...“

Der gutmütige Klang seiner Stimme wärmte die eisige Luft, die meine Mutter aufgewirbelt hatte, als sie sich wieder hinsetzte Rachel aß Rachel lächelte allen zu, und vor allem meiner Mutter Rachel wirkte immer blasser unter ihren schwarzen Haaren ... Sie hatte ein sehr braves Kleid angezogen und schwieg. Ihr eines Unterlid, das etwas geschwollen war wie manchmal bei kleinen Kindern, zuckte ab und zu Und unter dem Tisch drückte ich mein Knie fest an das ihre. Nur Mut. Es wird schon vorbeigehen. Verzeih ihr Verzeih mir, sie ist meine Mutter ...

Ich komme nicht mehr, hatte Rachel zu mir gesagt. Das geht über meine Kräfte. Oder sag's ihr ein für allemal, wenn sie es doch sowieso weiß!

„Du spinnst ja! Woher soll sie es denn wissen!“

„Ihr ganzer Körper weiß es für sie“, behauptete Rachel. „Du mußt es ihr sagen ...“

Wenn du es ihr nicht sagst, meinte Rachel schließlich, werd ich es ihr sagen! Wir haben niemanden umgebracht. Wir sind keine ekelerregenden Monster! Wir lieben uns ...

Eben. Ich wußte, daß genau das für meine Mutter das nicht wiedergutzumachende Verbrechen wäre, und auch, daß sie nicht wie Rosa die Augen schließen und warten würde, daß es sich entweder erledigte oder festigte ... Sie würde sie im Gegenteil weit öffnen Wie Flammenwerfer!

Meine Mutter verbrennt Bücher Auf einem Platz, es ist Nacht, und da lodert ein riesiges Feuer Ihr Haar ist ganz aufgelöst, Funken fliegen hindurch, wenn stapelweise Bücher in die Flammen geworfen werden Sie hat ihr eisig-irres Lächeln Im übrigen sind alle Gesichter verzerrt Sie sind erschreckend anzusehen ... Papa, warum machen sie das? Du spinnst, sagt mein Vater, was erzählst du denn da! Deine Mutter hat nie Bücher verbrannt ... Bücher sind doch teuer!

Doch, Papa, ich hab sie gesehen Sie hat sie ins Feuer geworfen Warum macht sie das? Du hast geträumt, sagt mein Vater Komm, mein Häschen Hier wird überhaupt nichts verbrannt, außerdem ist noch nicht mal Feuer da!... Er hebt die Ringe des Küchenherds an, um es mir zu zeigen, und es ist tatsächlich ganz schwarz darin Aber ich weiß doch, daß ich recht habe, ich hab wirklich etwas gesehen, nur was Vielleicht war es im Kino, sagt mein Vater mit zugleich ermutigender und ärgerlicher Stimme Erzähl nicht solche Dummheiten ... Schlaf, mein Kätzchen, du hast Fieber ...

Da war sogar ein alter Mann mit einem Käppi voller Sterne Er hat einen ganz weißen Schnurrbart, und die Menge brüllt vor Begeisterung, als er im Wagen vorbeifährt Überall sind Leute an den Fenstern auf den Gehwegen Da ist noch ein anderer Mann in Uniform, mit einem sehr häßlichen Schnurrbart und einer Haarsträhne, die ihm über ein Auge fällt Und er sieht dumm aus, so was von dumm!... Und alle heben sie einen Arm steif und schräg hoch, als er vorbeifährt Ein ganzer Wald von erhobenen Armen, als würden sie gleich alle auf einmal zuschlagen, und der andere antwortet mit einer Geste, als wolle er sagen „mir doch scheißegal“, so zack! nach hinten In der Menge sehe ich meine Mutter Ich habe ihre Ringellocken erkannt, und diesen komischen Hut, den sie auf den Photos trägt Mein Vater sagt nichts mehr, er fühlt mir die Stirn und legt mich wieder hin Schlaaaf, mein kleiner Jumbooo ...

„Du warst doch noch nicht mal geboren“, sagt mein Vater, als er mich zudeckt Warum erzählst du solche Sachen. Aber ich hab sie gesehen, Papa Sie sah sehr zornig aus Und neulich hat sie bei der Beerdigung von der Maria geweint ... Na siehst du, sie ist nicht böse, sagt mein Vater. Sie regt sich nur manchmal so auf.

Schlaf, mein Schatz, gleich kommt der Doktor.

„Papa ... Warum verbrennt man Bücher?“

Aber wer denn? sagt mein Vater mit seinem besorgten Blick über den Brillenrand hinweg   Wir jedenfalls nicht   Und außerdem war das vor langer Zeit, was erzählst du denn da?... Sag mal, was liest du eigentlich zur Zeit?

Ich lese alles, was im Haus herumliegt, und auch bei den Nachbarn   Über die Todeslager und *Heimatlos*   Ob Rémi wohl Jude war, weil er so unglücklich war? War der Vater Barberin ein Kapo? Ich habe ganz dicke Lippen, die immer mehr anschwellen und mich am Sprechen hindern   Mein Vater hält mir die Hand, aber es ist sicher, daß ich ihn verlieren werde, wenn ich einschlafe   Und meine Mutter steht draußen vor der Hoftür und schaut zu, wie der Leichenzug der Maria vorbeizieht, und atmet unter Tränen ... Die Bücher würde sie gern verbrennen, das weiß ich   Sie faßt sie manchmal mit spitzen Fingern an, als würden sie von innen heraus von einem Feuer verzehrt   Sie verbrennt sich daran und wirft sie weit weg, ich hab sie gesehen Vielleicht war es im Kino, aber meine Mutter war dabei, ich hab sie gesehen   Ich hab sie gesehen   Ich hab sie inmitten der Funken gesehen, die aus den Seiten hervorsprühten und durch ihre Haare flogen ... Und dann ist da der Arzt, der mir eine Spritze gibt, und ich schlafe ein ...

Ich weiß weder, welchen Tag wir haben, noch die Uhrzeit, meine Uhr ist stehengeblieben   Und ich bin soeben in einer fürchterlichen geistigen Leere aufgewacht: Haben wir das Abitur hinter uns, oder stehen die Prüfungen noch aus?

„Papa! Papaaa!“

„Was ist denn los?“ ruft mein Vater, als er in mein Zimmer gestürzt kommt, das Kinn voller Rasierschaum   „Du spinnst wohl, so zu schreien! Ich hab gedacht, es wär ein Unglück passiert ...“

„O Papa!... Ich dachte, ich hätte das Gedächtnis verloren ... Ich konnte mich nicht mehr erinnern, ob wir das Abi hinter uns haben oder nicht!“

„Na, wenn’s weiter nichts ist“, sagt mein Vater und läßt sich auf mein Bett fallen „Du hast mich zu Tode erschreckt mit deinem Geschrei!... Aber natürlich habt ihr es hinter euch, und bestanden hast du auch ... Oje oje, das kommt von der Überarbeitung ... Geht’s jetzt wieder, ja?“

Sei es aufgrund unerhörten Glücks, sei es wegen der „Überlegenheit unserer sprühenden Geister“, wie Judith behauptet, jedenfalls ist keiner von uns durchgefallen Auf der Straße werfen sich mein Vater und Dolorès um die Wette in die Brust ... Meine Mutter hatte nur ein dünnes Lächeln übrig Ja, aber paß bloß auf bei der zweiten Hälfte im nächsten Jahr! Wie ich dich kenne ...

Ich lasse sie stehen und gehe meinem Vater beim Aufhängen seines Korbs voll Wäsche helfen Grrrrr! knurrt mein Vater und schüttelt ein nasses Hemd aus, um es zu glätten, bevor er es aufhängt Klammern, bitte Grrrrr, also nee ... Alle Frauen, das mag ja sein, aber nicht deine Mutter, da bin ich mir sicher! Und er preßt grummelnd die Hemdsärmel zusammen, um die Nässe herauszudrücken Also, ich bitte dich, brich jetzt keinen Streit vom Zaun, ihre Nerven liegen zur Zeit sowieso schon bloß, ich weiß nicht, was sie hat ...

In der einbrechenden Nacht blähte ein leichter Wind die aufgehängten Hemden auf Wie Gespenster streckten sie ihre leeren Arme nach uns aus Die Schnürschuhe meines Vaters zeigten im Matsch auf zehn nach zehn, und an seinem ausgestreckten Arm baumelte der leere Korb wie ein Pendel.

Rachel kam wieder zu uns Wir gewöhnten meine Mutter langsam daran Und mein Vater machte sich schweigend Gedanken ... Die Anweisung meiner Mutter befolgend, hatte er kein Wort über sein Akkordeon verloren.

Eines Tages jedoch, als meine Mutter einkaufen war, wofür sie immer eine Ewigkeit brauchte, hat Rachel mit dem Kinn auf mich gezeigt und zu meinem Vater gesagt Sie hat's ausgeplaudert, wissen Sie ... Wollen Sie uns nicht ein Liedchen vorspielen?

„Na, ganz sicher nicht!" hat mein Vater mit einem wütenden Blick in meine Richtung gesagt „Wie stünde ich denn da, neben dir! Ich bin doch kein richtiger Musiker ..."

„Das ist Quatsch", sagte Rachel. „Sie wollen mir doch wohl nicht erzählen, daß Sie Lampenfieber haben, oder!"

„Aber ich habe es mir selbst beigebracht!" kreischte mein Vater „Und ganz falsch, womöglich ..."

„Na und?" sagte Rachel. „Das werden wir dann schon sehen ... Aber ich habe den leisen Verdacht, daß Sie tiefstapeln ... Josèphe hat mir auch erzählt, daß Sie gelegentlich bei Hochzeiten aufspielen ... Also, was spielen Sie uns vor?"

„Ein Chanson von Mistinguett", sagte mein Vater mit sanfter Arglist „Da dachtest du noch nicht mal dran, geboren zu werden!"

Aber kaum hatte er die ersten Akkorde gespielt, begann Rachel, auch zu meiner Überraschung, das Tanzbein zu schwingen in ihren zu engen Hosen, wie sie in jenem Jahr Mode waren, und fiel aus voller Kehle ein:

Man saaagt ... Ti la la la la la la ...
Ti-la-la la-la-la laaa,
Es ist waaahr!
Man saaagt
Ti la la la la lai-re
Ti la la la la lai-re
Es ist waaahr
Tra la la la la la la la la la lai-re
Ich wäre nicht die Mistinguett
Wenn ich nicht sooo wä-re ...

„Noch mal von vorne“, hat mein Vater verblüfft gesagt: „Wir waren nicht genau im Takt. Bist du soweit?“

Er fing wieder an zu spielen und Rachel zu singen und zu tanzen. Fasziniert sah ich meinem Vater zu, wie er sich dem Rausch des Spiels überließ, von dem er plötzlich ergriffen worden war wie von einer sehr alten Sehnsucht ... Das Kinn auf sein Akkordeon gestützt, lächelte er wie auf dem Photo von ihm als jungem Mann, mit demselben Grübchen in der Wange, demselben leicht verwegenen Ausdruck, derselben zarten Falte am Mundwinkel und demselben hinter den Spiegelungen der Brille verhaltenen Freudefunken ...

Meine Mutter hat immer jede Freude verachtet Diese tolpatschige Freude meines Vaters, vor der sie sich mit einem leisen Zucken der Vorsicht oder des Ekels abwandte, wie man sich vor irgendwelchen Spritzern schützen würde ... In flagranti bei guter Laune erwischt, hatte man dann das Gefühl, sie versehentlich angespuckt zu haben Man schämte sich Vor allem mein Vater, der sich nicht mal mehr traute, mich anzusehen.

Danach herrschte meine Mutter über die wieder eingekehrte Stille wie über ein einmal mehr bestätigtes Hoheitsgebiet Ohne Bosheit schubste sie uns dann herum Man spürte, daß sie uns genauso mochte wie alle Dinge: in guter Ordnung und an unserem Platz, dem, den sie uns zugewiesen hatte.

Unermüdlich setze ich die Belagerung meines Vaters fort, dessen Verteidigung bereits zusammengebrochen ist, das weiß ich:

„Papa ... Sehe ich aus wie eine ‘Abartige’? Und Rachel, hm? Sag? Hör zu, Papa ...“

„Oje“, brummelte mein Vater vor sich hin, wie als ich klein war und er genau wußte, daß er nachgeben würde „Oje oje oje ... Aber denk doch mal nach ... Wie willst du das bloß deiner Mutter beibringen!“

„Indem ich ihr die Wahrheit sage, Papa ..."

„Du spinnst wohl!" brüllte mein Vater. Um sich zu beruhigen, legte er sich die Hand flach auf den nackten Schädel und klimperte mit den Fingern darauf herum, auf der Suche nach der rettenden Idee ... „Du bist mir eine ... Also wirklich ... Oje oje, was für ein Schlamassel!"

„Papa!... Ich liebe sie, verstehst du? Ein Leben ohne sie, das wäre nichts mehr wert ... Verstehst du das?"

Und ich hatte mir doch geschworen, nicht zu weinen. Ich sah, wie mein Vater blaß wurde und erstarrte, wie durch einen blitzartigen Kälteangriff Ich sah ihn tot dastehen, an die Wand gelehnt und mit herabgerutschter Brille Ich bin zu ihm gestürzt.

Na gut, hatte mein Vater dann gesagt Aber du brauchst doch das alles deiner Mutter nicht zu erzählen ... Außerdem, du kennst sie ja, sie wird keine Fragen stellen. Könntest du also nicht wenigstens den Mund halten? Könntest du das für mich tun, ja oder nein?

Aber hör mal, sagte Rachel Findest du das nicht ein bißchen feige, wenn wir uns so drücken? Deine Mutter ist doch kein Monster ... Sie wird sicher daran zu knabbern haben, aber am Ende wird sie sich damit abfinden. Was bringt es, sie für dumm zu verkaufen? Und wenn wir dann zusammenleben? Als „Freundinnen"? Das wird das Problem nur um ein paar Monate verschieben ... Und weißt du, deine Mutter hat mich längst durchschaut. Ich könnte mich bunt anmalen oder nur noch Bühnenkostüme tragen, das würde überhaupt nichts mehr ändern, das weißt du doch auch ... Also wäre es doch am besten, wenn wir uns alle drei mal aussprechen würden, oder?

Nein. Ich hätte nein sagen sollen. Nein nein nein. Ich hätte auf meinen Vater hören sollen, Rachel daran hindern, sich meine Mutter zurechtzuträumen, statt ihr richtig ins Gesicht zu sehen ... Aber ich schaffte es nicht mehr, mich in meinem eigenen Nebel zu orientieren, und ich habe noch nicht einmal die Vorzeichen der Katastrophe erkannt.

Gut, hör zu ... hatte Rosa mit ihrer ausgleichendsten Stimme gesagt Mit ihrer Lehrerinnenstimme zum Glätten der Psychodramen, die man sich ganz allein bastelt Von wo aus rufst du überhaupt an?

„Aus der Bar, bei mir um die Ecke."

„Und willst du da übernachten? Worauf wartest du dann? Daß ich dich abhole?... Hallo?... Hallo?... Jetzt hör doch auf zu weinen, ich versteh doch gar nicht, was du sagst ..."

„Ich hab gesagt ... Ich komm schon zurecht ... Ich wollte bloß mit Rachel reden, und ... Aber egal, wenn sie nicht da ist ..."

„Aber sie kommt doch wieder", sagte Rosa „Mach dir keine Sorgen ... Das ist doch kein Weltuntergang, Menschenskind!... Hör mal, willst du, daß ich mit deiner Mutter rede?"

„O nein, auf gar keinen Fall! Sie ... Das können Sie nicht verstehen ..."

„Doch, natürlich", sagte Rosa mit brummeliger Stimme. „Hör mal, mein Mädchen Du packst jetzt deinen ganzen Kummer in deinen größten Koffer, mit ein paar Unterhosen, und sortieren tun wir dann später, ja? Das Wichtigste ist jetzt, die Nerven zu behalten ..."

Rosa hatte ganz recht, vom Sortieren zu reden, denn in meinem Kopf gab es nur noch wunde Fasern blutige Fetzen und Mordgelüste ...

Dabei war meine Mutter zuerst ausnahmsweise einmal glänzender Laune gewesen ...

„Eben", sagte Enrique „Genau dann sind sie am gefährlichsten! Wenn Dolorès mir übers Haar streicht, dann halte ich die Augen offen und bleibe in Türnähe!"

Aber an diesem Tag, da lag ein perlender, hübscher Sonnenschein auf den Fensterscheiben, und eine außergewöhnlich einträchtige Stimmung herrschte zwischen meiner Mutter und den Dingen, zwischen meiner Mutter und mir ... Eine wunderbare Transparenz der Luft machte das Atmen leicht, man hätte glauben können, daß jedes Wunder nicht nur möglich wäre, sondern unmittelbar bevorstand Ein luftiger Tag, rund und schillernd wie eine Seifenblase ...

„Und was machst du?“ meckert Enrique „Du springst ohne Fallschirm ab! Rittlings auf einem Sonnenstrahl ...“

„Mama ... Also, es ist so ... Ich bin verliebt.“

„Aaaah!“ sagte meine Mutter und lächelte mich an wie auf dem Ringellocken-Photo „Aha! Was für eine schöne Überraschung!“

Seit kurzem wieder mit ihrem Friseur ausgesöhnt, trug sie neue Locken zur Schau, die sich langsam im Licht drehten, als wollten sie sich enger einrollen ... Und ich verspürte plötzlich eine Versuchung aus der Kindheit: auf sie zugehen, ihre Locken streicheln, ganz ohne daran zu denken, daß es verboten war, sie zu berühren ...

„Enrique Valdès, wette ich!“ sagte meine Mutter, als verstünde sich das von selbst.

Ich habe geschluckt Die Sonne schien mir ins Gesicht Meine strahlende Mutter lächelte im Gegenlicht ...

„Nein, Mama. Es ist nicht Enrique.“

„Um so besser, im Grunde“, hat meine Mutter gesagt, kaum enttäuscht „Den Kindheitsfreund heiraten, das ist fast wie einen Bruder heiraten, das hat etwas Ungehöriges ... Wer ist es dann?“

„Mama ... Ich kann nicht heiraten ...“

„Was“, sagte meine Mutter und fuhr auf „Ein verheirateter Mann?!“

Ich frage mich bis heute, ob sie mir, sich selbst oder uns beiden etwas vormachte So sag doch schon! forderte sie mich ungeduldig auf Was meinst du denn, daß ich nichts vom Leben weiß?

Ich war lange vor dir in deinem Alter, sagte meine Mutter, als wäre diese Feststellung für sie ein Grund zur Verbitterung Los, los, jetzt hast du schon so viel gesagt ...

Vergeblich suche ich einen Halt in den unmerklichen Wirbeln der Frühlingsbrise, die zum Fenster hereinweht Wenn mein Vater mir von meiner Mutter erzählt, als sie so alt war wie ich, bringe ich das nie mit all dem zusammen, was ich von ihr kenne Sie gingen auf illegale Bälle tanzen, sogar während der Bombardierungen So ist sie umgekommen, die Tochter der Maria Qué! sagte die Maria und hob meinem Vater ihre verbrauchten Hände entgegen, die leicht zitterten Wie soll man verrrhinderrrn, daß die Kinderrr tanzen, eh?... Jedesmal habe ich sie geschlagen, und jedesmal ist sie wiederrr gegangen ... Das letzte, was sie von mirrr hatte, warrr die Angst vorrr derrr Ohrrrfeige beim Nachhausekommen ...

Auf dem Rückweg von einem dieser Bälle hatte es angefangen, Bomben zu regnen Sie lachten Sie schrien Ah! Die schöne blaue! Oh, die schöne rote!... Es war eine englische Bombe Sie war für die deutschen Flakstellungen in der Festung von Tourneville bestimmt Wie soll man verrrhinderrrn ..., wiederholte die Maria mit trockenen Augen und Tränen in der Stimme.

Ich habe lange geglaubt, daß meine Mutter die Maria haßte Wie konnte ich mich so irren: Ich habe meine Mutter weinen sehen, als die Maria gestorben ist Trotzdem glaubte ich es, und manchmal glaube ich es noch immer ... Ich muß zugeben, daß ich bei meiner Mutter nicht durchblicke Da gibt es etwas, das sich mir von Beginn an entzieht ...

„Seid still!“ brüllte mein Vater und haute mit der Faust auf den Tisch, genau zwischen unsere verkrampft daliegenden Hände „Jetzt seid still, oder ich erschlag euch alle beide!“

Und wieder habe ich in den blassen Augen meiner Mutter dieses Aufblitzen von panischem Entsetzen gesehen, das ich am Tag der Tracht Prügel mit den Brennesseln bemerkt hatte.

Ich habe etwas Vergleichbares erst viel später wiedergesehen, im Blick eines vor einer Tür angebundenen Hundes, auf den ein Säufer wütend mit einem Knüppel einschlug: Der Hund knurrte vor Entsetzen, und in seinen weit aufgerissenen Augen sah man den Wahnsinn lodern.

„Hören Sie auf! Jetzt hören Sie doch auf!... Was immer er getan hat, wie soll er das denn verstehen!"

„Halt's Maul, du! Der Köter gehört mir ..."

Ich habe rotgesehen und ihn am Kragen seiner Jacke gepackt – Hören-Sie-auf! Darauf verlor er das Gleichgewicht und sackte auf dem Gehweg zusammen, wo er mit Speichelblasen vor dem Mund auf der Stelle einschlief.

Das nutzte ich aus, um den Hund loszubinden. Er zitterte wie Espenlaub und ließ sich erschauernd und gleichgültig streicheln. Dann ging er sein Herrchen beschnuppern, das schnarchend dalag. Nachdem er ihm das Gesicht abgeschleckt hatte, legte er sich mit einer Art liebevoller Niedergeschlagenheit neben ihn: Nüchtern war der Säufer vielleicht kein schlechter Herr ...

An jenem Tag jedenfalls hat sich meine Mutter, als sie den furchteinflößenden Doppelgänger meines Vaters gewahrte, schlagartig beruhigt. Mit einem Lächeln, das aus der Kälte kam – dieses unnachahmliche eisig-irre Lächeln – hat sie ihr Urteil verkündet:

„Ich habe keine Tochter mehr. Pack deinen Koffer und geh!"

Mein Vater, der mit diesem einen Faustschlag, der ein Brett des Tisches spaltete, seine gesamte Energie verausgabt hatte, wühlte in seiner Brieftasche, damit ich nicht ohne einen Centime ging:

„Morgen werd ich sie zur Vernunft bringen ... Kannst du heute nacht bei deiner Freundin schlafen? Hier, das ist alles, was ich habe ... Hast du ihre Telephonnummer?"

Ich stellte bald fest, daß nichts Erhebendes daran ist, Arbeit zu suchen Und ich verstehe manchmal die Leute, die irgendwann die Lust verlieren, welche zu finden. Aber da ich nicht vorhatte, Rosa auf der Tasche zu liegen – und auch nicht Rachel, die behauptete, dank ihrer kleinen Konzerte Ersparnisse zu haben –, hatte ich keine Wahl Vor allem mit einem unvollständigen Abi ... Adieu, Philosophie und Träume vom Lehrerinnendasein Aber ich bereue nichts, heutzutage sind die Lehrer ja alle depressiv ...

Schon morgens durchforstete ich die Anzeigen, hangelte mich von Büro zu Büro, schrieb fein säuberliche Briefe Ich habe die Ehre, mich Ihnen vorzustellen ... Von wegen „Ehre", und warum nicht gleich „mich Ihnen zu Füßen zu werfen"!... Ich stand mir in Warteschlangen die Beine in den Bauch und durchquerte die Stadt mit allen Buslinien, bei jedem Wetter und zu jeder Tageszeit ... Nichts. Man muß sich festklammern, sagte mein Vater und hielt mir ein paar Scheine hin, die ich mich immer mehr schämte anzunehmen – nur zu gut kannte ich die Unwetter, denen er sich deswegen aussetzte Man muß sich festklammern, mein Mädchen ... Und natürlich klammere ich mich fest, erst einmal an den Stühlen, auf denen man stundenlang wartet, in Gesellschaft anderer Gequälter Wenn man dann schön verblödet ist von der Warterei, wird man von einem herablassenden Herrn im Dreiteiler empfangen, der nicht mehr ganz frisch unter den Armen riecht, aber das stört ihn nicht, und sein Blick sagt klipp und klar, daß weder die Bewerbungsunterlagen noch der erloschene Gesichtsausdruck ihn irgendwie begeistern können Man kommt heraus und könnte sein eigenes Spiegelbild abknallen Das soll ich sein? Ich sehe mir mein Gesicht genau an: wahrhaftig die Visage eines Abfallprodukts der Menschheit Ich bin schon soweit, daß ich mich mit den Augen meiner Mutter ansehe Im übrigen höre ich ihre Stimme, als stünde sie hinter mir in einem toten Winkel des Zimmers Na, also wenn du so ein Gesicht machst, wenn du dich vorstellst, dann wundert's mich nicht! Wäre es denn eine Folter, wenn du ein Lächeln aufsetzen würdest? Ein bißchen Lippenstift auflegen? Und den Leuten woanders hingucken als genau zwischen die Augen, als wolltest du ihnen einen Dolch da hineinrammen?

Ja, Mama, es ist eine Folter Es ist doch meine Arbeitskraft, die ich zu verkaufen habe, und nicht mein Bild im Schaufenster wie die Prostituierten von Amsterdam, oder?

Seit meine Mutter mich rausgeworfen hat, habe ich es ständig mit ihrem Gespenst zu tun Ein strahlendes und spöttisches Gespenst, das seine Pfeile scheinbar aus Versehen abschießt und mich um so mehr entsetzt Es ist eine Obsession, sagt Rachel und legt ihre Hände an meine Schläfen und massiert sie, wie um etwas Eingeklemmtes zu lösen Komm, Josèphe, sei vernünftig, deine Mutter hat nichts mehr zu suchen in ...

Ich habe Alpträume von meiner Mutter, habe ich Enrique erzählt Sie steht hinter mir, wenn ich mich irgendwo vorstelle, und ich höre sie alles kritisieren, was ich sage! Jetzt spinnst du aber komplett, sagt Enrique zu mir Meine arme Alte! Du wirst doch wohl nicht anfangen, dir selber Gespenstergeschichten zu erfinden Hör mal gut zu, Chérie-meine-Schwester: Deine Mutter ist quicklebendig, und ich versichere dir, daß sie nicht abnimmt! Du wirst dich eben dran gewöhnen müssen, zu leben, ohne mit ihr zu streiten Ich versteh schon, daß das eine Leere hinterläßt, aber ...

Ich zucke mit den Schultern und brüte vor mich hin. Als Ergebnis meines Brütens bewerbe ich mich auf sieben Ausschreibungen auf einen Schlag „Eine kabbalistische Zahl", sagt Rachel mit erhobenem Zeigefinger „Wetten, daß es klappt?"

„Papa! He, Papa!..."

Er sitzt auf der Terrasse des Cafés, in dem wir uns verabredet haben Papa, Papa! Ich habe eine Stelle! Schnell schnell, setz dich, sagt mein Vater Wo, wann? Bei wem?

„Bei der Stadt. Beim Ausschuß für kulturelle Angelegenheiten!“

„Großartig!“ sagt mein Vater, dann verdüstert sich sein Gesichtsausdruck plötzlich, und er fragt beunruhigt nach: „Was ist denn das, Ausschuß für ... Gehst du jetzt in die Politik?“

Ich beruhige ihn sogleich Nein nein, wo denkst du hin! Meine Arbeit besteht darin, mich in allen Einzelheiten um die Organisation der Kulturveranstaltungen zu kümmern, die von der Stadt angeboten werden Mit einemmal strahlt er Schon legt er mir die besten Akkordeonisten ans Herz Hast du an Joss Baselli gedacht, an ... Dabei löst sich plötzlich die Beklemmung in meinem Brustkorb Endlich atme ich den Sonnenschein dieses Spätnachmittags ein, mit allen Bläschen meiner riesig gewordenen Lunge Und beinahe könnte ich losfliegen vor Freude darüber, all den Scheußlichkeiten entkommen zu sein, die mich schon zu verschlucken drohten und deren Ausdünstungen ich in den letzten Monaten auf meiner Suche eingeatmet habe Stempelkissen Stapelweise Papier, das an Ort und Stelle vergilbt Hysterische Maschinen, die stoßweise schreckliche Zahlenreihen ausspucken Safe-Kombinationen Verriegelte Gitter hinter den Scheiben Geräusche von Schlüsselbunden, die ständig mit herumgetragen werden wie im Knast ... Ach, Papa, wenn du wüßtest!

Mir wird bewußt, daß ich eine Chance bekommen habe, daß ich nicht lebendig eingemauert werde und daß Kassandra, meine Mutter, gerade in eine Ecke ihres Hoheitsgebietes zurückgeworfen worden ist ... Im übrigen sehe ich von weitem, wie sie einen strategischen Rückzug hinter ihr kaltes Lächeln antritt ... Ich laufe im Galopp zu Rachel nach Hause ... Aber da ist nur Rosa, alle Stirnfalten in Alarmstellung:

„Aber sie ist doch in ihrem Kurs ... Hattest du das vergessen? Was hast du denn, Josèphe? Ist was passiert? Du hast ja Tränen in den Augen ... Oje oje, deine Mutter schon wieder?“

Rosa streckte mir die Hände entgegen, als würde ich gleich anfangen, auf den Teppichboden zu tropfen:

„Na komm ... Komm und setz dich her. Willst du einen Pfefferminztee?“

Später haben wir sie dann zur Mutter-Von-Uns-Allen geweiht. Aber an diesem Tag war es das erste Mal, daß ich vor Erleichterung geweint habe an der Schulter dieser Frau, die wie eine echte Mutter war, so wie man sie in Romanen findet.

III

In dem Bordell, wo unser Haushalt war ...

„Ich will ja nichts sagen", meint Jean-Paul, als er hereinkommt, „aber Sie sehen volle Kanne schlecht aus ... Soll ich Ihnen eine Tasse Tee holen?"

„Warum nicht ... Vielleicht wird die Kanne dann ein bißchen leerer ..."

„Haha!" prustet Jean-Paul los. „Das ist mir gar nicht aufgefallen ... Was für einen Quatsch man doch redet, wenn der Tag lang ist ... Aber Spaß beiseite, Sie scheinen mir eine Grippe auszubrüten ... Bleiben Sie, wo Sie sind, ich bin in zwei Minuten wieder da. Aspirin?"

„Nein nein, ich hab nur schlecht geschlafen."

In dieser Nacht hatte das Licht der Wachtturmuhr nachdrücklicher denn je versucht, durch meine Fensterläden zu dringen Ich habe mich in meinem Bett nur hin- und hergewälzt. Schließlich bin ich aufgestanden und habe die Läden weit geöffnet: Der Platz lag schwarz und verlassen da Und aus der fahlen und verschwommenen Masse des Wachtturms schien die erleuchtete Uhr, dieses einzelne offene Auge mitten auf der Stirn, direkt in mein Zimmer zu schauen ...

„He, sagen Sie", sagt Jean-Paul, der mit dem Tee zurückkommt „Das ist doch nächsten Donnerstag, mit dem neuen Pfarrer?"

„Ja. Aber theoretisch habe ich mit der Sache gar nichts zu tun. Du bist dran."

„Seien Sie nicht gemein", sagt Jean-Paul „Außer Ihnen ist

doch niemand da, um offiziell aufzutreten ... Und außerdem wird es ohnehin nicht einfach sein, ihn in der Menge zu erkennen: Früher gab's wenigstens noch die Soutane ... Aber heutzutage ..."

Ich sage, daß man ihn wohl am Haarschnitt erkennen wird und daß ich zur Not die Bande der Frommen Omas auf ihn ansetzen würde: Sie haben einen ausgesprochen sicheren Riecher für den Geruch der Heiligkeit. So, Jean-Paul, und jetzt laß mich mal in Ruhe: Ich hab hier eine scheußliche Akte, die nicht länger warten kann.

„Sie sind gemein", wiederholt Jean-Paul und setzt sein bestes Märtyrergesicht auf. „Ich hab die Pfefferminze für Ihren Tee vergessen, das geschieht Ihnen recht! Soll ich noch mal runtergehen und sie holen?"

Nett, der Kleine Aber sein Haarschnitt läßt mir keine Ruhe Sieht aus wie ein Fallschirmjäger auf Urlaub ...

„Sag mal, Jean-Paul ... Die Glatze, hast du die aus ästhetischen Gründen, oder ist die symbolisch? Du mußt mir nicht antworten ..."

„Symbolisch?" fragt Jean-Paul verdattert „Und warum sollte ich Ihnen denn nicht antworten? Ich find Sie komisch heute ... Das war mein Friseur, der hat mich verhunzt: ein Kumpel, der sich auf die Gesellenprüfung vorbereitet ... Und dann hat er's eben repariert, so gut er konnte ... Ein Glück, daß Haare nachwachsen, nicht? Bin ich wirklich sehr häßlich so?"

Ich lache los Von wegen, daß ich einen Riecher habe ...

„Was!" sagt Jean-Paul, und durch einen Riß in seinen Augen schießt ein Lichtstrahl hervor „Sie haben mich doch wohl hoffentlich nicht für einen Neo-Fascho gehalten! Verdammt noch mal! Dem werd ich was erzählen, meinem Kumpel!"

„Du bist aber ganz schön unvorsichtig, mein Junge! Und wenn ich jetzt eine Anhängerin des Front National wäre, hm?"

„Nee, also", prustet Jean-Paul auf mich herab, „Sie haben sich wohl noch nie im Spiegel angeschaut, was?!"

O doch! Und wenn ich mich im Spiegel betrachte, sehe ich das Lächeln meiner Mutter Ich hätte Lust, mir die Zähne ausreißen zu lassen.

„Hör auf!“ sagte Rachel „Ich kann die Ähnlichkeit doch wohl immer noch am besten beurteilen, oder? Und das mindeste, was ich sagen kann, ist, daß sie mir nicht ins Auge sticht ... Und jetzt hör auf mit deiner Mutter, das nimmt ja paranoide Züge an, wie sie dich einschüchtert!“

Rachel.

Ich habe dir nicht einmal meine Adresse hinterlassen Ich hatte zu sehr Angst, es könnte aussehen wie ein Flehen ... Fürchterliche Frauen! sagte mein Vater Ihr seid alle fürchterliche Frauen. Alle!

Dabei hatte ich schließlich eingewilligt, meine Mutter wiederzusehen Mein Vater hatte geschworen, daß „nichts“ zur Sprache kommen würde Und tatsächlich ist „nichts“ zur Sprache gekommen, da meine Mutter nicht geruht hat, auch nur ein Wort von sich zu geben ... Sie hat mich wie gewöhnlich umarmt, mit einem trockenen Lippenschmatzen ins Leere, und mein Vater hat ganz allein geredet, über die Inflation und das miese Wetter ... Eine Stunde habe ich durchgehalten, während der ich anhand der zahlreichen neuen Sachen in der Küche feststellen konnte, daß meine Mutter heftig gewütet haben mußte.

Es ist wahr, daß sie schon immer Sachen kaputtgemacht hat, wir achteten gar nicht mehr darauf Der Reigen der Scherben, der Kommentare – der allerletzte Dreck! – und der neuen Sachen, die es nicht lange bleiben würden, das war unser normales Klima, unsere schicksalsgegebene Ration an Unwettern Wir sagten Jetzt macht sie wieder kaputt! wie man sagen würde „Jetzt regnet es wieder!“ Außerdem saß ich, gestärkt durch den Segen meines Vaters – wenn er auch etwas gezwungen geklungen hatte –, auf meiner Wolke auf der Sonnenseite, was auch passieren mochte, sehr weit weg von diesen gewöhnlichen atmosphärischen Störungen, die mich fortan nicht mehr betrafen: Rachel und ich suchten eine Wohnung. Ich habe es meinem Vater erzählt, als wäre meine Mutter schon nicht mehr da.

„Wenn Rachel beim nächsten Mal mitkommen will", hat mein Vater gesagt, während ich meine Jacke anzog, „dann ist sie willkommen. Nicht, Mama?"

Und zu meiner größten Verblüffung stimmte meine Mutter mit einem trockenen kleinen Nicken ihres Kinns gegen ihren Blusenkragen zu. Sie hatte noch immer kein Wort gesagt.

„Ich frage mich, was los ist", sagte ich später zu Rachel „Wenn mein Vater nicht mein Vater wäre, könnte ich schwören, daß er sie bedroht oder geschlagen hat!"

„Es gibt verschiedene Arten, jemanden zu schlagen", sagte Rachel „Und ich glaube nicht, daß es dein Vater ist, der sie geschlagen hat."

Ich hatte kaum Zeit, über diese merkwürdige Diagnose nachzudenken, denn wir waren sehr beschäftigt: Mit Rosa auf den Fersen besichtigten wir für uns erschwingliche potentielle Nester, die alle eher wie düstere Mauselöcher aussahen ... In solchen Dingen, sagte Rosa, darf man nie etwas überstürzen ... Ihr steht ja schließlich nicht auf der Straße, oder?

Ohne Rosa wären wir sicher viel schneller fündig geworden: Wir hätten uns auf die erstbeste Bruchbude gestürzt Oder wir hätten uns auf Wucherpreise eingelassen, selbst wenn das bedeutet hätte, daß wir nicht jeden Tag würden essen können.

Aber jedesmal verhinderte Rosa den Abschluß: Mit unbeirrbarer Höflichkeit stellte sie Sonnenmangel, versteckte Feuchtigkeit oder marode Sanitäranlagen fest, und wir setzten die Suche fort Enttäuscht Rachel wütend Mit dir finden wir nie was! Du hast überall was auszusetzen!

Rosa kümmerte sich nicht darum und schritt vor uns her wie ein Abbild der Viktoria, die Falten ihres Mantels vom Wind edel in Form geweht ... Ich bewunderte ihr stolzes Auftreten, begann sie jedoch auch meinerseits zu verdächtigen, eine unterschwellige Verhinderungsstrategie zu verfolgen ... Als sie mich schließlich im Büro anrief Ah, diesmal hab ich etwas Gutes gefunden, glaube ich, du mußt kommen und es dir ansehen. Kannst du heute abend um sechs? Wir müssen uns nämlich so schnell wie möglich entscheiden.

„Aber Rosa ... Rachel kommt doch erst in drei Tagen zurück ...“

„In drei Tagen ist es sicher zu spät. Es gibt mehrere Interessenten, und es wäre schade, die Gelegenheit zu verpassen. Aber na ja, es ist deine Entscheidung ...“

Schweigen. Dann Rosas Stimme, ruhig und handfest: Du kannst doch vielleicht allein entscheiden, oder? Was wirst du denn machen, wenn Rachel für mehrere Monate auf Tournee ist und eine Entscheidung ansteht? Also? Soll ich dich abholen oder nicht? Du bringst mich noch um, auf die Dauer, mit deiner Zauderei!

Rosa schüttelte mich wie den letzten ihrer Sprößlinge, als den sie mich annektiert hatte und dem der Kopf zurechtgerückt werden mußte! Mit einer leisen zwiespältigen Freude habe ich Rosa mit ja geantwortet, wie ich es dem Bürgermeister dem Pfarrer dem Rabbiner dem Imam jedweder bürgerlichen oder religiösen Autorität geantwortet hätte, die mich als für immer mit Rachel vereint hätte erklären können!

In der Zwischenzeit machte meine Mutter wieder alles kaputt, wie ich später feststellen konnte. Sie holte den Rückstand aus ruhigeren Zeiten restlos auf. Mein Vater drückte sich an den Wänden entlang, lautloser als ein Schatten, das mußte mir niemand sagen, ich wußte es auch so Und mit einem dumpfen Schmerz stellte ich ihn mir vor, wie er darauf achtete, sich so wenig wie möglich zu bewegen, mit der Einrichtung zu verschmelzen, wie er noch nicht einmal wagte, einen Hammer in die Hand zu nehmen,

Radio zu hören und vor allem nicht sein altersschwaches Akkordeon auszupacken ... Wagte er es noch, in Zeitlupe seine Zeitung aufzuschlagen, wie früher in Gewitterzeiten?

Und ich habe ihn sich selbst überlassen: Ich mußte meine Flügel über meinem eigenen Nest ausbreiten!

„Also?“ fragte Rosa, während sie ausparkte, ohne einen Blick in den Rückspiegel geworfen zu haben. „Was hältst du davon?“

„Rosa!... Sie bringen uns noch um ...“

„Ist das eine dunkle Vorahnung oder ein chronischer Angstzustand? Du siehst doch, daß da niemand war ...“

Sie erstickte schier an ihrer eigenen Zigarette, ließ das Lenkrad los, um sich die Augen zu reiben – wenn sie so was mit mir macht, sagte Judith, ehrlich, da könnte ich ausflippen! –, und lächelte mir zu, das Auge auf der Zigarettenseite geschlossen, um den Rauch abzuhalten ...

Aber abgesehen von diesen unvorhersehbaren Nummern (die sie dem Erzengel wohl weitervererbt hat) besaß Rosa eine Sicherheit im Auftreten, die mich immer beeindruckt hat, und auch jede Menge Weisheit unter ihrer scheinbaren Sorglosigkeit ... Wenn ihr euch genug weh getan habt, hat sie mir einmal gesagt, ohne mich anzusehen, dann denkt daran, euch auch ein bißchen Gutes zu tun. In der Regel bleibt man bis in ein ziemlich fortgeschrittenes Alter bescheuert ... Ich hoffe, daß ihr, Rachel und du, schnell fortschreitet ...

Bei Rachel bin ich nicht mehr so auf dem laufenden. Aber was mich angeht, fürchte ich sehr, daß ich erheblich aufgehalten worden bin durch den ganzen Ballast, den ich beharrlich mit mir herumschleppe, aus keinem anderen als dem absurden Grund, daß ich ihn seit meiner Kindheit mitschleife   Renn nicht, du fällst gleich hin! Sag dem Monsieur guten Tag (ein scheußlicher Alter, der mich in die Brust kniff, um zu sehen, ob sie gewachsen war!)

Ich verbiete dir, mit dieser aufgeblasenen Zicke zu reden! Man kickt keine Kieselsteine Geh nicht raus, du holst dir den Tod Das alte Brot muß zuerst gegessen werden ... etc. etc.

„Nein nein“, sagte mein Vater dann und schnitt mir eine Scheibe frisches Brot ab „Heb es für mich auf, Mama, du weißt doch, das ess ich am liebsten ...“ Mein Vater verbrachte seine Zeit damit, die Rauheiten des Lebens zu glätten, und meine Mutter, sie zu verschärfen: Also nee, du bist wirklich nicht begabt ... Laß, laß, ich mach das schon!

Ein Glück, daß ich sie wenigstens in der Schule nicht am Hals hatte, ich wäre eine Niete geworden. Aber ich mußte mich damit abfinden, daß ich für alles andere nicht „begabt“ war ... Jedenfalls nicht so glänzend begabt wie unsere neuen Freunde Daher fühlte ich mich mehr oder weniger auf Widerruf in die Gruppe aufgenommen und blieb bei allem bewundernden Staunen vorsichtig: Die Umschwünge meiner Mutter hatten mich gelehrt, daß man abwechselnd und übergangslos Gegenstand von Liebe und von kältester Verachtung werden kann ... Und ohne daß jemand es bemerkte, erlebte ich jede Situation, auch die mitreißendste, als das Opfer vom Dienst – legte dabei jedoch eine gewisse Verwegenheit an den Tag, durch die ich die Fassade wahrte.

„Du bist eine Art Kamikaze-Flieger der Lebensunlust“, würde Rachel viel später zu mir sagen „Du schießt los, aber mit dem Gefühl, daß alles von vornherein verloren ist, und einem Blick, der sagt: Hab ich euch doch gleich gesagt!“

Wahrscheinlich. Aber wenn ich auch nicht jede Zurückhaltung aufgab, so kam ich doch beim leisesten Zeichen, daß ich gerufen wurde, angerannt. Es gab niemanden außer dir, Rachel, der das übersehen konnte – oder der so tat, als ob ...

Es ist allerdings wahr, daß ich nie als erste die Arme für dich geöffnet habe, nie. Aber es genügte, daß du deine Arme nur einen Spalt weit aufmachtest, damit ich mich blindlings hineinwarf ...

Auch Rosa folgte ich blindlings, und an diesem ersten Tag habe ich von der Wohnung so ziemlich gar nichts gesehen, ich begnügte mich damit, allen Lobreden Rosas zuzustimmen und den Mietvertrag zu unterschreiben Übrigens hatte Rosa auch alle Papiere, meine und die von Rachel, denn ich war in dieser völlig neuen Situation unfähiger denn je ...

„Da ist ein Sessel, der wackelt“, hat Rosa gesagt, „der muß in der Mängelliste verzeichnet werden. Und der Wasserhahn in der Küche scheint mir zu lecken ...“

Die Vermieterin war sehr beeindruckt von Rosas Auftreten und Autorität und zu allen Zugeständnissen bereit, sie schlug sogar vor, die Einrichtung auszuwechseln, wenn sie uns nicht gefiele, sie hätte einen Haufen anderer Möbel ... Seit sie begriffen hatte, daß wir „zwei junge Mädchen“ waren, die sich die Wohnung teilen würden, lag auf ihren Lippen ein verzücktes Lächeln ... Es gibt doch nette Leute.

„Aber wie Madame Ihre Mutter sagt ...“

„Diese hier ist nicht meine“, hat Rosa gesagt. „Es ist die andere. Aber das bleibt sich gleich ...“

Und sie zog mich am Ellenbogen, damit ich den Schimmer der Schieferziegel unter den Fenstern bewunderte ... Kein Gegenüber! – Dinge, an die man natürlich überhaupt nicht denkt, wenn man achtzehn Jahre alt ist Und im Stockwerk drunter wohnen Engländer, die nur zweimal im Jahr kommen, das ist ideal Meine Tochter ist nämlich Geigerin, verstehen Sie? Ach, mein Gott! hat die Vermieterin geradezu selig gesagt, Künstlerinnen!! Ich habe angefangen zu erklären, nein, ich bin nicht ... Ja, genau, sagte Rosa, Künstlerinnen Aber Sie werden sehen, Sie werden keinerlei Probleme mit ihnen haben. Außer vielleicht ein bißchen zuviel Musik ... Aber ich liiiebe Musik! rief die Vermieterin mit gen Himmel erhobenen Augen Das konnte man wirklich so sagen, denn im großen Zimmer, in dem wir standen, waren die Wände mit bemalter Leinwand bespannt Jede Wand zeigte ein etwas anderes Bild, wobei jedes eine nordafrikanische Landschaft darstellte, durch die Arkaden eines Palastes gesehen ... Es war dermaßen verrückt, daß Rachel davon entzückt sein würde, da war ich mir sicher Und oben in jeder Arkade war ein Stück blauen Himmels, der eine üppig blühende Vegetation überstrahlte, so blau Ein überwältigendes Blau, das vor sich hin zu brennen schien ...

Ist es nicht schön, sagte die Vermieterin Ach ja, das war ein Maler, der am Verhungern war Ich hab ihn jahrelang hierbehalten, es war vor dem Krieg Dann hab ich ihm Pinsel gekauft und die Farben, die er wollte, und er hat mir dieses Zimmer nach seinen Vorstellungen dekoriert, so hab ich eine Erinnerung an ihn ... Und jetzt werden hier Geigen zu hören sein ... Man wird im Treppenhaus Künstlern begegnen ... Ach ja! Ich hab Künstler immer gemocht!... Versteht sich, sagte Rosa Vor allem in einer Wohnung unterm Dach ... Übrigens, ich hoffe, daß die Heizung funktioniert? Aber natürlich! rief die Vermieterin Aber in jedem Fall, wenn irgend etwas sein sollte, zögern Sie nicht, mir Bescheid zu sagen ...

„Sie ist schüchtern“, hat die Vermieterin zu Rosa gesagt, als wäre ich fünf Jahre alt. Und zu mir: „Sie werden sehen, wir werden uns sehr gut verstehen ...“

Zugegeben, flüsterte mir Rosa im Treppenhaus zu, es ist ein bißchen eigen, aber es ist ruhig, nicht zu teuer und zentral gelegen ... Bis sich etwas Besseres findet ... Meiner Meinung nach ist sie eine ehemalige Hure Früher war unten im Haus eine Bar Oh, das ist viele Jahre her ... Komm, mach nicht so ein Gesicht! Hat man dir nie gesagt, daß diese Frauen sehr großzügig sind?

Ich aber sah den Schatten meiner Mutter an der Wand entlanggleiten Ein durchsichtiger, steifer Schatten, mit dem Hauch eines verkrampften Lächelns, das alles sagte ... In der Zwischenzeit hatte uns die Vermieterin im Treppenhaus noch einmal eingeholt

Sie sah aus wie eine uralte Schaufensterpuppe, die seit geraumer Zeit ausrangiert ist, nachdem sie ein paarmal kaputtgegangen und wieder geflickt worden war Eine lange Folge von Dauerwellen hatte auf ihrem Kopf Verheerungen angerichtet, die vollständig abrasierten Augenbrauen waren durch zwei kräftige Bögen mit Rötelstift ersetzt, und der dunkelrote Lippenstift bildete unter den Nasenlöchern zwei stolze und ungleiche Spitzen, von denen eine etwas verschmiert war ...

Stolpernd folgte ich Rosa die Stufen hinunter, immer noch verfolgt von dem steifen Gespenst meiner Mutter, das stockend am Treppengeländer hinabglitt Sie lächelte dieses Lächeln, das besagte, daß sie sich ihren Teil dachte und wußte, was sie wußte ...

Natürlich war es Enrique-mein-Bruder, der mich als erster besuchte Er hat mit den Fingern auf den Schieferziegeln des Daches herumgetrommelt, an die man herankam, wenn man sich aus dem Fenster lehnte Er hat auf der Decke der Wohnung unter uns getanzt, die durch eine so glückliche Fügung leerstand, und hat die Palmen an den Wänden gezählt Er hat sich totgelacht, er war im Flur der Vermieterin begegnet Ah, Monsieur, sind Sie auch ein Künstler?! Na klar, sagte Enrique, ich bin Tänzer Aaaah, sagte die Vermieterin strahlend, ah! *Schwanensee* ... Dann sind Sie der große Bruder, ja? Ganz und gar nicht, sagte Enrique, ich bin Flamencotänzer Ich hoffe, Ihr Fußboden ist stabil!

Sie heißt Madame Marey, sagte Enrique Mit Ypsilon Ich frage mich, wie Rosa die herbeigezaubert hat ... Sag, hättest du nicht ein Stück Brot mit Knoblauch? Ich hab einen Mordshunger! Wann rücken denn die anderen endlich an?

Sogar Enrique, dieser ungesellige Klotz, kam nicht mehr ohne die Clique aus Sie waren in unserem Alter, ein, zwei Jahre hin oder her Sie waren schön, frei, fröhlich, leicht, als wären sie von einem anderen Planeten herabgefallen ... Sie machten Musik oder malten, sie sangen, spielten Theater, gaben aus einer Laune heraus ihr Studium auf Sie kleideten sich in duftige Baumwollstoffe in den erstaunlichsten Farben, was schließlich auch uns ansteckte Alle hatten sie zu lange Haare, fließende Bewegungen, wasserfallartige Redeweisen und im Kopf ein Firmament, an dem ihr eigenes kleines Licht hoch, höher zu den Sternen aufstieg ...

Dann zündeten auch Enrique und ich schüchtern unsere Lampen an, die wir alle zusammen hoch, höher steigen sahen, wie Feuerwerksraketen, die nie wieder herabkämen ... Wir hatten eine Zukunft, alle zusammen Wir würden die Welt von vorn anfangen, und zwar im Takt, und ohne falsche Noten, bitte schön, eins, zwei! Und im wilden Accelerando der Gitarren tanzte und tanzte Enrique den Flamenco, bis zum Umfallen ...

Ach, wenn du wüßtest, Chérie-meine-Schwester, schrieb mir Enrique ein Jahr später Sie haben mich kahlgeschoren wie ein Ei, mir den Kopf mit Schmirgelpapier abgerieben und das wenige, was ich noch drin hatte, mit ihrem Gebrüll ruiniert!... Den Schwulen zu spielen, wie es mir der Erzengel empfohlen hat, kommt wirklich nicht in Frage! Dazu hab ich viel zuviel Schiß vor diesen Arschlöchern.

Wenn du wüßtest, wie meine Füße aussehen Wie die Hufe eines Ackergauls. Und mein Hintern wird so dick, daß man mich von hinten mit Marilyn verwechseln könnte ... Kein Wunder, der Kartoffelbrei hier ist wie Zement, und die dicken Bohnen mit Speck bestehen nur aus Fett. Ach, wo sind Dolorès' Miesmuscheln ...

Und sobald ich aufhöre, unter meinem Helm den Deppen zu spielen – Aaach-tung! Reeechts um! –, schlag ich mich mit einer Ewigkeit von üblen Gerüchen herum: Sie stinkt nach Waffenöl und anderen Dingen, die ich nicht auszusprechen wage, und abends miefen die Füße, mehr brauch ich wohl nicht zu sagen ...

Er wird's nicht überleben, sagte Raphaël mit tragischem Gesichtsausdruck Was für ein Trottel! Und alles nur, weil es Monsieur widerstrebt, für eine Tunte gehalten zu werden! Ihr müßt zugeben ... Wenn ich daran denke, daß ein Kumpel von mir ihm eine Dauerwelle verpaßt hätte, mit der er glatt den Feldwebel hätte verführen können! Welch ein Jammer ...

Raphaël war an diesem Tag in Höchstform und bemühte sich nach Kräften, allen zu widersprechen, nur um des Vergnügens willen, sie zur Weißglut zu bringen Er ging von einem Ende des Zimmers zum anderen, schüttelte überall seine blondierte Mähne Malerei? Welcher Vorgestrige hat dieses Wort ausgesprochen? Es gibt keine Malerei mehr! Es gibt nur noch verwöhnte Gören, die Goldstücke gegen rostige Schrauben tauschen! Yik yik yik! Malerei hat er gesagt!... Und er kratzte sich unter den Armen wie ein Äffchen Hör auf, sagte ein Mädchen Wir diskutieren ernsthaft Ach so, sagte Raphaël, dann gehe ich, dazu bin ich noch zu klein ... Jetzt laß ihn doch ausreden! – Danke, Genosse. Ich sagte also ... – „Malerei" sagtest du, mein Bester.

Igitt! sagte Raphaël. Marilyn, durch einen Karaffenstöpsel gesehen! Das ist doch nicht mal Malerei, das ist Photographie ... Ah, was für eine Nervensäge! – Raphaël, halt's Maul! – Yiiik! Und Raphaël hüpfte wie ein Schimpanse herum, in der Hocke, die Fingerknöchel am Boden schleifend, die Haare vor den Augen und das Kinn vorgereckt: Ich bin ein Höhlenmaler, und es gibt da einen Monsieur, der mich nervt, er heißt Paul Klee ... Das spricht man Kleee aus, nicht Kliii Meines Wissens ist er Schweizer, nicht Engländer. Mir egal, sagte Raphaël, seitdem geht es jedenfalls bergab, bergab ... Du müßtest dich schon entscheiden, sagte ein Typ, ob du den Affen oder den Papagei spielst Diskutieren wir jetzt, oder spinnen wir rum? Laß uns alles machen, sagte Raphaël in versöhnlichem Ton, da wir ja alles können, meine Teure ... Ach, Scheiße, sagte eine resignierte Stimme Es gibt aber doch eine Strömung in der zeitgenössischen Kunst ... Da gefällt mir das auf deinen Wänden noch besser, vertraute mir Raphaël mit einschmeichelndem Gesicht an Das ist wenigstens saubere Arbeit ... Gibt es hier denn kein Klo, wo man ihn einsperren könnte?! Ich sagte also Es gibt eine ganze Strömung ... Strömung? Alles strömt strömt strömt!!! Raphaël, du hast getrunken! – Neeee! brüllte Raphaël, der nach einer dreifachen Rolle zu meinen Füßen landete Mama! Die Jungs wollen mich hauen!

Ich meine, ertönte eine hartnäckige Stimme aus dem Hintergrund Ich meine, wenn man die gewöhnlichsten Gegenstände ansieht, wie zum Beispiel ... Einen Nagel in einem Brett! näselte Raphaël und verstärkte sein Schimpansenschaukeln Ein göttlicher rostiger Nagel in einem ganz vermoderten Brett!... Oder aber, schlug Raphaël vor, nachdem es ihm gelungen war, sich selbst unter den Achseln anzuknabbern Oder aber Glasscherbensalat in einem Brotkorb!

„Rachel, bring ihn zum Schweigen, sonst erschlag ich ihn!"

„Sei still", sagte Rachel. „Die Vermieterin kommt noch rauf. Geh uns lieber Kaffee kochen."

„Auftrag ausführen!" sagte eine athletische Blonde und packte Raphaël am Schopf.

Aua! plärrte er in einer perfekten Heulimitation Au-a! Mama! Das Mädchen zieht mich an den Haaren! Okay, ich lass dich los, aber du verschwindest in der Kombüse und tauchst erst mit einer anständigen Brühe wieder auf, verstanden? Sie hat mich skalpiert! schluchzte Raphaël durch die Wand, gleichzeitig war ein Lawinengetöse zu hören, das aber niemanden weiter störte Was macht er denn nur? fragte schließlich eine ruhige Stimme Demoliert er eure Küche, oder was? Sag mal, Raphaël, zertrümmerst du die Kacheln? Wo ist denn der verdammte Zucker? In der blauen Dose rechts Er weiß nur, wo links ist, bemüh dich nicht Dann eben genau vor dir ... Und die Musik, meine Lieben? Wie kommt's, daß noch niemand was über die Musik gesagt hat?

Das ist, weil, flüsterte Raphaël, der mit am Boden schleifenden Handrücken als Schimpanse zurückgekommen war und überall unter den Möbeln herumsuchte Das ist, weil wir die Definition verloren haben! – Sag mal, du, und der Kaffee? – Eine Minute: Er läuft noch durch. – Welche Definition? – Die der Musik natürlich, eben hatte ich sie doch noch ... Aaah, sagte Raphaël, während er unter einem Sessel herumruderte, da ist sie! Vorsicht, sagte Rachel, das ist der kaputte, du klemmst dich ein ... Aber schon zog Raphaël seine Hände wieder hervor und hielt sie wie ein Buch geöffnet vor sich: Musikalisch ... Musiker ... Musik! Musik: „Zusammenhang von Tönen, die angenehm zu hören sind"... Uuuh! brüllten zwei Spaßvögel, die zu zweit mit je einer Pobacke auf einem kleinen Hocker saßen Etwas kurz, junger Mann! Und auch etwas vorgestrig, oder? Was! schluchzte Raphaël, vorgestrig, das Lexikon? Also gibt es keine Definitionen mehr für gar nichts? Hört auf, sagte Judith und verschluckte ihre Augen, er hat recht, man muß doch an einem Rest Verbindlichkeiten festhalten ... Nieder mit den Definitionen! plärrte eine kleine Blonde und breitete die Arme aus wie Flügel Wir werden fliegen Fliegen im Unendlichen Ungesehenen Unaussprechbaren ...

„Also ehrlich", sagte eine andere, „du unterstützst ihn noch!"

„Und die Definition des Todes?" sagte Raphaël in schroffem Ton. „Gilt die noch, oder bestreitet ihr die auch?"

„Komm", sagte Rachel zu mir und stand auf „Laß uns ein bißchen Luft schnappen gehen, die töten mir den letzten Nerv. Dir nicht?"

Mich machten sie ein bißchen schwindelig, als wäre ich in eine andere Atmosphäre eingetreten und hätte meine Bleisohlen vergessen ...

Aber sie waren nie weit weg, meine Bleisohlen: Sie warteten auf der Fußmatte meiner Mutter auf mich, wo ich sie beim Hineingehen anzog.

„Guten Tag!" antwortete meine Mutter in trockenem Ton auf mein Lächeln, das ich auf der Stelle gefrieren fühlte. „Es geht, wie es geht, was soll ich dir sagen ... Ich hab keinen Grund, fröhlich zu sein ...“

Halt durch, sagte Rachel zu mir Wir kriegen sie früher oder später schon handzahm. Sie kann doch schließlich nicht für den Rest ihres Lebens nach der Stelle suchen, wo sie dich beißen will!

Meiner Meinung nach konnte sie das. Aber wir würden ja sehen ...

Manchmal war nur mein Vater da Dann fielen wir alle drei zurück in die Kindheit Sehen Sie, sagte Rachel zu meinem Vater Sehen Sie mal, was ich gefunden habe: die Léonardi-Noten zu den Texten von Villon ... Wissen Sie, die Morelli singt ... Probieren wir's?

Und mein Vater, das Kinn auf dem weit offenen Akkordeon, die Augen halb geschlossen, wurde mit einemmal wieder der junge Mann von den Photos, der, den ich nicht gekannt hatte, mit diesem kleinen zarten und verwegenen Lächeln ...

Nachdem sie eine ganze Weile gemeinsam die Noten studiert hatten, haben sie sich entschieden: Dieses hier? Gut, nehmen wir das, hat mein Vater gesagt, während er tastend die Akkorde suchte Warte, ich muß mich ein bißchen warmspielen ...

Am Ende erfüllt die Musik das ganze Haus Schwappt mit Rachels Gesang über in den Hof:

Doch manchmal gibt's Verdruß und arge Not,
Kommt Margot ohne Geld zum Schlaf zurück.
Kann sie nicht sehen, hass sie auf den Tod,
Nehm Gürtel, Rock und alle Kleider ihr
Und schwör: „Als Zeche, wahrlich, das behalt ich mir!“
Greift in die Hüften sich, „der Antichrist!“ ...

An den Augen meines Vaters sehe ich, daß er kein Wort davon versteht, aber er ist begeistert Und Rachel setzt noch eins drauf und singt aus voller Kehle den Refrain: „In dem Bordell, wo unser Haushalt waaar ...“

„Ich hoffe, ich störe nicht?“ hat meine Mutter gesagt, die plötzlich im Türrahmen aufgetaucht ist und sich mit einer zum Schlagstock eingerollten Zeitung die flache Hand tätschelt. Mein Vater zuckt zusammen Die Melodie erstirbt in einem Stöhnen des sich selbst überlassenen Akkordeons. Schweigen. Man könnte einen Schmetterling im Gleitflug hören.

„Und in deinem Alter“, stößt meine Mutter in schneidendem Ton hervor, „fängst du mit solchen Gassenhauern an?“

Weder Rachel noch ich existieren mehr Meine Mutter ignoriert uns Mit dem Unterschied, daß ihr Blick um mich einen Bogen zu machen scheint und wie ein Feuerstrahl Rachel durchbohrt Rachel, die zwischen meinem Vater und meiner Mutter steht, geht aus dem Weg, als sei sie von Dornen zerrissen worden.

„Aber Mama ...“ korrigiert mein Vater mit einem verlorenen Blick, der nacheinander an jeder von uns dreien abrutscht „Das ist doch François Villon ... Ein Dichter aus dem Mittelalter ...“

„Dann lern doch Fiedel spielen!“ hat meine Mutter geschrien und ihre Zimmertür zugeknallt.

Diesmal, hat Rachel gesagt, ist die Botschaft angekommen: Ich geh da nicht mehr hin. Sag deinem Vater, daß er bei uns immer willkommen ist Aber sie ... Sie ist ... Ich geb's auf, sie ist einfach zu zäh für mich!

Sie war nicht immer so, seufzte mein Vater und nahm die Brille ab, um sie abzustauben Und plötzlich hatte er den verletzlichen Blick eines kleinen Jungen, der sich im Wald nicht mehr auskennt Ich weiß nicht, was passiert ist ... Der Krieg, natürlich, aber ... Und ich, ich erkenne in meiner Mutter keine Spur von diesem jungen Mädchen von früher, das mein Vater mir beschreibt Ein fröhliches und sorgloses Mädchen, bis über beide Ohren verliebt in diesen kleinen großmäuligen Metallarbeiter, der Blechplatten glatthämmerte, daß die Funken flogen, und riesige Spiegel daraus machte, die von den älteren Kollegen mit Kennermiene begutachtet wurden Meinen Vater, ja, den sehe ich vor mir Mit seinem kleinen verwegenen Lächeln unter der Kappe. Aber sie nicht. Ihre Eltern sind noch am Leben Vollendete Arschlöcher, sagt mein Vater Sie hätten ehrgeizige Pläne für sie, sie hätten sie soeben mit einem Ingenieur verlobt, ob mein Vater das denn nicht wisse? Sie haben ihn angesehen wie den letzten Dreck, als er ankam Ach, Sie spielen Akkordeon? Und wumm, schlagen sie die Tür zu: Meine Mutter hat schon einen Verlobten, basta. Aber ich liebe ihn nicht, wendet meine Mutter ein Wie hätte ich das denn vorher wissen sollen? Jetzt weiß ich's, und er ist es nicht, was soll ich denn machen? Niemals! sagen die Alten Diesen Niemand, niemals! Oder du wartest eben, bis du volljährig bist. Aber ich arbeite! protestiert mein Vater Ich arbeite seit meinem vierzehnten Lebensjahr! Und ich weiß, wie man sich durchschlägt im Leben, ich bin allein ...

„Hinaus!" schreit die Mutter, die schreckliche alte Dame auf einem Photo im Album, mit zu fest geflochtenen Zöpfen und einem zusammengekniffenen Mund „Du bist nicht mehr meine Tochter!"

Jeden Tag knöpft mein Vater seinen Hemdkragen zu und sagt, er würde mit ihnen reden Er redet durch die Tür mit ihnen, die man ihm nicht einmal mehr zu öffnen geruht. Und am Ende geht meine Mutter fort, um bei meinem Vater zu wohnen, mit einem ganz kleinen Koffer und einem Heidenbammel vor der Polizei ... Mach dir keine Sorgen, sagt mein Vater zu ihr, es wird den Flics nicht schwerfallen, mehr Herz zu zeigen als deine Alten ...

Etwas später würden sie heiraten können Die Hochzeit findet nur mit ihnen beiden und ihren Trauzeugen statt, aber was soll's! Sie haben beschlossen, glücklich zu sein.

Danach geht mein Vater wieder an die verschlossene Tür klopfen Aber so hören Sie doch, wir sind jetzt schließlich verheiratet!... Machen Sie auf, das ist doch eine alte Geschichte!... Sie können Ihre Tochter doch nicht für den Rest Ihres Lebens nicht mehr sehen wollen ...

Vergebliche Mühe. Bloß der Alte hat ihm durchs Fenster einen Blick zugeworfen, bevor eine Hand ihn wegzog ... Oh, es liegt an ihr, sagt meine Mutter, wenn es nach ihm ginge ... Eine fürchterliche Frau, sagt mein Vater Deine Großmutter, das war wirklich eine fürchterliche Frau!

Du auch, sagt mein Vater zu mir und reißt sich die Brille von der Nase, um sie zu polieren Du bist auch eine fürchterliche Frau Wie deine Mutter und deine Großmutter ... Dabei hätte ich das gar nicht gedacht ...

Wir gehen an dem Kanalufer entlang, an das er mich als Kind auf dem Fahrrad mitnahm. Die Hubbrücke hat immer noch etwas Beunruhigendes, von hinten gesehen, mit ihrem gigantischen Räderwerk, schwarz vor Schmieröl Ein Alptraum-Getriebe, von dem man plötzlich erfaßt und fortgerissen werden könnte ... Papa!

„Was ist, mein Häschen?"

„Papa ... Ich hab Angst vor der Brücke. Sie ist ganz schwarz ..."

„Aber das ist doch nicht schlimm", sagt mein Vater, hebt mich hoch und bettet mein Gesicht an seinen Hals „Es stimmt schon, daß man sie besser rosa gestrichen hätte, aber so ist es eben, wenn sie schwarz ist, ist sie schwarz ... Sie ist nicht böse, mein Hühnchen, sie ist bloß eine Maschine."

Ich höre die beruhigende Stimme an meiner Wange grollen Er steht zwischen der Brücke und mir Er steht zwischen meiner Mutter und mir Er steht zwischen mir und allem, was beißt kratzt oder die Finger abfrieren läßt ...

„Frierst du noch, mein Kätzchen?" fragt mein Vater und wickelt die Decken fester um mich.

„Nein, es geht."

„Dann schlaf jetzt, ja? Und du, Teddy, du paßt gut auf!"

Es ist alles in Ordnung. Der Schatten mit den Krallen und Hörnern, der rings um das Bett Grimassen geschnitten hatte, glättet und besänftigt sich nach und nach Die Dämonen mit den gespaltenen Hufen sind enttäuscht abgezogen Ich spüre, wie mein Vater mich noch ein bißchen zudeckt, damit nirgends ein Schlupfloch bleibt, durch das die Kälte oder die Gespenster kriechen könnten Seine große warme Nase, die sich in meine Halsbeuge hineingräbt Seine kalte Brille an meiner Wange ... Dann läßt er mich im Paradies zurück, mit dem kleinen Jumbo, der schläft und meinem Teddy ähnlich sieht, aber mit großen Ohren und einem Rüssel. Schlaaaf, mein kleiner Jumbooo ... Dort oben ist das Leben schöööön ... Es gibt keine Menschen im Paradiiies Tra la la lala tra lala lai-ai-re ...

Es war eine verdammt schlimme Zeit, sagt mein Vater, während er zusieht, wie die Hubbrücke sich nach der Durchfahrt des Schleppkahns wieder senkt Meine Eltern sind jung gestorben, aber das Wesentliche ihrer Lebensphilosophie hatten sie mir schon vermittelt: Mach keinen Blödsinn, arbeite, und erwarte nie etwas, von niemandem. Tja ... Mein Vater war als Krüppel aus dem Ersten Weltkrieg zurückgekehrt Er hatte einen Lungenflügel verloren, und man hatte ihm den Kiefer ganz schief wieder zusammengeflickt. Aber er kehrte mit der Überzeugung heim, daß er ein kleiner Glückspilz war und daß es nie wieder Krieg geben würde. Ein Glück, daß er den nächsten nicht mehr erlebt hat!... Meine Mutter ist achtunddreißig gestorben, an einer Bauchfellentzündung Sie hatte mir noch nicht einmal gesagt, daß sie Schmerzen im Bauch hatte. Ich war achtzehn, ich arbeitete schon lange und konnte mich durchschlagen. Außer daß ich mich ganz schön allein fühlte ... Als ich dann deine Mutter kennengelernt habe ... Sie war zwei Jahre älter als ich, aber sie wirkte viel jünger ...

Seine Brillengläser scheinen im Nieselregen, der sich darauf absetzt, zu funkeln. Ach ja, sagt mein Vater Wenn nicht dieser Scheißkrieg gekommen wäre, wären wir glücklich gewesen, das schwör ich dir! Ich arbeitete tagsüber, nachts, sonntags ...

„Genau wie heute."

„Ach was! Viel mehr als heute! Ich war kräftig. Ich hatte mir geschworen, daß es ihr nie an etwas fehlen würde Daß sie sogar Ketten und Ringe haben sollte, genau wie mit dem Ingenieur ... Und krach bumm, während mich diese Arschlöcher zum Kartoffeln ausmachen in Deutschland festhielten, mußte sie in die Fabrik ... Sie! Stell dir das mal vor. Und dann der ganze Rest, eben ... Als ich zurückkam, war sie völlig verändert. Es war, als hätte man ihr das Leben gestohlen ..."

„Und dir, hat man es dir denn nicht gestohlen, dein Leben?"

Ich weiß nicht, hat mein Vater nach einer kurzen Pause gesagt. Dann sehe ich ihn an In seinen Augen ist so ein Glanz, der ein bißchen zittert, aber nicht überläuft Es ist das erste Mal, daß ich Tränen in den Augen meines Vaters sehe ... Meines geliebten Papas ...

„Papa!..."

Er hält mich mit dem Ellenbogen auf Distanz, um sich die Nase zu putzen, dann läßt er mich mit dem Kopf an seine Schulter und an seinen Hals, und ich höre von unten seine gutmütige Stimme, während er mir den Nacken tätschelt Ach, weißt du ...

Ach, weißt du, brummelt mein Vater unter dem dichter werdenden Nieselregen, ich bin ein alter Filou, mir kann man nicht viel klauen ... Und wer wäre schon auf die Idee gekommen, mir deine Mutter zu klauen, hm? Kannst dir ja vorstellen, daß man sie mir postwendend zurückgebracht hätte!... Und dich, selbst wenn man es versuchte, es wäre unmöglich: Ich kenne dich, du wirst immer wiederkommen und mir zwischen den Füßen rumlaufen ... Und wer, trompetete mein Vater in die neblig-trübe

Dämmerung Wer wollte mir wohl dieses vergammelte Akkordeon klauen?!... Und da ich ja sonst nichts Kostbares habe ...

Und im Nieselregen spreizte er die Arme nach hinten und bot seine Brust all den zu vernachlässigenden Widrigkeiten dar, gegen die er von Geburt an immun war.

Morgen muß ich ihm ein neues kaufen! habe ich schluchzend zu Rachel gesagt. Daß ich nie daran gedacht habe!... Hör auf zu weinen, sagte Rachel und drückte mich an ihr Herz So was, nee, das gibt's ja nicht, so dämlich zu sein wie wir beide! Warte, warte ... Verflixt, wo hab ich denn kürzlich eins gesehen? Ein tolles Angebot war das ...

Aber ihr seid ja verrückt! tobte mein Vater Total verrückt! Das ist viel zu schön für mich, ich spiele doch gar nicht mehr! Ich will es nicht, mein Mädchen, du bringst es zurück!... Ihr werdet doch wohl eine gescheitere Verwendung für euer Geld finden!

„Was denn zum Beispiel?“ fragte Rachel ihn herausfordernd. „Was könnte es denn Ihrer Meinung nach Gescheiteres geben, als einem Musiker ein Instrument zu schenken?“

Erschlagen betrachtete mein Vater das blinkende Chrom Er hielt sich zurück, die Tasten zu streicheln, und umkreiste den Tisch, auf dem das Akkordeon thronte, die Hände hinter dem Rücken, damit sie ihn nicht verrieten Ah, raffiniert ist das! So was ... Also so was aber auch!...

„Das wird noch mehr Lärm machen als das andere“, hat meine Mutter gesagt, die lautlos aufgetaucht war „Das hat gerade noch gefehlt!“

Mein Vater ist mit einem Schlag stehengeblieben, als habe man ihm einen Guß kaltes Wasser über den Kopf gekippt.

„Alles klar“, hat Rachel gefaßt gesagt. „Wenn es Sie stört, wird er zum Spielen zu uns kommen, wir werden uns jederzeit freuen. Den Anblick werden Sie ja wenigstens ertragen können, oder?“

Entschuldige, sagte Rachel etwas später zu mir, ich konnte nicht mehr an mich halten ... Ich hab mich beherrscht, solange ich konnte, aber sie macht mich rasend.

Ich hatte gesehen, wie meine Mutter bleich geworden war und wie in ihren Augen etwas wie der Widerschein eines fallbereiten Guillotinebeils aufschien Ich habe mich zwischen die beiden gestellt und bin selbst von eisigen Kältewellen durchdrungen worden, die hervorschossen wie Messerklingen ...

Sie sind viel zu freundlich, hat meine Mutter mit so plötzlicher Höflichkeit zu Rachel gesagt, daß wir alle ganz verwirrt waren Bleiben Sie zum Abendessen?

Die Weihnachtsferien waren zu Ende. Rachel zog wieder ab in ihre Musikschule, Judith an die Uni, und Enrique überschüttete uns mit Briefen, die immer antimilitaristischer wurden, je näher seine für Ostern vorgesehene Entlassung rückte Ah, das werde ich nicht vergessen, schrieb Enrique, das Jahr 1967/68!... Er wußte nicht, wie recht er hatte: Er ist pünktlich zu dem Ereignis zurückgekommen, das wir alle für eine waschechte Revolution hielten – außer Rosa, natürlich.

Was hätte ich denn deiner Meinung nach tun sollen, sagte Rosa zu mir Sie ohrfeigen? Sie fesseln und in den Kofferraum sperren? Ich hab ihr ein bißchen Geld dagelassen und bin nach Hause gefahren ... Solche Abenteuer sind nichts mehr für mich, in meinem Alter Stell dir vor, sie wollte an der Uni übernachten ... Wahrscheinlich, um denen Wiegenlieder vorzuspielen ... Ach, wenn du meine Meinung wissen willst, wird sie da nicht alt werden Es stinkt da drin bestimmt nach dreckigen Socken!... Sie schickt dir einen Kuß. Sie bringt mich noch um!... Weißt du, es würde mich wirklich wundern, wenn sie das Tränengas lange aushielte, mit ihren Bronchien ... Die Atemnot wird sie uns zurückbringen, mach dir keine Sorgen.

„Und ... abgesehen von dem Tränengas ... wie geht denn das alles vor sich?“

„Wie ein riesiger Rummel“, sagte Rosa und ließ sich auf einen Sessel fallen, dessen Stabilität sie mechanisch mit den Schultern prüfte „Das ist nicht der kaputte, hoffe ich?“

„Nein. Sonst hätte ich dich schon gewarnt, keine Angst.“

„Ein gewaltiges Chaos, sag ich dir! Sie sind alle Saint-Just oder Gavroche, das ist das Alter ... Einige halten sich für Rimbaud ... Die Gefährlichsten halten sich für sich selbst ... Insgesamt ist es jedenfalls ein Mordsdurcheinander, das kannst du mir glauben! Wenn ich gewußt hätte, daß keiner von ihnen nach Hause kommen wollte, hätte ich mir die Reise erspart Oder ich hätte dich mitgenommen, und wir hätten Touristen gespielt ... Da war der alte Aragon, der seine Fittiche noch mal ausbreiten wollte über dieser verrückten Jugend – die ihn, nebenbei gesagt, ausbuht, was ein bißchen schmerzlich mitanzusehen ist Sartre dagegen hat enormen Erfolg, völlig verrückt ... Tja, versteht man nicht. Aber na ja! Solange sie sich alle nur für deutsche Juden halten ... Wenn Enrique uns nicht kommunistische deutsche Juden draus macht, werden wir zumindest dem Schlimmsten entgangen sein!

Rosa redete mit mir wie mit einer Erwachsenen Als zweifelte sie nicht einen Augenblick an der Übereinstimmung unserer Analysen, was mich seltsam verwirrte. Dabei war ich erschüttert, auch ich glaubte daran, einen großen historischen Moment zu erleben, mit meinem Streik – dem ersten meines Lebens! –, und nicht die Pseudo-Revolution, für die Rosa sie von Anfang an zu halten schien ...

Rosa hatte die Gabe, mich wie aus Versehen zu verunsichern und mich vorübergehend aus dem Gleichgewicht zu bringen – und also auch wieder in ein neues hinein, leicht verschoben im Vergleich zu meiner ursprünglichen Position Ein Wort von ihr konnte Umwälzungen in meiner inneren Organisation auslösen.

Ah, paß bloß auf, sagte Rachel Sie ist eine echte Schlangenbeschwörerin! Mit ihrer Flöte bringt sie dich dazu, daß du übers Wasser wandelst ...

An diesem Tag jedenfalls hätte sie mich egal wozu bringen können, so groß war mein innerer Aufruhr.

Trotz ihrer mutmaßlichen oder nahenden fünfzig Jahre war sie frisch wie der Frühling, ihre lebhaften braunen Augen funkelten unter der von waagrechten Falten durchzogenen Stirn – die einzigen Falten, die je an ihr zu sehen waren –, und ihr Lächeln strahlte sehr weiß in der einbrechenden Dämmerung ... Ich bin eilends aufgestanden, um das Licht anzumachen ... Und Rachel machte in einem Pariser Grüppchen, das sich gegen die männliche Dominanz auflehnte, ihre eigene Revolution.

„Schön und gut, aber wir“, sagte Rosa zu mir, „wir sind jetzt genauso abgemeldet wie die Macker!“

Mir war nicht ganz klar, über wen sie sich eigentlich lustig machte, aber ich empfand eine heftige Sympathie für sie Ich hätte mir die Brust aufreißen mögen und ihr sagen Sieh, Rosa: Ich blute Ich blute schon immer Nimm mich in die Arme, denn ... Aber natürlich traute ich mich nicht.

„Wir werden sie ja wohl nicht bemitleiden“, habe ich zu Rosa gesagt und innerlich mit einem Ruck einen Riegel vorgeschoben.

„Wen?“

„Na, die Macker ... Man muß doch zugeben, daß sie es provoziert haben. Aber wir?“

„Sie bringt uns noch um!“ hat Rosa geschlossen und mir eine Hand auf den Arm gelegt „Du wirst jetzt doch nicht anfangen zu weinen, oder! Sie kommt wieder ... Wie wär's, wenn du uns den Tee einschenken würdest, bevor er ganz kalt ist?“

„Und Judith?“

„Ach“, sagte Rosa und verbrannte sich am Tee, der noch lange nicht kalt war „Weiß ich auch nicht. Angeblich fährt sie mit Enriques Motorrad zurück, hoffen wir, daß sie es fahren kann ...

Unter uns, kannst du dir Judith in diesem Chaos vorstellen? Sie wird bestimmt im Laufe des Abends hier eintrudeln."

„Kommt Enrique denn nicht zurück?"

„Was glaubst du denn! Er ist sicher dabei, die deutschen Juden zu indoktrinieren, das sehe ich von hier aus bildlich vor mir ... Noch ein paar Tage und er hat spanische Juden aus ihnen gemacht, wirst schon sehen! Also, das war's erst mal, ich muß jetzt gehen ..."

Ein diabolischer, spöttischer Funke tanzte in Rosas Augen, als ich sie an die Tür brachte.

„Warum spanisch?"

„Der Flamenco", sagte Rosa in vertraulichem Ton.

Und sie bog einen Arm über ihren Kopf zurück, das Handgelenk über imaginären Kastagnetten abgeknickt: Flamenco!

Ich hatte lachend die Haltung des Kavaliers eingenommen, vorgewölbte Brust, zusammengekniffener Hintern, Faust auf der Hüfte ... Unsere Blicke haben sich ineinander verhakt, und ich stand ganz benommen da.

„Pssst!" hat Rosa gesagt, wie um eine lärmende Schulklasse zur Ruhe zu bringen „Ich beeile mich besser, es regnet gleich wieder. Schalom!"

Und sie machte die Tür hinter sich zu.

Ich bin zum Fenster gegangen, habe es geöffnet und die Dächer betrachtet. Es nieselte. Ein häßlicher Nebel voll kalter Nadeln, die mich überall auf der Haut piekten.

Enrique war jedoch überhaupt nicht bei den „deutschen Juden", die er innerlich – und leider auch laut heraus – als „ahnungslose Spießerwitzfiguren" titulierte.

Enrique-mein-Bruder setzte seine hübsche kleine Kanaken-Visage aufs Spiel, indem er das verteidigte, was Kampf und Exil seine Eltern gelehrt hatten, nämlich daß es notwendig war, gewisse „Theorien" zu verbieten, aus rein prophylaktischen Gründen

Und was ist das für ein Blödsinn, „es ist verboten zu verbieten“! Enrique vertrat, daß für die Freiheit ein mehr oder weniger hoher Preis zu zahlen sei, daß es sie nicht zu trinken gebe wie Champagner, den man so bescheuert entkorkt, daß er bis an die Decke spritzt. Ergebnis: Enrique war von seinen linken Freunden zusammengeschlagen worden, die im übrigen nicht wirklich seine Freunde waren, das wäre ja traurig! Die ihn zwischen den Schlägen noch „mieser roter Fascho“ nannten ... Rosa war noch einmal losgezogen, um Neuigkeiten zu erfahren, und hatte ihn, nachdem sie das ganze Quartier Latin durchkämmt hatte, schließlich aufgestöbert Hatte ihn kreuz und quer mit sauberem Pflaster beklebt und unter lautem Schimpfen in ihrer Ente zurückgebracht, sein Gesicht verzerrt vor Schmerz wegen der Schlaglöcher, die ihn seine Prellungen spüren ließen, und vor Wut auf diese verlogene Revolution.

Ich weiß nicht, wo Rachel ist, sagte Rosa zu mir Mit dem Kleinen, der blutete wie ein Schwein, hatte ich keine Zeit, sie zu suchen Und zu allem Überfluß hab ich auch noch gedacht, das Benzin würde nicht bis nach Hause reichen ... Aber na ja, Frauen sind ja weniger brutal, hoffen wir darauf!

Unsere Sorgen um Rachel waren völlig überflüssig Sie leuchtete hell am nagelneuen Firmament der Prä-Feministinnen, auf einem winzigen Planeten der lesbischen Galaxie, auf dem nur zwei oder drei dagegen waren, den Typen überhaupt das bloße Existenzrecht abzusprechen ... Da diskutierten quatschten regten sie sich auf, aber zum Glück prügelten sie sich nicht Ganz im Gegenteil: Sie betrachteten einander ganz geblendet von den wundersamen Übereinstimmungen Und sie kamen gar nicht darüber hinweg – im eigentlichen wie im übertragenen Sinne, denn es dauerte wirklich lange, bis Rachel zurückkam –, daß sie einander so gern hatten und sich so gut verstanden ...

Jetzt reicht's mir aber, hatte Rosa gesagt, ihr habt euch lange genug amüsiert Wenn ihr meinen Tod wollt, könnt ihr es gleich sagen!

Überhaupt waren alle völlig geschafft, Raphaël war gerade zurückgetrampt gekommen, entmutigt von dem Durcheinander, dem Geschrei und der „Ernsthaftigkeit dieser Typen", an der er zu Recht zweifelte:

„Wetten, daß diese ganzen Rrrevolutionäre in noch nicht mal zehn Jahren, yiiik yik yik, alle Welt herumkommandieren werden, mit dem Arsch in einem Minister- oder Chefsessel?! Wenn das nicht traurig ist ..."

„Du bist gewachsen", sagte Rosa zu ihm und ließ sich in einen Sessel fallen.

„Rosa! Das ist der kap..."

Aber da lag sie schon auf dem Boden, einen Knöchel eingeklemmt unter den Trümmern des Sessels. Scheiße, sagte Rachel, als sie ihrer Mutter auf die Beine half Wir hätten ihn wegschmeißen und durch ein Sitzkissen ersetzen sollen ... Tut's sehr weh, Mama? Was habe ich Gott nur angetan, jammerte Rosa, während sie zusah, wie ihr Knöchel anschwoll Was habe ich denn Gott nur getan, um mit solchen Kindern geschlagen zu sein!

In der allgemeinen Bestürzung ließ Judith ihre Schultern heruntersacken und warf einen finsteren Blick auf die Kämpfer, die nun schon Veteranen waren, Rachel schwor, nicht wieder wegzugehen, und die Jungs hatten genug über ihre jeweiligen Erfahrungen zu polemisieren, das würde sie die nächsten Tage beschäftigen ... Der Mai 68 klang für uns irgendwie sanft aus: Wir haben den Killer-Sessel verbrannt, mit dem Einverständnis von Madame Marey, die ganz zerknirscht war wegen des Zustands ihrer Einrichtung und Wert darauf gelegt hatte, das Stück durch ein riesiges buntes und kürbisartig ausgebeultes Sitzkissen zu ersetzen Es ist besser, Kanten zu vermeiden! Wie bei mir, als ich einmal in Algier ... Wissen Sie, diese ganz verschnörkelten Möbel ...

Als Rosa dann endlich von der bewegten Vergangenheit der Madame Marey erlöst war, diente ihr das Sitzkissen dazu, das verletzte Bein hochzulegen, dessen Gips von allen reumütigen Agitatoren signiert worden war.

Wir alle waren der Demos, des Geschreis und der Polemik müde und schon viel weniger sicher, daß die Welt sich ändern würde ...

Das war der Moment, in dem Enrique und Judith in einem Anfall von reaktionärem Konservatismus beschlossen zu heiraten.

Also nee, vertraute mir Raphaël an, was werden wir noch alles erleben müssen! Vielleicht weißt du es noch nicht, aber vor einiger Zeit ist Judith dem Rabbiner auf den Leim gegangen!... Und jetzt will sie einen Goi heiraten ... Das ist mir echt zu hoch!

„Ich sehe den Zusammenhang nicht", habe ich zu Raphaël gesagt „Die Religion verbietet das Heiraten doch nicht ... Es sei denn, sie hätte sich in den Rabbiner verliebt?"

„Du spinnst wohl", sagte Raphaël, „das ist ein alter Knacker! Nein nein, sie ist auf einmal fromm geworden, man weiß nicht warum, und die Religion verbietet es, einen Goi zu heiraten, da weiß man auch nicht warum, na ja, es ist zu kompliziert ... Versuch es gar nicht erst zu verstehen: Das ist wieder so eine jüdische Geschichte mit mehreren Eingängen und keinem Ausgang! Das ist wie die Geschichte vom ..."

„Raphaël! Ich bitte dich, sprich ein bißchen langsamer. Und hör auf zu zappeln, da wird man ja vom Zuschauen müde!"

„Reg dich nicht auf", sagte Raphaël. „Kannst du mir einen Gefallen tun und mir eine Wasserwelle machen?"

Sie kann ihn standesamtlich heiraten, habe ich zu Raphaël gesagt, während ich ihm den Kopf einseifte. Geht das nicht?

„Doch ... Autsch! Ich hab Seife in den Augen. Ein Handtuch, Schätzchen, schnell! Ich hoffe jedenfalls, daß sie nur Mädchen bekommen ..."

„Hör zu, nächstes Mal läßt du dir den Kopf von deiner Mutter waschen! Und warum denn nur Mädchen?“

„Weil für die Jungen, da gibt’s die Beschneidung. Das dürfte Zündstoff bieten!“

Er wußte gar nicht, wie recht er hatte.

„Oje oje ...“, lamentierte Enrique über die Wiege gebeugt „Oh, wie schön er ist, mein Sohn!... Du bist Papas kleiner David, du!... Oje, wie bringe ich die Mutter Valdès dazu, das ohne Zucker zu schlucken!... Scheiße aber auch, hätte sie mir nicht ein Mädchen machen können!... Oje oje oje!“

Und er lief im Zimmer auf und ab und stopfte sich mechanisch die Hemdzipfel in die Hose ... Aber sie kamen jedesmal wieder herausgequollen, wenn er anfing zu gestikulieren Enrique stopfte die Zipfel wieder an ihren Platz und regte sich immer mehr auf.

„Ich find es besser, wenn es etwas lockerer sitzt“, sagte Raphaël in kritischem Ton.

„Wie? Was?“

„Das Hemd. Sonst kannst du gleich so ein hautenges Teil anziehen wie die Tänzerinnen ...“

„Ich kleb dir gleich eine, ich, wie eine Tänzerin, ich warne dich!“

Und zu mir: „Hast du nicht vielleicht ein Stück Zucker?!“

„Er ist das reinste Nervenbündel“, stellte Raphaël fest, während er sich kämmte. „Ist ja auch normal ... Man muß ihm ein Stück Zucker finden, ist doch wahr!“

Wir können da nichts machen, Mama, erklärte Enrique der erstarrten Dolorès im Ton einer mathematischen Beweisführung: Das Jüdischsein wird über die Mutter vererbt, und die Mutter ist Judith ... Folglich ... Verstehst du, um mal ein Beispiel zu nehmen, in Frankreich ist der einzige Name, der offiziell gilt, der des

Vaters. Der Name der Mutter spielt überhaupt keine Rolle ... Und in dieser Sache ist es eben andersrum: David wird Valdès heißen wie sein Vater und er wird beschnitten wie seine ... Ach, Scheiße! Du bringst mich dazu, daß ich Blödsinn verzapfe, schimpfte Enrique und schlug mit der Faust auf den Tisch Scheiße und noch mal Scheiße! Versteh es oder laß es bleiben, aber so ist es!

Dolorès wiegte den Säugling ohne ein Wort. Und sie sah Enrique an wie ein Monster, das sie aus Versehen ausgebrütet hatte.

Ich hatte sowieso schon einen unheimlichen Bammel wegen des Kleinen, sagte Judith zu mir, und dann auch noch sie, die mich ansah, als wollte ich meinen Sohn den Folterknechten ausliefern ... Ich war nah dran nachzugeben!

„Hör zu", sagte Judith zu mir, als sehe sie in meinen Augen eine andere Art Vorbehalt vorüberziehen „Es ist weniger eine Sache der Religion, als ... als der Zugehörigkeit. Der Treue. Des Gedächtnisses ... Verstehst du das oder nicht? Wir müssen das Gedächtnis bewahren. Immer."

Ich habe Judith in die Arme genommen, das sagte mehr als viele Worte. Rachel schwieg unterdessen. Vielleicht dachte sie, daß sie kein Kind haben würde, ob Junge oder Mädchen, und daß sie ihre Gedächtnislast nie weitergeben würde, daß die mit ihr selbst vergehen würde ... Und ich, ich fühlte mich ein bißchen wie eine Platane, deretwegen sie aus der Bahn geraten war ...

Als ich Judith dann losgelassen hatte, kam Rachel, um sich in meine Arme zu kuscheln, sie hatte gespürt, daß eine Art Schatten vorübergezogen war:

„Bist du traurig? Mußt du nicht ... Ich werde ganz allein deine Frau und deine Schwester und eine ganze Großfamilie sein, und umgekehrt ... Ich werde viele sein, und schrecklich anhänglich, und unmöglich zu entmutigen Du wirst sehen, daß du als erste die Schnauze voll haben wirst Aber dann werde ich dir überallhin folgen Ich werde dich finden, wo immer du auch bist, und wenn ich mich durch die Erde wühlen müßte ... Ich ..."

Rachel!... Und nachdem du mir all das mit heißem Atem gesagt hattest, den ich noch immer auf der Haut spüre, hast du mir eines Tages eröffnet, daß du die Schnauze voll hast Die Schnauze dermaßen voll von meinen Geschichten! Und als du gingst, hast du die Tür zugeknallt, während ich mir selbst zubrüllte Lauf! Lauf! Hol sie ein! und mich nicht rührte, weil ich zu einer verdammten Steinplatte geworden war Einer von denen, die man auf Gräber legt, weißt du, wie die, die man auf meinen Vater gelegt hat Der gar keine gewollt hatte Der keine gewollt hatte!

„Weder Blumen noch Kränze auf mein Häuflein Asche", hatte mein Vater gesagt. „Habt ihr verstanden? Ich will mit mir verschwinden!"

Meine Mutter hatte ihn mit Blicken erschossen, bevor sie türknallend hinausging: Man konnte in Gegenwart meiner Mutter nicht über den Tod reden, und noch weniger über die Einäscherung, die sich gerade einzubürgern begann.

An diesem Tag hatte alles mit der Eitelkeit einer verspäteten Gymnasiastin angefangen, wie sie mir manchmal eigen war, auch noch lange, nachdem ich von der Schule abgegangen war: Um den soliden Materialismus meines Vaters ein bißchen zu kitzeln – den ich im übrigen eher geneigt war zu teilen –, hatte ich die Theorien eines gewissen Berkeley ausgepackt, von dem ich früher einmal Auszüge in Enriques Philosophiebuch überflogen hatte. Sie würden ihn garantiert die Wände hochgehen lassen ...

Ach ja? sagte mein Vater mit einer Sanftheit, die nichts Gutes bedeutete, und kaute auf seiner Kippe herum. Ach ja?... Das heißt, wenn ich mit der Nase gegen eine Tür renne, ist das eine Erfindung meines Geistes, der den Göttlichen Geist widerspiegelt? Ist es das, was du mir erzählen willst?

„So ungefähr“, sagte ich, denn ich war mir meiner Weisheit nicht sehr sicher.

Aber schließlich war das Ziel nicht, meinen Vater zu bilden Welcher mir bereits den Rücken zukehrte und ironisch über diesen Göttlichen Geist der Streiche und der Attrappen herzog.

Meine Banderilla war abgeprallt Oder aber der Stier war nicht in Form. Aber plötzlich drehte er sich wieder um, senkte die Hörner und stieß Rauch durch die Nüstern aus Hör mal gut zu, Strohkopf, anstatt Blödsinn zu verzapfen ... Ich mag ja geduldig sein, aber ich rate dir, mir nicht zu erzählen, daß die Bombardierungen, die Invasion und die Deportation der Juden nichts als böse Träume waren, die ich mir ganz allein ausgedacht hätte! Da könnte mir über kurz oder lang der Kragen platzen ...

Aaaaah! brüllte mein Vater und riß buchstäblich seinen Hemdkragen ab Ah! Philosophische Spekulationen! (und in seiner Stimme lag dieselbe donnernde Verachtung, wie wenn er über finanzielle Spekulationen wetterte) Du bist intelligenter als ich, mein kleines Mädchen, das bestreite ich nicht, aber ...

„Hör mal, Papa, das war doch Spaß ...“

„... aber“, brüllte mein Vater, „was weißt du schon von dieser Scheißwelt, hm? Dann werd ich dir mal was darüber erzählen, Schweigen ist immer falsch! Die Toten Die Folter Die zermalmten Leichen Die Kinder, die sich im Feuer wanden, was ist das alles für dich? Bilder. Grauenhafte wahre Bilder inmitten eines Haufens grauenhafter falscher Bilder, wie man sie im Kino sieht Man sagt aaaah! Wie furchtbar! Und beim Rausgehen genehmigt man sich ein Eis ... Aber ich wünsche dir nicht, daß du eines Tages einen echten Faschisten siehst, der dir mit Fußtritten und Gewehrkolbenstößen die Tür einschlägt Ich wünsche dir nicht, daß du eines Tages siehst, wie ein echter Mensch, aus Fleisch und Blut und womöglich sogar dein bester Freund, anfängt aus allen Löchern in seiner Haut ins Gras zu bluten wie ein Schwein und dann neben dir tot umfällt Tot umfallen, das heißt, daß er sich nie mehr bewegen wird, das ist sicher, und daß seine Mutter ihr Leben lang um ihn weinen wird, was so traurig ist wie nur möglich ... Aber sterben, das heißt auch, daß er sich, als er krepierte, im Stehen vollgepißt hat und alles andere, und daß sich das alles an Ort und Stelle zusammen mit dem blutigen Fleisch und dem gammeligen Stoff zersetzen wird Das heißt, daß es stinken wird, wie du es dir überhaupt nicht vorstellen kannst Du ahnst gar nicht, wie der Tod stinkt! Das kommt natürlich im Kino nicht rüber, aber ich, ich stand genau daneben, so wie ich jetzt neben dir stehe und dein Eau de Toilette rieche! Und ich schwöre dir, ich habe nicht einen Bruchteil der Einbildungskraft, die ich gebraucht hätte, um mir das ganz allein auszudenken!... Und wenn das ein „göttlicher" Geist sein soll, der diese Art von Späßen treibt, dann kannst du deinem Berkedingsda sagen ...

Er war purpurrot vor Empörung und konnte nicht mehr aufhören Ich dachte, er würde einen Schlaganfall bekommen, und mir traten Tränen in die Augen Ich sollte mich nicht so aufregen, hat mein Vater gesagt und kam wieder zu Atem Das ist keine Art zu diskutieren, ich weiß schon, aber dein Berkedingsda, von dem erzählst du mir besser nichts mehr!

Berkeley, in seinem Jahrhundert der alles in allem noch recht bescheidenen Schrecken, habe mit seinem Aufsatz wohl danebengegriffen ... Das war die Meinung meines Vaters. Oder aber er sei nie aus seinem Büro rausgekommen, um zuzusehen, wie sich die Menschen ins eigene Fleisch schnitten ...

Jetzt ist mein Vater tot – und begraben, obwohl er es ausdrücklich anders gewollt hatte. Und ich denke zurück an die grollende Verachtung, die er „philosophischen Spekulationen" entgegenbrachte Gerade jetzt, wo in aller Öffentlichkeit haarsträubende universitäre Debatten darüber geführt werden können, ob es die Gaskammern wirklich gegeben hat!

Dann höre ich meinen Vater Die schlaganfallgefährdete Stimme meines Vaters, die wieder durchs ganze Viertel dröhnen würde Aaach nein? Ach nein, die Gaskammern hat es nicht gegeben? Sag mir das noch mal ins Gesicht, du mieser kleiner Vollidiot!

Aber wo ist er jetzt, mein Vater? Wo sind nur die Männer wie mein Vater, die von ihrem Stuhl aufgestanden wären, mit gegen die Schenkel gedrückten Fäusten: Hau ab! Verzieh dich, oder ich mach dich fertig ... Und paß auf, daß ich dich nicht noch mal die Toten beleidigen höre!

Dem durchdringend stinkenden Atem aus gewissen Mündern stehen nur noch ein paar brav-höfliche Journalisten entgegen Sie sagen Monsieur – ein solches Arschloch nennen sie Monsieur! wetterte mein Vater früher – und hüten sich davor, ihn zu unterbrechen, wegen der Demokratie. Geheiligt werde die Rede Der Widerspruch komme, aber zu seiner Zeit, mit Langsamkeit und Würde Und die Lüge werde besiegt von der Wahrheit ... So sei es.

Aber in der Zwischenzeit hat die Wahrheit, wie Enrique sagt, allzuoft eine dünne und wohlerzogene Stimme, geeignet für gepflegte Unterhaltungen, aber von Gebrüll wird sie recht schnell übertönt ... Die Lüge ihrerseits hat immer mustergültige Stimmbänder. Sie dröhnt und läßt Echos widerhallen Die brüllen und brüllen und brüllen bis alle Auswege dicht sind und das Hirn zugemauert!

Meine Mutter brüllte auch manchmal, und ich bin mir nicht mehr so sicher, ob sie immer unrecht hatte, auch wenn mir die Vorstellung, daß sie recht haben könnte, am ganzen Körper die Haare zu Berge stehen läßt ... Wenn sie ihre „Anfälle“ hatte, nahm sie jedesmal den ewigen Prozeß gegen meinen Vater wieder auf Sie häufte Zeugnisse und Beweise an, widerlegte im voraus jedes Argument, das man ihr hätte entgegenhalten können, machte jedwede Hoffnung auf Alibis um so brillanter zunichte, als sie selbst sie aufzählte, und zerschlug mit unerbittlichem Scharfsinn jede noch so geringe Spur von mildernden Umständen, indem sie irgendeinen widerwärtigen Hintergedanken darin ausfindig machte ...

Mein Vater nannte das den Monolog des Staatsanwalts Er flüsterte mir zu Los, los, weitergehen, es gibt nichts Neues zu hören ... Mein Todesurteil ist schon seit über zwanzig Jahren gefällt und wird seither aufgeschoben ...

„Aber was sollst du denn machen, was will sie denn?"

„Nichts", sagte mein Vater und schraubte sich die Kappe auf den Kopf, um mir seine Absicht, das Haus zu verlassen, zu signalisieren „Ich hätte etwas anders machen sollen, das will sie, kleiner Unterschied ... Ach! Das geht schon wieder vorbei."

Ich hatte schließlich herausgefunden, daß meine Mutter meinem Vater vorwarf, daß er sich, als der Arbeitsdienst obligatorisch wurde, dazu hatte einziehen lassen. Ich war jung, sagte mein Vater, als würde er eine Sünde bekennen Ich war sehr gefügig und sehr dumm ... Nicht für einen Groschen Eigeninitiative ... Also bin ich losgezogen mit all den anderen jungen Kerlen, die es gewöhnt waren, zu tun, was man ihnen sagte, was soll ich sagen ...

Verstehst du, sagte mein Vater zu mir, als habe er sich auch vor mir zu rechtfertigen, deine Mutter blieb danach allein unter den Bomben zurück, das hat sie völlig verrückt gemacht. Und da hat sie vergessen, daß sie mich früher angefleht hatte, das Maul nicht aufzureißen!... Der Gedanke, ich könnte mich der Résistance anschließen, ließ sie mitten in der Nacht aufschrecken. Ich mußte ihr schwören, daß ich nicht dazugehörte!

Außerdem war sie schon immer so: Als wir uns kennenlernten und sie merkte, daß es gut lief mit uns beiden, da war das erste, was sie zu mir gesagt hat: „Ich will jemanden fürs Leben. Keinen Abenteurer und auch keinen Helden: Ich will einen harm-lo-sen Mann!"

Das traf sich so gut wie nur möglich, ich war nie imstande gewesen, auch nur auf dem Jahrmarkt einen Federbusch zu schießen: zu kurzsichtig und zu ungeschickt! Tja, aber dann ...

Dann, sagte mein Vater und wühlte in seinem Haarkranz herum   Dann weiß ich nicht ... Die Wut hat sie gepackt   Oder die Scham ... Man muß dazusagen, daß es die Zeit der Helden war, aus allen Löcher kamen sie hervor, alle hatten sie Widerstand geleistet, lachend erinnerte man sich daran, wie man die Frauen kahlgeschoren hatte, aber ich fand das überhaupt nicht zum Lachen ...

Und deine Mutter, die hatte dann keinen Helden, den sie am Arm spazierenführen konnte ... Man muß sie verstehen, sie schämte sich meiner eben ein bißchen, mit meinem Arbeitsdienst ... Ein Glück, daß ich wenigstens nicht freiwillig hingegangen war!... Aber trotzdem, sie hat angefangen, auf mir herumzuhacken.

„Und du, du hast es dir gefallen lassen!“

„Ich lasse es mir nicht gefallen“, stellte mein Vater mit erhobenem Zeigefinger klar: „Ich will es so ... Kleiner Unterschied.“

Und mit einem müden kleinen Lächeln streifte er sich den Gurt seines Akkordeons über die Schulter: Ich will gerne als der letzte Simpel dastehen, wenn das dazu beiträgt, ihr etwas Erleichterung zu verschaffen und den Frieden zu bewahren. Verstehst du?

Er betrachtete mich mit gerunzelter Stirn, schob seine Brille mit dem Daumen hoch und brummte:

„Nee. Macht nichts. Das ist nichts, was du in deinem Alter verstehen kannst, mein Rehlein ... Um so weniger, als die Rechnung nicht aufgeht, denn es bringt deiner Mutter auch nichts, daß ich ein Simpel bin ... Bei manchen Geschichten gibt es keinen Ausweg, weißt du ... Oder aber ich habe ihn nicht gefunden ... Ich bin wie eine Ratte in einem Labyrinth, außer daß ich dümmer bin als die Ratte: Sollen intelligent sein, die Tierchen ... Na ja, genug für heute: einen kleinen Walzer, oder einen Tango? Komm, ich spiele *Fascination* für dich!“

Wenn ich heute diesen Walzer höre – ach, so selten! –, erinnert er mich auch an die Hochzeit von Enrique und Judith in dem Gartenlokal, in das mein Vater zum „Aufspielen“ gekommen war ... Standesamtliche Trauung, natürlich, aber nichtsdestotrotz kam eimerweise Wasser vom Himmel.

„Seht euch das an!“ sagte Enrique und lachte sarkastisch „Seht euch nur dieses ganze Glück an, das uns auf den Kopf regnet!... Ah, das wird den Neid der Welt erwecken!“

Enrique war schon ziemlich beschwipst Und während er leicht schwankend Walzer tanzte, grölte er mehr, als daß er sang Tilalilaliii la la laaaa ... Tilalila la li la laaai-re! Tilalilaliii ... Allein Judith schien nichts zu merken Aber noch zehn Jahre später zeterte sie dann Sturzbesoffen! Sturzbesoffen, am Tag seiner Hochzeit!

„Ich mußte eine böse Vorahnung ersäufen!“ wehrte sich Enrique und ließ die Krawatte, die er sich gerade vom Hals gerissen hatte, knallen wie eine Peitsche. „Wenn ich ganz bei Sinnen gewesen wäre, hätte ich dem Standesbeamten nein geantwortet! Und was ist denn draus geworden, aus der Ehe, hm? Irgendwie mußte ich mich ja betäuben ...“

„Hör mal“, sagte Judith zu mir. „Ich kann nicht mehr, nimm ihn bitte mit ... Wenigstens heute nacht. Bevor ich ausraste!“

„Aber wo soll ich ihn denn unterbringen?!“

„Mir egal: in der Badewanne Im Keller Unterm Küchentisch ... Laß mich ihn nur eine Weile vergessen, sonst gehe ich auf-der-Stelle los und gebäre das Kind im Büro des Schuldirektors!“

Ich sage zu Enrique, daß er ein Arschloch ist Führt man sich so auf, wenn man jeden Augenblick Vater wird! Das ist eine Zeit, in der Frauen ihre Ruhe brauchen, und daß man ein bißchen nett zu ihnen ist ... Und was er nur hat, daß er sich pausenlos dermaßen danebenbenimmt!... Darauf weint er Chérie-meine-Schwester, sagt Enrique mit ganz kleiner Stimme, ich weiß doch auch nicht ... Sie ... Sie liebt mich nicht mehr ... Es stimmt, daß ich ein Arschloch bin, aber trotzdem ...

Ich halte ihm ein Taschentuch hin Es ist nicht gebügelt, sagt dieser Trottel Und dann wundert man sich, daß Judith ...

„Nimm es oder laß es bleiben. Oder du bügelst es eben selber, hopp! Außerdem sag ich dir gleich, daß du auf dem Boden schläfst. Und wenn Rachel mitten in der Nacht heimkommt, machst du keinen Zirkus, verstanden? Sonst fliegst du raus. Und trink Wasser, das nüchtert aus."

„Wenn ich das vorher gewußt hätte", sagt Enrique ins Taschentuch, „hätte ich dich geheiratet ... Wo hatte ich nur meinen Kopf, Herrgott!"

„Hör mal, mein Guter, da gibt's nichts zu bereuen: Als Bruder halt ich dich gerade noch aus. Aber als Macker, also nee danke! Du hast schon immer viel zu sehr genervt ... Das hab ich dir schon gesagt, als wir acht waren."

„Stimmt", gibt Enrique zu und läßt sich auf die Matratze fallen „Und da soll einer keinen Schiß vor Frauen haben, wenn sie schon mit acht alles kapiert haben!"

„So, jetzt ist aber Schluß. Du führst dich ja auf wie der Erzengel in seinen schlechtesten Sketchen ..."

„Ach, sag mal ..." sagte Enrique, der vor lauter Wassertrinken langsam eine etwas weniger schwere Zunge hatte „Weißt du das schon ... Wegen ... Wegen dem Erzengel ..."

„Was?"

Aber schon begann er auf seiner Matratze zu schnarchen ...

Also, was ist mit dem Erzengel? Gestern abend wolltest du mir doch irgendwas erzählen ...

„Was?" sagte Enrique, der gerade aus dem Bad kam, meinen

Bademantel um die Lenden geschürzt, weil er nicht hineinpaßte. „Ich möchte erst einen Kaffee, wenn's geht ... Oje oje! Mir brummt der Schädel ... Und was mache ich eigentlich hier, kannst du mir das sagen?"

„Keine Angst, ich hab dich nicht entführt. Du bist mir zu treuen Händen übergeben worden, allerdings in einem Zustand, dessen Schilderung ich dir erspare, von deiner Angetrauten höchstpersönlich, die die Schnauze gestrichen voll hatte ... Dann hast du angefangen, irgendwas über den Erzengel zu faseln, und bist mittendrin eingeschlafen."

„Danke", sagte Enrique und nahm mir die Kaffeekanne aus der Hand. „Ach ja! Weißt du das noch nicht? Angeblich will er jetzt Pantomime werden! Er!... Diese elende Quasselstrippe!"

„Ach ja? Das würd ich ja gern mal sehen ..."

„Ich auch", sagte Enrique. „Eher könnte ich ihn mir als Jahrmarktschreier vorstellen oder als Chansonnier Irgendwas, wo seine große Klappe ihm was nützen würde ... Oje oje! Verfluchtes Kopfweh ... Hast du vielleicht ein Aspirin?... Raphaël als Pantomime! Das ist, wie wenn man mir weismachen wollte, daß Dolorès Diät hält! Meiner Meinung nach macht er Witze."

Aber es war kein Witz. Nicht einmal ein Jahr später stand Raphaël auf der Bühne. Mit seinem Haarschopf, den er mit einem Gummi auf dem Scheitel zusammengebunden hatte und der tanzte wie ein Federbusch, mit kreideweißem Gesicht, nur Augen Nasenlöcher und Mund schwarz umrandet, und in einem weißen, enganliegenden Anzug, mit dem er im Scheinwerferlicht unwirklich aussah, verwandelte sich Raphaël mit seinen gelenkigen Bewegungen in eine Marionette, die alles Leid der Welt verkörperte ...

In einer Ecke der Bühne stand Philippe, der fröhliche Kumpan aus früheren Saufgelagen, der inzwischen eine Clownschule besucht hatte und dessen Maske ebenso heiter und strahlend war wie Raphaëls starr und gespenstisch wirkte. Er spielte auf der singenden Säge Chaplins Musik aus *Rampenlicht* Und der Gegensatz zwischen der Poesie der Musik und dem Drama, das sich ohne ein Wort auf der Bühne abspielte, war so ergreifend, daß man ein Unbehagen verspürte Ein unmerkliches Schuldgefühl, da zu sein, glücklich, nicht anders zu können, als zu lieben ... Unterdessen schien sich Raphaël – geschlagen, gefangen in einem unendlich verengten Raum, erdrückt, zermalmt, in der Luft aufgehängt, in sich zusammengesackt und von Schmerz durchzuckt, so entrückt, als berühre er die Erde kaum mehr – seinem unsichtbaren Jammertal nur zu entreißen, um aus noch größerer Höhe wieder zu fallen, immer weiter konterkariert von der Musik des heiteren Clowns Noch immer gelenkig Noch immer lebendig. Noch immer eingebunden in die gewaltige Stille, die sich über den Saal gesenkt hatte, und kurz davor, unter den paradiesischen Klängen der Musik im Todeskampf zusammenzubrechen.

Es war nicht einmal mehr eine menschliche Gestalt Es war ein Abglanz Ein Gespenst, das zurückgekehrt war, um auf seinem Scheiterhaufen zu spuken und dessen Flammen wiederauflodern zu lassen Der Schmerz des Körpers in den Flammen ... Der Alptraum der Menschheit, sichtbar geworden für alle Für alle im Saal, die darüber das Atmen vergaßen ... Judiths Fingernägel gruben sich in meinen Arm, ich reagierte nicht einmal Und im Saal herrschte eine gewaltige Stille Eine Stille, die mit Händen zu greifen war, während die Musik dahinschwebte, immer weiter dahinschwebte, und die Gestalt weiter starb, sich auflöste vor Verzweiflung ...

Am Ende ist das Publikum schweigend aufgestanden. Der Applaus brach mit einigen Sekunden Verspätung aus, wie das Donnern einer Salve, von der man zuerst in einigen Kilometern Entfernung das blendende Licht gesehen hätte ...

Verstehst du, sagte Rosa zu mir, der Triumph fängt mit der Qualität des Schweigens an: Als ich sie schweigen und nicht mal mehr atmen hörte, wußte ich es!

Nachher heulten wir alle zusammen über dem ausgestreckten Körper des kleinen Bruders, der auf einer Bank lag – und nach Schweiß stank! –, während Philippe unter seiner leuchtendroten Nase und seinem überdimensionalen falschen Lächeln, das mit zinnoberroter Schminke von Ohr zu Ohr gemalt war, selig lachte.

„Aufstehen!“ brüllte Enrique, der vor Begeisterung zappelte. „Aufstehen, Herrgott noch mal! Das Publikum verlangt nach euch, warte noch ein bißchen, bevor du zusammenklappst!“

Und er stellte den verstörten Raphaël wieder auf die Beine, der einen Teil seiner Schminke verloren hatte, ins Leere lächelte und sich dann von Philippe wie eine Gliederpuppe in Richtung Bühne und Bravos schleifen ließ   Herrje, röhrte Enrique, während er Philippe beim Schleifen half und den armen Erzengel knetete, wie um ihm wieder eine Form zu geben   Herrje! Wenn du deine Klappe hältst, bist du göttlich!

„Du“, sagte Rachel zu ihm, „du bist nicht göttlich, aber du bist trotzdem auch erträglicher, wenn du das Maul hältst. Also sei still und hol ihm ein Glas Wasser.“

Und zu Raphaël, der unter den Applausstürmen zurückgewankt kam, immer noch gestützt von Philippe in seinem Clownskostüm:

„Mein Kätzchen! Du warst schöner als ein verliebter Kater bei Vollmond! Du wirst der Größte, wirst schon sehen!“

An jenem Tag aber, an dem wir bei unserem kaltgewordenen Kaffee noch an der Berufung des Erzengels zweifelten, kam Rachel in mörderischer Laune nach Hause.

„Na gut“, hat Enrique zu Rachel gesagt, „ich geh mal nachschauen, wie weit das Kind ist, ciao! Nein, nein, nichts Schlimmes, Josèphe wird's dir erklären: Es ist nur deine Schwester, die hat 'ne Krise ..."

Ich krieg auch gleich 'ne Krise, hatte Rachel dann zu mir gesagt Nie kann ich nach Hause kommen und mit dir allein sein! Immer Enrique ... Enrique ... Der gehört doch Judith, oder? Das nächste Mal, wenn sie ihn dir andrehen will, lehnst du ab! Sie hat ihn gewollt! Ob sie ihn also behält, auf den Müll wirft oder umbringt, das darf sie ganz allein entscheiden. Aber daß sie ihn zu dir abschiebt, wenn er besoffen ist, nein! Ich bin völlig geschafft! Und in drei Tagen hab ich das nächste Konzert, und ich hätte gern mal meine Ruhe vor dem Familienkram!

„Aber Rachel ..."

Lauf! Nimm sie in die Arme Sprich ihr ganz leise hinters Ohr Schläfere ihre Müdigkeit mit Liebesworten ein Sie hat gefroren Sie ist erschöpft Sie hat Angst, daß sie es nicht schafft Heute war das Publikum ein Eisblock, deshalb klappt sie zusammen ... Sag ihr, daß sie schön ist ... Sogar auf den jämmerlichen Bühnen, auf denen sie noch auftritt, um die Monatsenden zu überbrücken Es genügt, sie spielen zu hören, ganz klein dort oben, die Geige unters Kinn geklemmt Und dann sieht man nur noch eine unwirkliche Gestalt, die von der Musik durchdrungen ist und vielleicht gleich fortgetragen wird ... Sie spielt Sie spielt, und es ist, als würde sie schweben Man meint, den leeren Raum zwischen dem Saum ihres langen Kleides und den Brettern der Bühne zu erkennen Sie ist die Musik Die Musik geht von ihr aus und durchquert den Saal und die reglosen Körper und hinterläßt die Spur eines Bebens, einer minimalen Erschütterung, eines kaum spürbaren Flügelschlags, den man, mangels einer besseren Bezeichnung, Talent nennt ...

Aber du sagst nichts Bestimmt ziehst du ein Gesicht wie deine Mutter Und Rachel schnappt sich einen Koffer, ob nun heute oder an einem anderen Tag, und sie beginnt schweigend, stapelweise Wäsche hineinzustopfen, und du, du siehst ihr dabei zu ...

So weine doch! Wirf dich auf den Boden, tu etwas! Du siehst doch, daß sie nach dem Geigenkasten greift ... Aber du rührst dich nicht, und Rachel macht einen kleinen Bogen, um dich beim Hinausgehen nicht zu streifen.

Und Rachel kommt nicht wieder Seit Stunden und Stunden warte ich auf sie Ich habe überall angerufen, sie ist nirgends Ich habe auch im Büro angerufen Man hat mir gesagt, ja, das höre man, daß ich krank sei ... Ich solle mir bloß keine Sorgen machen, einen heißen Grog trinken und ins Bett gehen ... Ich lege auf und rufe noch mal bei Raphaël an, der allein ist Ein Glück, denn was könnte ich Rosa sagen, ohne den Anschein zu erwecken, daß ich um Hilfe riefe! Hör mal, Raphaël, wenn du Rachel siehst, sag ihr ... Sag ihr, daß ... Das ist doch nicht möglich, daß sie nirgends ist!... Ich hab Angst, Raphaël!

„Na, na ...“ sagte Raphaël „Es ist doch nur ein Beziehungskrach, das solltest du nicht so tragisch sehen ... Erstens mal, wenn ich dir was raten darf, würde ich meinem Schwesterherz den Brotkorb etwas höher hängen Sie hat schon immer leichte Chefallüren gehabt, laß dir nichts gefallen! Du mußt sie nur mal ein bißchen von oben herab behandeln, dann frißt sie dir wieder aus der Hand ... putt putt putt ...“

„Raphaël, es ist ernst! Wenn du den Kasper spielst, leg ich auf!“

„He, bloß nicht!“ japste Raphaël „Bei deinem Zustand und bei meiner ausgeprägten Empfindsamkeit würde ich mir sofort vorstellen, daß du dich mit der Telephonschnur aufhängst, und vergiß nicht, daß die Staatseigentum ist, man darf sich damit nicht aufhängen Zumal ich keine Zeit habe, dich unterwegs abzuhängen, ich treff mich in einer halben Stunde mit einem allerliebsten haarigen Kleinen, mehr brauch ich nicht sagen ...“

„Raphaël!!“

„Okay“, sagte Raphaël mit normaler Stimme „Jetzt hab ich's

verstanden, wir sind mittendrin in der Tragödie ... Ah, was für eine Familie! Hör mir gut zu, Geliebte-meiner-Schwester: Ihr fangt alle an, mich echt ... Also, ich kümmere mich darum. Ja, ja, okay. Deine Botschaft wird Wort für Wort samt Punkten und Kommas und allem übermittelt. Aber wenn mein haariger Kleiner abhaut, halt-ich-dir-glühende-Kohlen-unter-die-Fußsohlen!"

Armer Raphaël. Später habe ich erfahren, daß er seine Schwester überall gesucht hatte, was der haarige Kleine natürlich ausnutzte, um sich wie eine Nebelschwade in Luft aufzulösen. Enrique rief mich alle zwanzig Minuten an: Er hatte die Wohnung voller Babys, er konnte sie nicht alleinlassen, und weiß Gott, wann Judith und die anderen Mütter von ihrer feministischen Versammlung zurückkämen, ah, so eine Scheiße!... Rosa war auch Gott weiß wo – nein nein, sagte Enrique, sie ist nicht bei den Feministinnen –, und von Rachel noch immer keine Spur. Enrique fing an, sie zu verdächtigen, in einem 24-Stunden-Kino eingeschlafen zu sein, mit der Wange an ihrem Geigenkasten ... Aber ich glaubte kein Wort davon.

Ich habe immer gewußt, daß sie mich verlassen würde Daß ich keine Frau für sie war Daß ich keine Frau „fürs Leben" war, wie es Enrique von Judith sagte, wider besseres Wissen Und mit gesenktem Kopf nahm ich meine Verurteilung entgegen und bot sie Gott weiß wem im Tausch gegen die bloße Chance dar, daß sie noch lebte ...

Immer noch nicht da? brüllte Enrique durchs Telephon Oje oje, und Judith läßt sich Zeit ... Ich kann die Bälger nicht alleinlassen, hörst du sie? Ich hörte eher etwas wie das Rauschen der steigenden Flut, mit leisen Stößen, „Pluffs" und kleinen melodischen Schreien, wie Delphine sie von sich geben ...

„Sag mal, wie viele hast du denn da?"

„Weiß nicht genau", sagte Enrique. „Es sind auch noch welche unter den Betten ..."

„Gidigidi? Gidigidigidgidigidi ...“ sagte ein ganz leises Stimmchen.

„Was sagst du? Und wer bist denn du, hm?“

„Das war Simon“, sagte Enriques Stimme „Er ist der Kleinste Er wollte unbedingt mit dir sprechen. Also gut, ich sagte gerade ...“

Und ich, ich sage dir, daß du dich benommen hast wie ein Verräter! zeterte Judith, die plötzlich außer sich war Ich finde wirklich kein anderes Wort dafür!... Der allgemeine Radau, der von diesem Vorwurf jäh unterbrochen worden war, setzte nur zögerlich wieder ein ... Was, brüllte Enrique, ich, ein Verräter?! Ich, der ich die Bälger der Damen hüte – und das ist eine ganze Horde, seht selbst –, damit sie auf ihre Versammlungen gehen können, um zu tratschen und sich ausgiebig das Maul über uns zu zerreißen ...

„Q.e.d.!“ zeterte Judith „Hört euch mal das Vokabular an: tratschen, sich das Maul zerreißen ...!“

„Und ich versichere euch, daß sie sich Zeit lassen Daß sie sich nicht stressen lassen von der laufenden Uhr ...“

„Yiiiik yiiiik yiiiik!“ quietschte Raphaël, der vor lauter Vergnügen an dem Gezänk in die äffischen Pantomimen seiner Jugend zurückfiel.

„Ich!“ schrie sich Enrique heiser, mit gen Himmel erhobenen Fäusten „Ich, der ich sie mit einem Lächeln empfange, nach stundenlangem: Mach Pipi ins Töpfchen, Schätzchen, so ein schöönes Töööpfchen ...“

„Yiiik yiiiik yiiik!“ brüllte Raphaël „Und davon kommt es, daß man auf alles pißt, was schön ist! Welch eine Pädagogik!“

„... Und nach dem Kampf mit den Windeln dann die Verteilung der Breichen der Löffelbiskuits der Fläschchen der Süppchen Ich, der ich ganz plemplem werde vor lauter Geschichten runterleiern Wiegenlieder und sonst was für Liedchen singen Und dann auch noch die Größeren, die meckern, wenn ich dabei einen Fehler mache Ich, der ich mir den Dings aufreiße mit Kuckuck spielen unterm Tisch, ich soll ein verkappter Stalinist und ein latenter Macho sein? Scheiße!"

Ein Lachanfall hatte Rosa schon mittendrin niedergestreckt David, der jäh aus dem Schlaf gerissen worden war, brüllte wie am Spieß Jetzt hat er ihn schon wieder geweckt, giftete Judith und wollte losstürzen, als wäre eine Katastrophe passiert Laß nur, sagte Raphaël, ich erklär ihm die Lage Dieser Kleine ist genial, er kapiert alles.

Hör mir gut zu, sagte Raphaël zu dem Kind Der Herr, der da brüllt, ist dein Vater, und seine Stimme ist die Stimme des Blutes ... Verstehst du, kleines Licht? Du wirst sie wiedererkennen, jedesmal, wenn es Scherben gibt!

Jetzt halt mal eine Weile die Klappe, sagte Judith zu Raphaël, du trampelst uns vielleicht auf den Nerven rum! Wie wär's, wenn ich auch mal Raum bekäme, was zu sagen ... Raum, Raum, sagte Rachel und stand auf Ich geh mal an die frische Luft, das Gebrüll macht mich fertig!

Also, sagte Judith Seht euch diesen Trottel gut an, den ich geheiratet habe ... – ganz aus Versehen, flüsterte Raphaël dem Baby ins Ohr – und der immer noch Kommunist ist, aus Gott weiß welcher Abwesenheit von Verstand ... Wißt ihr, was er getan hat?! Nun, er war – haltet euch gut fest! – Berichterstatter der Partei in Sachen „Frauenfrage"! Ich erspare euch die Details des Berichts!

„Aber ich war dafür abgestellt worden!" kreischte Enrique im Lärm des allgemeinen Gelächters „Es war der Standpunkt der Partei, nicht meiner!"

„Ja, genau: abgestellt. Wie bei der Armee: Du da, du machst Latrinendienst. Und was antwortet darauf mein ach so freier Mann? Er sagt, einverstanden, das ist Demokratie, ich geh Latrinen putzen. Und genauso geht mein braver Einfaltspinsel hin und vertritt ohne mit der Wimper zu zucken einen Standpunkt, der nicht nur seinem eigenen entgegengesetzt, sondern regelrecht un-ver-tret-bar ist!"

„Von wegen vertreten! Deine Freundinnen und du, ihr habt so laut gebrüllt, daß ich mich nicht mal verständlich machen konnte! Ach, Scheiße", sagte Enrique. „Wenn alle auf mir rumhacken, hau ich ab!"

„Aber nicht doch, nicht doch", sagte Rosa und trocknete sich mit ihrem großen Baumwollkragen die Augen „Aber nicht doch, bleib da ..."

„Und warum", fing Judith wieder an „Warum zum Teufel hast du diese heroische 'Linie' nicht einen anderen darlegen lassen?"

„Ich sag dir doch schon die ganze Zeit, daß es keinen Freiwilligen gab!"

„Und wenn nur einer übrig bleibt", säuselte Raphaël, während er den Kleinen betrachtete, der doch noch eingeschlafen war, „wird er es sein! Du hast recht, mein Häschen, schlaf: Das wird melodramatisch hier! Schlaf, Kindlein, schlaf ..."

Armer Enrique! Anläßlich einer neuerlichen und vagen „Kurswechsel"-Resolution hatte er sich überzeugen lassen, sich das Parteibuch wieder zu holen, das er zwei oder drei Jahre zuvor wütend zerrissen hatte ... Die Nostalgie, sagte Rosa mit einem Engelslächeln Die Nostalgie wird ihn noch ins Verderben stürzen ... Aber jetzt laßt ihn doch in Ruhe, das artet ja in ein Pogrom aus! Und du, gib mir den Kleinen, er ist schließlich keine Babypuppe ... Ah ja, genau, sagte Raphaël und schüttelte angeekelt die Hände, das dachte ich auch gerade!

„Mach dir keine Sorgen", sagte Rachel im beruhigenden Ton der Objektivität zu Judith. „In drei Wochen zerreißt er es wieder ..."

In eben diesem objektiven und beruhigenden Ton diskutierte ich früher mit meinem Vater, wenn er versuchte, mich zu überzeugen, „die Finger davon zu lassen“...

„Kannst du mir dann erklären, warum du nach wie vor die Kommunisten wählst?“

Allerdings! brüllte mein Vater und knöpfte seinen Hemdkragen auf. Dann folgte eine Flut von Argumenten, die sich natürlich jeglicher Vernunft entzogen und die ich übrigens noch nicht mal vorgab ernstzunehmen, bis hin zur abschließenden und quasi-surrealistischen Erklärung, daß wenn „sie“ eines Tages an die Macht kämen, er, mein Vater, den Rest seines Lebens im Knast verbringen würde!

„Ich konnte noch nie die Klappe halten“, schloß mein Vater und knöpfte seinen Hemdkragen zum Zeichen für das Ende des Gesprächs wieder zu. „Da kann man nichts machen ... Und du auch nicht, also läßt du besser die Finger davon! Du hast doch auch andere Sachen zu tun, in deinem Alter ...“

Erst nach und nach hatte ich ein Bild meines Vaters zum Vorschein kommen sehen, das ganz anders war als das des guten, versöhnlichen und müden Mannes, der meiner Mutter gegenüber nicht aufmuckte.

Wie der Hermes mit dem Doppelantlitz, von dem inzwischen ein Abguß auf meinem Schreibtisch thront, hatte mein Vater zwei asymmetrische und einander entgegengesetzte Profile, zwei Gesichter, die getrennt angesprochen werden mußten, denn sie waren unvereinbar.

Das ist nicht wahr! schrie mein Vater mitten in einer öffentlichen Versammlung Was du da sagst, Genosse, ist eine Verfälschung der Tatsachen ... So laßt mich doch reden, Herrgott, ich habe Beweise!

Der Saal, der angesichts dieser Vermessenheit zunächst erstarrt war, fing an, ihn auszubuhen, zu pfeifen ... Mein Vater packte

Bücher und Unterlagen aus seiner Tasche und forderte die anderen auf, näher zu kommen Seht her!... Keiner rührte sich oder sah her, weder auf die Unterlagen noch auf meinen Vater. Zwei Gorillas vom „Ordnungsdienst" standen auf und gingen unaufhaltsam auf ihn zu „Er ist ein Provokateur, den kennen wir!"

Sie bauen sich rechts und links von ihm auf, und ich brülle Wenn ihr ihn schlagt, bring ich euch um, wenn ich groß bin!

„Du", sagt der eine Schrank zu mir und klemmt meine Nasenspitze zwischen seine Fingerknöchel, „iß erst mal deine Suppe, du Terroristenkeimling!"

„Wir schlagen ihn nicht", sagt sein Kumpan, „siehst du doch: Wir setzen ihn raus, weil er uns auf die Nerven geht."

Und zu meinem Vater, der sich wie ein Sack Kartoffeln zum Ausgang schleifen läßt: Du hast ganz schön Glück, so 'nen Leibwächter zu haben!

Draußen auf dem Gehweg hob mein Vater gelassen seine Kappe auf, die in den Staub gerollt war, und bürstete sie mit dem Ellenbogen ab. Komm bloß nicht wieder, drohte einer der Typen, bevor er die Tür wieder zumachte, ich warn dich, ist das klar!

Aber wenn sie ihn auch immer überall rausschmissen, um sich in Ruhe in ihrem Bluff einzurichten, haben sie doch ihre Drohungen, ihn zu vermöbeln, nie wahrgemacht: Wie die Männer in unserer Straße brachten auch sie ihm eine Art zwiespältigen Respekts entgegen Jedenfalls erkannten sie ihm ein gewisses Gewicht, eine Statur und vielleicht sogar einen Status zu: Er war der Opponent des Viertels.

Nur meine Mutter überhäufte ihn mit jener nachtragenden Verachtung, die jederzeit durch einen bloßen Blick oder ein unbedachtes Wort wieder angefacht werden konnte.

Nein danke, habe ich zu Enrique gesagt Ich werd nicht wieder eintreten, diesmal hab ich's kapiert!

Bedrängt von „inneren Widersprüchen“, wie seine Genossen sich ausgedrückt hätten, machte Enrique ein viel zu langes Gesicht, als daß sein Glaube noch unumstößlich gewesen wäre. Aber stur wie immer beharrte er: „Es muß sich ändern! Es wird sich ändern …“

Glückliche Generation, die für die versprochenen neuen Kleider Maß nahm und nur davon träumte, wie der neue „Look“ noch zu perfektionieren wäre ... Aber Enrique hat an die Sache geglaubt, und ich war nah dran. Sogar Rachel glaubte fast ein bißchen daran, Rosas leise ironischem Lächeln zum Trotz ... Jedenfalls genug, um es mit mir auszuprobieren.

Ach! Wir waren noch ganze frische Mitglieder, als unser Glaube schon die ersten Kratzer bekam ... Was? sagte Rachel, die sich über den auszufüllenden Fragebogen beugte, und selbst wenn ich Polizisten in der Familie hätte, selbst wenn mein eigener Bruder Bulle wäre, könnt ihr mir mal sagen, inwiefern mich das daran hindern sollte, eine vorbildliche Aktivistin zu sein?... Die Genossen waren nett gewesen, außerdem stellte sich die Frage ja sowieso nicht, es war eben Papierkram wie überall ... Aber Rachel zog einen Flunsch, während sie ihr Formular ausfüllte. Es fehlte nur noch der Genosse Funktionär, um die Katastrophe perfekt zu machen.

Aber zwischen meiner Arbeit, die viel von meiner Zeit in Anspruch nahm, den Wechselfällen von Rachels beginnender Karriere – manchmal kam sie nach mehreren Tagen mit verzweifeltem Gesicht und dem Geruch eines schäbigen Hotels am Leib nach Hause – und dem Sturmwind, der bei Enrique und Judith böig wehte, hatten wir wahrlich wenig Zeit zum Nachdenken ... Ein Glück, daß der Genosse Funktionär ohne unser Wissen für uns dachte.

Zwischen Enrique und Judith flogen immer öfter die Fetzen Man hätte meinen können, daß sie es manchmal mit Absicht machte, daß sie ihn reizte, bis er explodierte ... Wir sind nichts als Entwürfe Gottes, seufzte sie in einem Rückfall in ihre berühmte „mystische Phase“, wie sie es selbst nannte. Und natürlich machte Enrique dann ein Gesicht wie das arme versklavte Opfer einer Neurotikerin ... Sie macht mich noch wahnsinnig! Ihr werdet schon sehen, daß sie mich noch ... Und wenn ich ihm auch vorschlug, einfach abzuwarten, bis es vorbeiginge – erstens ging es nicht vorbei, und dann fing Enrique, der seit fünf Minuten eisern versuchte, ruhig zu diskutieren, wieder an zu brüllen, als hätte ihn etwas gestochen:

„Wenn ich recht verstehe, müht sich Gott damit ab, Pläne zu schmieden, die die Menschen sich dann beeilen umzuschmeißen ... Dann erklär mir doch mal ...“ kreischte Enrique im Ton hysterischer Polemik ...

„Es ist wie bei den Müttern“, sagte da plötzlich Rosa, bei der man in solchen Dingen nie wissen konnte, auf welche Seite sie sich schlagen würde „Man müht sich damit ab, Kinder zu machen, und eines schönen Tages stellt man dann fest, daß man nichts als Soldaten Notare Nonnen oder Steuereintreiber zustande gebracht hat ...“

Sogar Rachel hatte es für mehrere Sekunden die Sprache verschlagen.

„Ich geb's auf!“ brüllte Enrique und schnappte sich seine Jacke im Flug. „Ich bin Atheist, und das bleibe ich bis in alle Ewigkeit, laß mich doch in Ruhe!“

„Ich will dir mal eine Geschichte erzählen“, sagte Judith und nahm Enrique sanft die Jacke aus der Hand „Hörst du mir zu? Dauert nur zwei Minuten ... Also, eines Tages kommt ein Typ zum Rabbiner:

‘Rabbi, ich bin Atheist. Beweise mir, daß Gott existiert.’

‘Ah, mein Sohn ... Hast du die Bibel gelesen?’

‘Nein, Rabbi: Ich sagte dir doch, daß ich Atheist bin.’

‘Kennst du denn den Talmud?’

'Natürlich nicht! Wenn ich dir doch sage, daß ich Atheist bin! A-the-ist!'

'Ich verstehe, mein Sohn', sagt der Rabbiner wohlwollend zu ihm. 'Es ist eine Frage des Vokabulars: Du bist kein Atheist, du bist ein Unwissender.'"

„Leck mich am Arsch", sagte Enrique mit ruhiger Stimme zu Judith und nahm ihr die Jacke wieder aus der Hand „Oh, 'tschuldigung, Schwiegermama!"

Seit seiner fernen Militärdienstzeit schreibt Enrique überhaupt nicht mehr. Aber von Zeit zu Zeit ruft er an und macht nicht mehr einleitende Worte, als wenn wir uns erst tags zuvor gesehen hätten:

„Chérie-meine-Schwester? Ja? Salut. Soll ich dir 'ne gute Neuigkeit verkünden? Ich lass mich scheiden."

Nun denn. Es geht wieder los.

„Sag mal, Enrique, bist du noch bei Trost? Und die Kinder?"

„Komm mir nicht so, ja! Wegen Reklamationen wenden Sie sich bitte an Judith, die Idee ist nämlich von ihr. Und außerdem ..."

„Ach so! Wenn es Judith ist ... Sie redet doch von Scheidung, seit ihr verheiratet seid ... Nimmst du das noch ernst?"

„Tja, wir hätten es ernster nehmen sollen: Ich hab einen Wisch von ihrem Anwalt bekommen. Madame hat nämlich einen Anwalt ... Dann entführe ich jetzt die Kinder, ganz einfach, und ..."

„Spinnst du, oder was?"

„Ich hab getrunken!" brüllte Enrique und brach in wildes Gelächter aus „Ich sehe drei Telephone statt einem, aber es ist witzig, sie haben nur eine Schnur ... Wie kommt das nur?"

„Enrique. Du gehst jetzt und hältst deinen Kopf unter den Wasserhahn, und anschließend rufst du mich noch mal an. Einverstanden?"

„Leck mich am Arsch!" schluchzte Enrique „Leck mich ... Ihr Weiber, ihr seid doch alle gleich ..."

„Enrique Valdès, coño de mierda de borracho! Du stellst dich jetzt mal richtig unter die Dusche, und in einer Viertelstunde rufe ich dich zurück. Verstanden?“

Und genau wie wenn Dolorès ihn auf spanisch anfuhr, hat sich Enrique mit einem Schlag beruhigt:

„Alles klar, es geht schon, Chérie-meine-Schwester ... Laß mich nicht fallen ... Hoppla! Ich ruf aber dich zurück: Ich bin in Saragossa.“

„Schwörst du's?“

„Jawoll.“

Was für ein Riesenarschloch! zeterte Judith, die vor Empörung über Enriques Anfälle immer ganz aus der Fassung geriet Also nee, was für ein Riesenarschloch!

Du bist ein kleines Arschloch, hatte mein Vater mit seiner tiefen, gutmütigen Stimme, die es nicht schaffte zu grollen, zu Enrique gesagt Mädchen darf man nicht verprügeln, Herrgott! Bist du ein Mann oder bist du kein Mann?

Daraufhin schlug Enrique, wenn ich ihn zu sehr nervte, auf die Wände ein, bis ich ihn anflehte aufzuhören. Dann mußten wir wieder eine von den Müttern auftreiben – meistens meine –, zum Desinfizieren und Verbinden.

„Mein Gott!“ jammerte meine Mutter „Was hast du denn schon wieder gemacht!“

„Ich hab hingefallen, Madame.“

„Man sagt, ‘ich bin hingefallen’. Du stehst wohl nicht fest auf den Beinen, Enrique Valdès?“

„Doch“, sagte Enrique mit finsterem Blick. „Da oben hakt es aus ...“

„Was erzählst du denn da?“

Sobald der Verband fertig war, suchten wir schleunigst das Weite: Besser, wenn meine Mutter die näheren Umstände des Unfalls nicht unter die Lupe nahm!

Es gibt drei Kategorien von Menschen, dozierte Enrique, Doppelpunkt, Absatz: Die Deppen, die sind in der Mehrheit, die Schweinehunde, die Verrückten und die freien Menschen!

„Na bravo!“ sagte Judith mit ihrer schärfsten Stimme. „Erstens mal sind das vier. Und zweitens, hör auf zu bechern, das Maß ist langsam voll.“

„Oje“, flüsterte Raphaël mir zu. „Wir kommen ungelegen ... Es scheint sich ein Kurzschluß anzubahnen ... Wie wär's, wenn wir uns höflich verabschieden würden?“

„Sagt erst mal guten Tag“, sagte Judith, die ihn gehört hatte. „Und dann helft ihr mir, diesen Schwamm in der Badewanne unterzutauchen, damit tut ihr ihm was Gutes.“

„Ich kann nicht“, stöhnte Raphaël „Du siehst doch, wie ich mich aufgedonnert hab, ich geh heute abend aus ...“

„Nicht mal der Schatten eines Mannes in dieser Bude!“ schimpfte Judith, während Enrique sich gequält auf die Lippen biß. „Alles Waschlappen! Zieh dich doch aus, schöner Jüngling, es wird uns schon nicht das Augenlicht rauben!“

Na gut, sagte Rachel. Wir tauchen ihn dir unter, aber das ist das letzte Mal: Such dir doch einen anderen! Und zu Enrique, der mit philosophischem Gleichmut und offenem Mund dahindämmerte: Weißt du eigentlich, wie du aussiehst?... Sie hackt so auf mir rum, sagte Enrique mit ganz kleiner Stimme, als wäre er den Tränen nahe, daß ich gar nicht mehr weiß, wo mir der Kopf steht ...

„Steh auf und geh“, befahl ihm Rachel ungerührt. „Zumindest bis ins Bad.“

„Und du“, fragte Enrique mich mit schwerer Zunge, „sagst du gar nichts?“

Ich fühlte, wie ich kochte, und das war anscheinend deutlich zu sehen: Enrique hat nicht weiter gefragt. Wir haben ihn halb getragen, halb geschleift bis zur Badewanne, die Judith mit mühsam unterdrückten Blitzen in den Augen vollaufen ließ.

„Sag mal, was hat er denn eigentlich?"

„Tjaaa ..." sagte Judith und riß ihm unsanft Krawatte und Hemd vom Leibe, während Rachel und ich ihn stützten, „um das zu erfahren, wäre mindestens eine Dosis Wahrheitsdroge nötig ... Existentielle Ängste, vielleicht?... Ich verschleudere ihn jedenfalls an jeden, der ihn in der Luft zerreißen will!"

„Ich würde ihm den Gürtel abnehmen", schlug Raphaël vor, der den Vorgang in sicherer Entfernung von dem Gespritze überwachte „Er wird total im Eimer sein, das wäre schade ..."

„Also ich nehme überhaupt nichts ab", sagte Judith. „Außerdem ist es nicht die untere Hälfte, die untergetaucht werden muß, damit er wieder einen klaren Kopf bekommt. Also, hopp!"

Und sie tunkte Enrique kopfüber ins kalte Wasser, während Rachel und ich ihn am Gürtel festhielten.

„Sie wird schlappmachen!" prophezeite Raphaël, ohne daß man genau wußte, ob er Judith oder die Gürtelschnalle meinte.

„Schei-ßeee!" japste Enrique unter Blubbern und Prusten. „Ihr verdammten Scheißweiber! Schei...blubb! Verdammte Schei...blublubb...!"

„Das wird reichen", sagte Judith und zog ihn an den Haaren aus dem Wasser. „Und jetzt machst du ganz alleine deine Hose auf, es sind nämlich Damen anwesend, und stellst dich unter die Dusche."

„Du hast Glück", sagte Enrique grollend „Du hast Glück, daß ich nicht halb so gemein werde wie mein Vater, wenn er besoffen war ... Der hätte dich umgebracht!... Zack!... Ach, und überhaupt! Haut doch alle ab!"

Ende der Vorstellung! brüllte Enrique und packte den Duschvorhang, als habe er vor, daran hochzuklettern. Vorhang! Besen! Wind!... Und Staub ... Und Wölkchen! so schrie sich Enrique hinter der Tür, die geschlossen worden war, noch weiter die Seele aus dem Leib. Darauf habe ich ihn leise lachen hören, oder vielleicht war es auch schluchzen.

Was kann ich denn dafür, knurrte Judith Was kann ich denn dafür, wenn der Flamenco vor allem in Spanien getanzt wird! Kannst du dir vorstellen, wie ich auf spanisch Gleichungen mit zwei Unbekannten erklären soll? Und wenn ich nicht mehr arbeite, wer soll dann unseren Lebensunterhalt verdienen? Dieses andalusische Stierkalb, mit 'nem bißchen Absatzklappern?... Es gibt sogar Momente, in denen ich mich frage, ob dieses Riesenarschloch nicht reif ist für die Klapse ... Weißt du, daß er neulich mit dem Kopf gegen eine Tür gerannt ist?

„Aua! Und wer war stärker, der Kopf oder die Tür?"

„Die Tür. Sie war aus Eiche massiv ... Also nee, so ein Trottel! Zum Glück ist es noch mal gutgegangen ..."

Damals hatte Judith zum ersten Mal von Scheidung geredet, im Eifer einer dieser ausufernden Streitereien, die sie ständig wegen irgend etwas hatten. Nur Rachel behielt die Ruhe:

„Ach!" seufzte sie fatalistisch. „Sie sind eben wie Hund und Katze ... Und wenn Hund und Katze unter einem Dach leben, ist es eben so: Wenn sie sich nicht gegenseitig umbringen, gehen sie einander auf die Nerven ..."

Und sie blätterte weiter in einer Illustrierten und wartete, bis das Geschrei aufhörte.

Raphaël roch ein Gewitter schon auf der Fußmatte Dann sah man ihn mit einem Hüftschwung kehrtmachen und wieder gehen:

„Oh, Entschuldigung! Ich fürchte den Blitz ... Bis später."

Wenn jedoch Rosa auftauchte, brach der Streit, auch wenn er schon in vollem Gang war, mit einem Schlag ab: Judith war ihrer Mutter gegenüber viel zu zurückhaltend, als daß sie sich in ihrer Gegenwart von dieser Seite gezeigt hätte.

„Meine schschöne Schschwiegermama", sagte dann Enrique in einem Ton, den nur er draufhatte und der bedeutete, daß sie wirklich schön war. „Sie bleiben zum Abendessen. Protestieren Sie, wenn Sie wollen, aber bleiben Sie: Ihr Schwiegersohn liegt Ihnen zu Füßen ..."

Ich konnte an Judiths Blick genau ablesen, daß ihm auch das noch auf die Rechnung gesetzt werden würde, aber immerhin verbrachten wir einen friedlichen Abend.

Dabei hegte Judith für die Synagoge eine Leidenschaft, die durchaus Ebbe und Flut kannte. Es ist mal schlimmer, mal besser, gab Enrique zu Aber trotzdem gibt sie mir immer koscheres Fleisch zu futtern, koschere Würste, die übrigens sehr gut sind, und stellt euch vor, sie hat mir sogar koscheren Wein aufgetrieben, ich hätte nicht geglaubt, daß es das gibt! Unter uns, außer daß das alles ein Heidengeld kostet, merke ich eigentlich keinen Unterschied ...

„Na also! Dann laß sie doch in Ruhe."

„Die Frage", brummte Judith, „ist sowieso nicht 'glauben oder nicht glauben', sondern 'sein oder nicht sein'..."

„Drunter geht's wohl nicht!" sagte Enrique mit aufkeimender Wut in der Stimme „Wir stecken mittendrin in diesem verdammten Scheißleben, Madame hat metaphysische Probleme, und kein geringerer als Shakespeare wird in den Zeugenstand gerufen! Also, meine Kleine, du feierst deinen Sabbat, wo du willst, aber ich gehe jetzt auf-der-Stelle irgendwo ein Steak mit Fritten mampfen! Schalom!"

Er war türknallend gegangen, und Judith heulte in mein T-Shirt, als wäre Enrique gerade aus dem achten Stock gesprungen.

„Hör zu ... Jetzt hör doch mal! Spinnt ihr jetzt alle beide, oder was."

„So ein grober Klotz!" schniefte Judith. „Ein ... Ein Totschläger!... Ein Nichtsnutz, der nur mit den Absätzen klappern kann ... Oje oje, ist mir schlecht ..."

„Es klingelt."

„Dann mach auf", sagte Judith zu mir und verschwand im Bad.

Und als sie etwas später bleich und schwankend wieder herauskam:

„Wie ist es denn, wenn man schwanger ist?"

„Ich glaube fast, es ist genau so", sagte Raphaël, der noch auf der Fußmatte stand, seine Haare auswrang und seine Mokassins abtropfen ließ. „Wie soll's denn heißen?"

„Ich will keins", sagte Judith, als würde sie einen Hausierer abwimmeln. „Gib dir keine Mühe, ich lass mich scheiden."

„Warte doch wenigstens ab, bis du die drei Sterne zählen kannst", sagte Raphaël und rieb weiter den Rand seiner Schuhsohlen mit dem Taschentuch ab. „Das gibt dir noch etwas Zeit zum Nachdenken ..."

„Wenn es ein Junge ist", sagte Judith mit grimmigem Blick zu mir, „nennen wir ihn David. Hat jemand was dagegen?"

Zwei Jahre später. Ich fahre den kleinen David spazieren, der in seinem Kinderwagen brüllt, bis er krebsrot ist, weil er laufen will wie ein Großer. Ich gebe nach. Uff! sagt mein Vater, der neben mir gegangen war und für das Balg Kuckuck gemacht hatte Der ist ganz der Vater, der Knirps, ein echtes Nervenpaket ... Aus dem wird bestimmt ein Opernsänger! Komm, mein kleines Küken, komm schnell zu Opa ... Hau ruck!

Die Goldkrone meines Vaters blinkt im hellen Tageslicht, in einer Ecke seines Lächelns Der Mann ist nur glücklich, wenn er so einen Knirps an den Falten seiner Jeans hängen hat Er beugt sich hinunter und brummt unverständliche Koseworte Mein kleiner Puh-puh, Opas Murmelchen du, seht euch das an, wie der sabbert ... Und David lacht los und blubbert und antwortet ihm.

In das frühere Haus der Maria sind neue Mieter eingezogen. Mein Vater erwidert ihren Gruß, und sie fragen interessiert:

„Ist das Ihr Enkel?"

„So was ähnliches", brummt mein Vater und läßt David über einen imaginären Abgrund springen.

Inzwischen betrachte ich die Gartenmauer der Maria, als würde sie gleich auftauchen und streng eines meiner Kreide-Ministerien in Augenschein nehmen Ein scheußliches mit vielen Beinen und Fühlern, Abbild des Fluches, der auf der Maria lastete, die ihre Toten zählte mit den Kieselsteinen von damals – die sind übrigens nicht mehr da, die Neuen haben statt dessen Zement ausgegossen.

Schwül ist es, sagt mein Vater zu den Mietern mit dem Zement, die die Nase gen Himmel heben, um abzuschätzen, wann wohl mit dem Schauer zu rechnen ist Es kommt gleich runter, sagt mein Vater mit besorgtem Blick und fängt David an den Trägern seines Strampelanzugs ein, um ihn ins Trockene zu bringen. Aber schon fallen die Tropfen auf den Kinderwagen und auf die staubige Straße Mein Vater rennt, nachdem er mit seiner Kappe den Kopf Davids vollständig zugedeckt hat, der mit glucksenden kleinen Tönen lacht. Meine Mutter reißt das feuchte Baby an sich, als würden wir es verkehrt herum halten, und schimpft mit uns, weil „das vorhersehbar war“... Ist doch nicht aus Zucker, sagt mein Vater, und bei der Hitze wird er sich auch kaum erkälten!

Meine Mutter setzt David trotzdem auf den Tisch, um ihn auszuziehen und trockenzurubbeln, vor allem die Haare David nutzt die Gelegenheit, um die Hand bis zum Ellenbogen in die Tulpenvase zu stecken, die nicht in Sicherheit gebracht worden ist. Oh, was für ein Ferkel! sagt meine Mutter wundersam heiter ... Und zack! Davids klatschnasses Händchen landet mitten in ihrem Gesicht Es ist voller Wassertropfen Sieht aus wie Tränen, außer daß durch die Tropfen hindurch eine seltsame Seligkeit strahlt ... Eine merkwürdige Mischung aus Tränen und friedlichem Atmen, die mich erinnert an ...

Aber das ist alles so weit weg ... Jetzt hat David schon das Abitur. Und ich gehe auf die Vierzig zu. Ich habe ein paar Bekannte, wenige Freundinnen, und keine Geliebte Die äußere Hülle, die ich bewohne, ist weder besonders schön noch häßlich, doch innerlich entleert Einsam wie ein verlassener Ort Und die kalte kleine Märzsonne beleuchtet die Leere um mich herum mit chirurgischer Präzision, als würde sie sie vollends aushöhlen.

IV

Asche und Staub

Der Gemeindesaal wimmelt von Menschen, und der neue Priester ist nicht auszumachen Ich bin auf der Suche nach Jean-Paul, der unter dem Vorwand, sich umzuziehen, seit über einer Stunde verschwunden ist ... Dann plötzlich ein Vorstoß der Frommen Omas, offenbar haben sie Witterung aufgenommen Gleichzeitig bemerke ich auf einmal Jean-Paul, der voller Hingabe bei einem brüllenden Baby – auf dem Arm einer zufällig sehr hübschen Mutter – kille-kille macht ... Ich spüre, daß ich es nicht rechtzeitig schaffen werde: Die Frommen Omas haben Kurs auf Jean-Paul genommen, und bis ich ankomme, ist die Katastrophe perfekt:

„Aber nein“, wehrt sich Jean-Paul und schreckt zurück „Nein nein, meine Damen ... Ich bin doch nur Dieu ...“

Und schon weht ein blasphemischer Wind, auweia ... Ich gehe dazwischen, weniger diplomatisch, als ich mir gewünscht hätte:

„Meine Damen ... Darf ich Ihnen meinen neuen Mitarbeiter im Bereich Kultur vorstellen: Jean-Paul Dieu.“

So schnell fassen sich die Omas nicht wieder, einen Moment lang sind sie unschlüssig ... Aber der Humor siegt, und sie ersticken schier vor Lachen Ich weiß nicht, ob es das ist, was den neuen Hirten anlockt, jedenfalls kommt er von sich aus auf uns zu und stellt sich vor: ein junger Kerl mit Brille, der sehr nach Ex-Kommunistischer Jugend aussieht – Hemd über der Hose, kurzes Haar, gesetzte Miene und einschläfernde Stimme ...

Es ist deutlich, daß die Omas Jean-Paul lieber gehabt hätten, sie zeigen ihm gegenüber etwas wie sehnsüchtig bedauernde Regungen Und man kann ihre Enttäuschung fast verstehen ... Das ist deine Schuld, habe ich zu Jean-Paul gesagt Wie kann man sich auch so aufdonnern? Wir sind zwar auf dem Land, aber trotzdem ... Tu mir den Gefallen und spar dir diesen Anzug für Beerdigungen auf, wenn überhaupt.

So eine Scheiße, sagt Jean-Paul zu mir Ich hab mich dafür in Unkosten gestürzt! Wenn ich das gewußt hätte, hätte ich den mit den Pünktchen genommen, der war ein bißchen komisch, aber wenigstens runtergesetzt ... Echt wahr, er gefällt dir nicht? grämt sich Jean-Paul und streicht ratlos über seinen halben Zentimeter Haare auf dem Schädel Sag mal, haste gesehen? Der Pfarrer, der scheint ja denselben Kumpel zu haben wie ich! Was denkst du über den Typ?

„Nichts. Er sieht dem Genossen Funktionär ähnlich. Kennst du nicht mehr, warst du noch zu klein."

Aus einer jener traumverwandten Bewußtseinsspaltungen heraus, die einen die Wirklichkeit leugnen lassen, sind Rachel und ich, trotz (oder wegen?) des prophylaktischen Gebrülls meines Vaters und des leisen Lächelns Rosas, die uns irgendeine geheimnisvolle Niederlage zu prophezeien schienen, in die Partei eingetreten – man sagte: „sich das Parteibuch holen".

Von dieser Zeit ist mir nichts geblieben als ein Gefühl unendlicher Langeweile in „Diskussionen", die sich im Kreis drehten und wo es eigentlich sowieso nichts zu „diskutieren" gab – wenn man uns das wenigstens gesagt hätte! Am Ende sollte man mit den anderen die Hand heben, was Rachel stur ablehnte:

„Warum hebst du nicht die Hand, Genossin?"

„Weil ich diesen Genossen, der ausgeschlossen werden soll, nicht kenne, Genossen. Wie sollte ich da eine Meinung haben?"

„Heißt das, daß du kein Vertrauen zu uns hast?"

In der Zwischenzeit hatte ich meine Hand, die sich durch bloße Ansteckung bereits von allein in die Luft erhob, schnell wieder heruntergenommen ... Ist doch wahr Überall wird uns beigebracht, schön brav zu sein Zu gehorchen Vor allem keinen Ärger zu machen ... Mein Vater hatte recht gehabt.

„Ich kenne diesen Genossen nicht“, beharrte Rachel. „Folglich stimme ich nicht ab.“

„Ich auch nicht.“

Sie wirkten plötzlich wie eine Horde Ameisen vor einem Hindernis Alle Augen drehten sich zu uns die Hälse streckten sich die Köpfe schaukelten wie Wellengang bei unruhiger See Man fühlte sich wie von Suchantennen abgetastet, die nichts fanden, aber auch gar nichts, was unseren Starrsinn erklären würde ... Schließlich haben sie uns nicht mehr beachtet oder auf später verschoben und ohne unsere Mithilfe ihren „Angeklagten“ ausgeschlossen, der noch immer keinen Ton gesagt hatte und selbst von unserer Abnormität überzeugt schien ...

Aber wenn sie nicht gerade verwirrt waren von unserem unbequemen freien Willen, waren sie herzlich wie eine echte Ersatzfamilie, und man war sehr versucht, ihnen die Freude zu machen, mit ihnen oder der „Linie“ einverstanden zu sein ...

Gemeinsam würden wir die Welt verändern Sie bewohnbar und brüderlich gestalten, und ich würde wegen Kleinigkeiten wie der alten Kappe meines Vaters im Straßenstaub keine Zicken mehr machen, zumal ich ihn ja selbst am Werk gesehen hatte: Er provozierte sie mit Fleiß und Ausdauer ...

Rachel und ich beteiligten uns also an Petitionen Interventionen Unterschriftenaktionen Demonstrationen, ohne Unterlaß und ohne zu wagen, uns selbst und einander einzugestehen, daß uns der tiefere Sinn der „Aktion“ beständig entging ... In unserer Verzweiflung klammerten wir uns an die illustren Vorbilder, die uns vorangegangen waren Aragon und Elsa Jean Ferrat und all die anderen, bis uns eines Tages der Genosse Funktionär – männliches und ernstes Gesicht, klarer Blick, Bürstenschnitt, ganz das Abbild des neuen Pfarrers – zu sich bestellt ... auf die Terrasse eines Cafés!

Und dort, bei einem Pfefferminzsirup, fängt er an, uns sein Leben zu erzählen ... Ist ja eigentlich ganz nett, der Typ wird direkt menschlich, wir gehören wirklich zur Familie ... Da passiert ihm also die Große Liebe, damals, als er noch in unserem Alter ist ... Aber die Partei ist nicht einverstanden – Rachel und ich zucken unwillkürlich zusammen –, weil sie aus der Bourgeoisie stammt ... Rachel und ich halten die Luft an: Sind wir bei Capulets und Montagues oder was ... Und dann, versteht ihr ...

Was! Romeo seilt sich ab? Ich überprüfe meine Vermutung in Rachels Augen Aber wir sind noch bereit mitzufühlen, außer daß der Genosse seine Julia tatsächlich hat sitzenlassen, und auch wenn er sich durch diesen so unerwarteten wie rührenden Vertraulichkeitsanfall unsere Sympathie erworben hat, sind wir doch bestürzt ...

„Aber ... Du hast sie geliebt?"

Kopfnicken, aber kein Wort, denn der Genosse ist dezent.

„Und ... Und sie? Hat sie dich geliebt?"

Kopfnicken. Mist, wir sind dabei, die Wunde wieder aufzureißen ... Betrübt beißt sich der Genosse auf die Lippen. Er muß sie wirklich geliebt haben, wenn er noch fünfundzwanzig Jahre später ... Mein Blick begegnet dem Rachels, der das Grau des Himmels widerspiegelt: ein bleiernes Grau ...

Für die Partei, Genossinnen ... sagt der Genosse Funktionär und steht auf, als wiege er hundert Kilo Man muß Opfer bringen für die Partei!... Mechanisch schütteln wir die Hand, die er uns hinhält.

„Aber ... Was wollte er uns eigentlich sagen, deiner Meinung nach?"

„Weiß nicht", sagt Rachel und betrachtet ihre Fingernägel „Ich könnte mich täuschen, warten wir ab ..."

Ein paar Tage vergehen. Zwischen zwei Schauern eines besonders verregneten Frühlings gehen wir auf einen Sprung in den parteieigenen Buchladen, um zu sehen, ob es nicht doch etwas Interessantes gibt zwischen der einschläfernden „Geschichte der UdSSR“ und dem „Proletarier-Erbauungsschund“, wie Rachel es nennt, der uns noch weniger verlockt:

„Also nee!“ sagt Rachel zu Léon, dem Freund, der den Laden führt. „Zweimal kriegst du mich nicht dran, vielen Dank! Das sieht ja noch nicht mal aus wie ein gewöhnlicher Katechismus!“

Hin- und hergerissen zwischen der kommunistischen Pflicht, alles bedingungslos gutzuheißen, was mit dem Etikett „proletarischer Realismus“ versehen ist, und seinem verbleibenden gesunden Menschenverstand, der ihm verräterisch einflüstert „Achtung! Sie sind gebildet, sie haben vielleicht nicht unrecht ...“, begnügt sich Léon normalerweise damit, uns als „Intellektuelle“ zu titulieren, mit diesem halb besorgten, halb stolzen Blick, wie ihn Eltern für ihre schwierigen Kinder auf Lager haben. Er lächelt uns zu. Er neckt uns, ja provoziert uns direkt, vor allem, wenn sonst niemand da ist ...

Aber heute: nichts. Kein einziger Blick. Es sieht so aus, als klammere er sich an seinen einzigen Kunden – den letzten guten Grund, uns nicht sofort die Hand zu schütteln ...

Ich kann meinen Schlußfolgerungen nicht glauben, und Rachel ihren wahrscheinlich auch nicht, denn unsere Blicke begegnen sich, tauschen Fragezeichen aus ...

„Salut, Léon!“ ruft Rachel schließlich mit dröhnender Stimme und haut mit der flachen Hand auf den Ladentisch.

Léon zuckt zusammen, Rachel lacht. Aber noch immer keine Antwort In der Zwischenzeit sind zwei andere Freunde hereingekommen, der eine ist sofort wieder raus, ohne uns zu sehen, der andere wartet, bis er an der Reihe ist, und schmökert unterdessen, ohne Notiz von uns zu nehmen ...

„Na gut ...“, sagt Rachel schließlich nach einem letzten Blick in die Runde, der immer noch von niemandem erwidert wird. „Gehen wir Du siehst ja, daß sie nur noch russisch verstehen ...“

Von diesem Tag an haben wir aufgehört zu existieren. Abgesehen davon, daß wir nicht mehr zu den Versammlungen eingeladen wurden, waren wir unsichtbar geworden Die „Freunde" wechselten die Straßenseite, wenn sie uns sahen, wahrscheinlich von der Sonne geblendet, und wenn es dafür zu spät war, sahen sie rein zufällig auf die Seite, wo wir nicht waren: Plötzlich waren sie wie hypnotisiert vom Verkehr oder von den Auslagen der Schaufenster ...

Diese kafkaeske Atmosphäre, die meinen Vater und Rosa sehr amüsierte, besiegte unsere Militanz, die ohnehin eher lau war: Wir zeigten uns diskret und ließen unser Parteibuch nicht erneuern.

Enrique ließ seines erneuern: nur um des Vergnügens willen, es auf der Stelle vor der Nase des Genossen Opferlamm-vom-Dienst zu zerreißen:

„Ihr elenden Arschlöcher! Coños de mierda!"

Anschließend hat er sich mit Raphaëls Freunden vollaufen lassen, das war wenigstens mal was anderes.

Dann verstehe ich es nicht, zeterte Judith Ich verstehe nicht, warum dieser Wirrkopf wieder eingetreten ist, und auch noch nach achtundsechzig!

Aber die Partei hatte sich wieder einmal geändert. Der Beweis: Die alten „Freunde" lächelten uns an, als wären wir schwierige Kinder, denen man alles verziehen hat.

„Wir sind lesbisch", sagte Rachel zu einem Genossen, den sie dabei überrascht hatte, wie er unseren Briefkasten mit Eintrittsformularen vollstopfte. „Weißt du, was das ist? Und ich bin Jüdin Und obendrein bin ich Feministin und aus der Partei ausgeschlossen."

„Das war ein Irrtum", sagte der Genosse mit Engelsgeduld. „Eine schlechte Linie. Euer Privatleben geht uns nichts an ..."

Er war kahlköpfig und entwaffnend, und ich hörte ihm zu,

ganz entgeistert von dieser Kehrtwende, die ihn noch nicht mal aus der Fassung zu bringen schien ...

„Keine Sorge“, hat Rachel gesagt „Diesmal habt ihr die richtige ‘Linie’. Wenn die rechtzeitig gezogen worden wäre, hätte sie schöne Früchte tragen können ... Aber ihr habt zu viele Leute rausgeschmissen, und es gibt nichts Undankbareres als ein verödetes Stückchen Erde ... Da kannst du jede Woche säen kommen“, sagte Rachel und tätschelte den Briefkasten, „da wird nichts mehr wachsen. So ist das. Auf Wiedersehen, Genosse!“

Ganz kleinlaut ist er weggegangen, es tat mir in der Seele weh.

Ich weiß, hat Rachel gesagt, als sie mich zur Treppe schob Aber ich bin nicht wie dein Vater: Für mich ist der Unterschied zwischen dem braven Deppen, der dich aus automatisiertem Konformismus in den Gulag wandern läßt, und dem Schwein, das dich hinschickt, weil du mit deinem Leben und deinen Vorstellungen störst, nur sehr klein ... Da ich nicht Gott bin, zählt für mich das Ergebnis, und nicht die erklärten Absichten. Deswegen kannst du ihn zwar in die Schublade „anständiger Kerl“ stecken, aber trotzdem bleibst du auf der Hut vor ihm Die Welt ist nämlich voll von anständigen Kerlen ... Die dich, ohne mit der Wimper zu zucken, hinter Stacheldraht stecken würden!

Tja, Scheiße, hat Jean-Paul gesagt Ihr scheint ja wenigstens eine witzige Jugend gehabt zu haben! Und argwöhnisch schielte er nach dem unglückseligen neuen Priester, der an seinem Orangensaft nippte:

„Er hat wirklich ’ne komische Visage ...“

„Geh trotzdem hin und rede mit ihm. Er ist sicher ein netter Junge. Außerdem ist es deine Christenpflicht. Ach ja, und vergiß nicht, die Bühne überprüfen zu lassen, für die Flamenco-Truppe nächste Woche ... Flamenco-Tänzer sind ein bißchen was anderes als Ballettratten!“

„Keine Sorge“, sagte Jean-Paul, „was denkst du denn! Die erste Vorstellung im Jahr ... und in meiner Karriere!... Außerdem kenne ich dich: Wenn dein Freund durch die Bretter kracht wie durch einen Papierreif, bekomme ich das die nächsten fünfzehn Jahre lang zu hören!... Du kannst also ruhig schlafen, meine Liebe: Wenn's sein muß, verdoppeln wir die Bretter, jedenfalls hast du mein Wort, daß die Bühne hält!"

Wir trennen uns, und ich gehe nach Hause, nachdem ich mit dem neuen Priester, der ein rundherum anständiger Junge zu sein scheint, ein paar steife Höflichkeitsfloskeln ausgetauscht habe. Er verschont mich nicht mit seinen Nettigkeiten – er weiß ja noch nicht, daß ich ein schwarzes Schaf bin.

Seine Unwissenheit in diesem Punkt wird nicht lange anhalten, denn hier spricht sich alles herum, bis hin zur genauen Anzahl der Unterhosen, die man zum Trocknen auf den Balkon hängt Aber das ist die geringste meiner Sorgen, denn von meinem Vater habe ich eine gewisse Gleichgültigkeit gegenüber der Meinung anderer geerbt.

Laß doch, sagte mein Vater Laß sie reden und tu, was du tun mußt ... Ich hab das irgendwo gelesen, das hat mir gefallen. Aber es ist klar, daß man das nicht kann, wenn man jung ist, die Leute reden lassen ... Ach! Du wirst schon sehen, daß es dir später mal scheißegal sein wird ... Laß sie reden, aber glaub nie etwas, ohne es selbst nachzuprüfen – vor allem in der Politik, wo es die größten Lügner gibt, die ich je gesehen habe!

Rosa hatte Rachel und den anderen ungefähr dasselbe erzählt, aber man sucht sich die Lehren, an denen man sich orientiert, ja lieber anderswo: ein dusseliger Philosoph oder die Überzeugung eines Künstlers genügen, das ist so viel dekorativer, und die Eltern landen im Wandschrank: Wir wissen es doch besser als sie Wir haben sagen hören Von einem Lehrer, in den wir ein bißchen verliebt sind, oder einem Künstler, den wir bewundern ... Das ist die Regel.

Darum höre ich nur mit halbem Ohr zu, wie mein Vater mir sein Leben erzählt, mit dem Gefühl, daß ich es schon auswendig kenne und daß er nie etwas von dem getan hat, was er hätte tun sollen Wie alle Eltern übrigens, die nur Blödsinn gemacht haben und uns jetzt daran hindern wollen, unseren eigenen bis zum Ende durchzuziehen ...

Zweiundvierzig bin ich zweiundzwanzig geworden, erzählte mein Vater Es war ein schlimmes Jahr Die Boches wurden bitterböse, allein die Plakate, die überall an den Wänden hingen ... Hier, ich hab Photos davon in einem Buch, verdammt, wo hab ich es denn?... Jedenfalls war es dann so, daß wir uns in der Fabrik alle gegenseitig mißtrauisch beäugt haben: Ob der alte Maillard vielleicht Jude war? Er hatte so eine Nase und solche Augenbrauen Aber er war ein Betbruder wie keiner sonst, Meßdiener gewesen, und versäumte keinen Sonntag die Messe ... Andererseits war gerade der lange Daniel als Jude verhaftet worden, hast du nicht gekannt Ein athletischer Kerl, rothaarig wie ein Ire, mit einer Stupsnase und über und über mit Sommersprossen bedeckt ... Er war Kesselschmied wie ich – nicht gerade ein „Blutsauger“ wie aus dem Bilderbuch! Kurz, das Geschwafel von denen ging hinten und vorne nicht auf, es war ein einziges Flickwerk von Ungereimtheiten, zusammengeschustert von gemeingefährlichen Irren ... Sei still! hat deine Mutter immer wieder zu mir gesagt Wenn du dein großes Maul weiter so aufreißt, passiert uns noch ein Unglück! Und was wird aus mir, wenn sie kommen und dich verhaften? Ich hab doch nur noch dich ...

Ich war ziemlich durcheinander, und ich war nicht der einzige – ich erzähl dir das alles, damit du verstehst, nicht um mich zu rechtfertigen Ich hatte ständig das Gefühl, neben mir zu stehen Zwischen deinen Großeltern, die ich gern überzeugt hätte, und deiner Mutter, die ich innerlich weinen sah ... Wie alle anderen ein bißchen dummen jungen Kerle machte ich mir keine eigenen

Gedanken über gar nichts, außer über argentinischen Tango und mein nagelneues Akkordeon, das deine Mutter damals noch bewunderte. Die Boches kamen mir zu den Ohren raus wie allen anderen, und der Maréchal Pétain ging mir langsam ernsthaft auf den Senkel   Aber viel weiter ging es nicht, ich war dazu erzogen worden, die Regierung und das Gesetz zu respektieren ... Trotzdem, ich hatte allmählich die Schnauze voll von dieser haßerfüllten Suche nach dem betrügerischen schmarotzenden Franzosen und dem ganzen Quatsch   Ich konnte diese Hirngespinste nicht mit irgendwas Vernünftigem zusammenbringen ... Diese sogenannte „Rasse" von irgendwie von Geburt an wesensmäßigen Verrätern, das juckte mir unterm Schädel wie kleine Pickel ... Obendrein war die „Linie" der Partei nicht besonders klar, sie hatte sogar gerade einen bösen Haken geschlagen, darüber war ich ins Zweifeln geraten ...

Aber zugegeben, zwischen dem Lärm der Blechplatten in der Fabrik, den schönen Augen deiner Mutter und der Notwendigkeit, ständig rumzurennen, um was zu essen aufzutreiben, hab ich nur sehr langsam gedacht ... Und ich hatte noch nicht zu Ende gedacht, da hatten mich auch schon die Leute vom Arbeitsdienst abgeholt ...

Einverstanden, ich hätte schneller denken müssen und zum Beispiel deiner Mutter sagen, daß sie ein für allemal den Mund halten soll   Aber das bringt dir keiner bei: In der Schule gehorchst du   In der Fabrik gehorchst du, sonst fliegst du raus Wenn du dem Gesetz nicht gehorchst, landest du im Knast   Und wenn du den Soldaten nicht gehorchst, knallt man dich ab ... Wenn man nach alldem nach dir pfeift, um dich zum Arbeiten ins hinterletzte Kaff zu schicken, sonst bist du ein Verbrecher, tja, dann gehst du eben automatisch hin wie ein kleines Arschloch ...

Meiner Meinung nach, sagte mein Vater, ist es nicht der Gehorsam, der in der Schule bei den Kindern gefördert werden sollte   Sondern vielmehr der eigene Kopf und die Initiative ...

Und deshalb, brüllte mein Vater, der sich immer selbst hineinsteigerte Deshalb sage ich, dein Vater, dir folgendes: Gehorche mir niemals, ohne zu widersprechen, wenn du nicht einverstanden bist! Gehorche mir niemals, wenn ich nicht in der Lage bin, dich mit Argumenten zu überzeugen, die Hand und Fuß haben! Ich hoffe, daß du dir das gut merkst?

Das merkte ich mir allerdings:

„Aber Papa, es war doch ein gerechter Krieg ..."

„Vorsicht", sagte mein Vater irgendwie erschöpft „Es gibt gerechte Sachen, ja, aber gerechte Kriege kenne ich nicht ... Damals in Deutschland, ob wir Deutsche oder Gefangene waren, Angst vor den Bomben hatten wir alle Die fielen vom Himmel und machten keinen Unterschied Ich habe Kinder mit aufgeschlitzten Bäuchen gesehen Junge Mädchen, von denen nichts übrig war als ein paar lange Haarsträhnen in einem blutigen Fleischhaufen Ich habe verrückt gewordene alte Männer auf dem Rücken getragen, die sich an meinen Hals klammerten und heulten wie kleine Kinder Und ununterbrochen dachte ich an deine Mutter Ich sah sie zermalmt zerstückelt in eine lebende Fackel verwandelt ... Und in diesen Momenten, du wirst es mir vielleicht nicht glauben, habe ich unsere Befreier viel mehr verflucht als begrüßt ... Und das bedeutet, daß man das Gerechte nicht mit dem verwechseln darf, was – leider! – das Notwendige ist, das ist nicht das gleiche."

Als ich nach Hause komme, betrachte ich das Portrait meines Vaters in seinem Rahmen Man könnte meinen, er wird gleich wieder anfangen zu reden, mit seiner donnernden und gutmütigen Stimme, mich ausschimpfen, weil ich mich wieder auf den Briefkasten gestürzt habe, der leer war, wie ich wohl sah, aber nein, ich mußte ihn trotzdem öffnen ... O Papa, wie kann man nur dermaßen dämlich werden? Auf seinem Photo lächelt mein Vater leicht betrübt Es sieht aus, als frage er sich mit mir, ob ich die nächsten zehn Jahre auf diesen Brief warten werde Ob ich nach zehn, zwanzig, dreißig hohlen Jahren sterben und die unverwüstliche Besessenheit von diesem Stück Papier, das mich nie erreicht haben wird, mit ins Grab nehmen werde ...

Manchmal bin ich sicher, daß der Brief verlorengegangen ist Rachel ist so zerstreut ... Sie könnte ihn ganz unten in ihrer Tasche vergessen oder eine falsche Adresse draufgeschrieben haben, oder aber ... Aber das ist eine unbrauchbare Hypothese, ich weiß schon.

Auch beim ersten Mal hatte ich Angst gehabt ... Um zehn Uhr abends hatte Rosa angerufen, sie sprach schon davon, die Hafenbecken absuchen zu lassen ... Und um elf war es Judith, die sie verdächtigte, „bis zum nächsten Tag in einem Hotel untergetaucht zu sein, nur um alle verrückt zu machen!“ Jedenfalls war niemand der Meinung, jetzt schon die Polizei einzuschalten, deren Gesetz in solchen Fällen – immer noch Judith zufolge – „hauptsächlich das der Trägheit ist!“

Endlich, kurz nach Mitternacht, hat es geklingelt Ich war gelähmt vor Entsetzen Meine Finger rutschten vom Riegel ab ...

„Laß dir nur Zeit!“ sagte Rachel „Ich klingele schon wer weiß wie lange, ohne daß du es hörst, sie ist zu leise, diese Klingel, wir müssen sie mal austauschen, und ich glaube, ich hab meinen Schlüssel verloren ...“

Sie saß vor der Tür auf dem Fußabtreter und leierte ihre Klagen mit einem harschen und erschöpften Ausdruck herunter:

„Wenn du mich nicht willst“, sagte Rachel und drückte ihren Geigenkasten als Schutzschild ans Herz „Wenn du mich nicht willst, gehe ich, aber ich sag dir lieber gleich ...“

Sie war bleich wie ein Spargel, dadurch wirkten ihre Augen dunkelgrau unter den wirren Locken Ich sag dir gleich, daß ich wiederkomme Mit einem Kopfkissen, damit mich die Stachel von dieser ollen Fußmatte nicht pieken Ich komme mit einer

Luftmatratze wieder Mit einem Survival-Anzug Mit einem Taucheranzug, wenn's sein muß, aber ich komme wieder!

Inzwischen hatte ich sie in die Wohnung geschleift, mitsamt der Fußmatte, die sie noch immer unterm Hintern hatte, und dem Geigenkasten, an den sie sich wie benommen klammerte. Dann habe ich den Koffer hereingeholt und die Tür zugemacht, und sie saß immer noch auf ihrer Fußmatte, die eine Spur von knirschendem Staub hinterlassen hatte.

„Hörst du!" hat Rachel in endgültigem Ton gesagt, um mir zu verstehen zu geben, daß ihre Ansprache beendet war.

Ich hätte sie erwürgen können, mit Flüchen und Tränen überschütten vor Wut zerquetschen wie eine Mücke vor Erleichterung in den Armen wiegen zu Tode prügeln Ich wäre vor Bewunderung vor ihr auf die Knie gefallen hätte mich auf sie gelegt mich ihr zu Füßen geworfen, ich wäre gestorben, um es ihr zu zeigen, ich ...

„Ich hab's nicht geschafft, so zu tun, als wäre es ernst", sagte Rachel und legte die Arme fester um den Geigenkasten, als wollte sie ihr Zittern unterdrücken „War das falsch?"

„Nein. Aber jetzt mußt du deine Mutter anrufen!"

„Meine ... Meine Mutter?" stammelte Rachel und griff mechanisch nach dem Hörer, den ich ihr hinhielt.

„Bei wem hätte ich denn nach dir fragen sollen, wenn nicht bei deiner Mutter? Und mach schnell, sie glaubt nämlich inzwischen, daß du ertrunken bist!"

„O weh!" hat Rachel gesagt und wie hypnotisiert auf die Staubspur geschaut, die die Fußmatte hinterlassen hatte „Wir sollten sie doch öfter ausschütteln ... Hallo, Mama?..."

Außer daß er immer magerer wird und mit seinem Bart und dem alten Hut immer mehr wie ein Desperado aussieht, hat sich Enrique nicht verändert. Jedenfalls nicht für mich, die ich schon in seinem Kindergesicht jede kleinste seiner zukünftigen Falten sich habe ankündigen sehen ...

Salut! sagt Enrique und wirft mir mit seiner Tasche sein schönstes andalusisches Lächeln zu   Eben jenes Lächeln, das einst den Sieg über Judiths letzte Zweifel davongetragen hatte   Geht's dir gut, Chérie-meine-Schwester?... Dann kommt er gleich zur Sache:

„Ich hab Neuigkeiten von Rachel."

Schweigen. Schräger Seitenblick von Enrique, der damit beschäftigt ist, den Stapel Hemden aus seiner Reisetasche herauszuwerfen.

„Kennst du dieses Quartett ... Warte, warte ... Scheiße! Jetzt fällt mir der Name nicht mehr ein! So was Dummes! Es liegt mir auf der Zunge ... Das Soundso-Quartett ..."

„Ysaïe? Hagen? Melos?..."

„Nein", sagt Enrique und schnippt vor Ungeduld mit den Fingern. „Es ist weniger bekannt als die, aber unter Kennern hat sich der Name schon herumgesprochen ... Das behauptet zumindest der Erzengel   Jedenfalls, stell dir vor, ihre Bratsche ist Gott weiß wohin abgehauen ... Das hat der Erzengel vom Cellisten gehört, der ein Ex von ihm ist. Dann hat er Rachel beiseite genommen, kein Mensch weiß, was sie geredet haben, aber Rachel ist mit ihrem Beleidigte-Kaiserin-Gesicht aus dem Zimmer herausgekommen, und ich versichere dir, daß sie ganz schön aufgeregt war ..."

„Los, los! Schleich nicht so um den heißen Brei herum ... Und dann?"

„Na und dann hat Raphaël sie zum Vorspielen geschleift, und sie ist genommen worden! Wir haben vielleicht einen draufgemacht, sag ich dir. Der Champagner war nicht koscher, aber das war Judith scheißegal!... Sie wird sehr beschäftigt sein, unsere Rachel: den ganzen Sommer lang Tourneen in Frankreich und danach Berlin, Den Haag und ich weiß nicht wo noch ..."

„Und was ist dann mit ihrem Unterricht am Gymnasium?“

„Erst mal will sie unbezahlten Urlaub nehmen. Danach wird man sehen ... Du weißt ja, wie satt sie es hat, ohne Instrumente Musik zu unterrichten! Und ihre kleinen Provinzkonzerte mit diesem schäbigen Orchester, das war ja auch keine Lösung. Der Erzengel hatte schon recht: Sie hat was Besseres verdient!... Was sagst du dazu?“

„Großartig! Anscheinend läuft alles viel besser für sie, seit ich weg bin ...“

„Darauf hab ich gewartet!“ sagt Enrique „Du wirst wohl immer dieselbe verquere Kuh bleiben, wie? Was soll ich da noch sagen, wenn du mir mit so ’nem Blödsinn kommst!“

„Sag mir wenigstens, was Rosa dazu meint.“

„Schschwiegermama? Oje oje“, sagt Enrique in tragischem Ton. „Du kannst dir ja vorstellen, daß sie tränenüberströmt ist! Wir können sie in ihrer Freude kaum trösten!“

Ich hätte gern ein Leben, das ein Leben ist, sagte Rachel einmal zu mir, und nicht ein ewiges Herumirren von Kontinent zu Kontinent ... Dazu bin ich nicht Jüdin genug.

Sie lächelte mich an, die nackten Arme um meinen Hals geschlungen, ihre kalte Nasenspitze an meine gedrückt, ihre hellen Augen, die, von so nahem gesehen, einen dunkleren Strahlenkranz hatten ... Musiker haben kein Leben, sagte Rachel, sie haben keine Zeit, es irgendwo anzuhalten Aber ich brauche Wurzeln, das ist das kleine Landei in mir ... Ich will ein solides Haus, in das ich jeden Abend zurückkehren kann Einen gepflasterten Boden, auf dem ich nicht das Gefühl habe, daß mein Herz durch die Fugen zwischen den Brettern flutscht ... Und dich will ich, die am Kaminfeuer auf mich wartet, damit ich dir erzähle, was in der Zeitung steht, weil du immer zu faul bist, sie zu lesen ...

Dann schloß Rachel ihre Hände langsam um meinen Hals, mit einschmeichelnder Sanftheit – hörst du? –, und dabei erahnte ich im Grau ihrer Augen ein flüchtiges Aufscheinen von Besorgnis, das sofort in Gelächter unterging.

Rachel.

Sie schwirren alle um dich herum, summen wie die Bienen Oh, sie prügeln sich nicht, sie drängeln höchstens ein bißchen mit den Ellenbogen, um die Konkurrentinnen in Schach zu halten Ich höre, wie sie sich mit samtigen Stimmen gegenseitig überbieten In der flirrenden Hitze der eingeschworenen Gemeinschaft tauen sie auf Du merkst es natürlich, aber du bist wie betäubt davon, verwirrt von den vielfältigen Berührungen dieser Stimmen, mit denen du nicht anders kannst als nervös zu spielen, wie eine Katze, die von mehreren Händen zugleich geneckt wird Du streckst dich unmerklich, teilst kleine Schläge mit der Pfote aus, die mehr oder weniger dazu bestimmt sind, Geige und Bogen zu verteidigen oder Haltung zu bewahren Ich sehe dich von weitem inmitten einer respektvollen Lücke in der Menge stehen, die jedoch immer enger wird rund um den magnetischen Pol, der die Eisenspäne anzieht, sie lagern sich ringsherum immer weiter an ...

Aber keine einzige berührt dich, sie trauen sich nicht – noch nicht? Vielleicht warten sie nur darauf, daß du mit Blicken auswählst: die Schönste die Lieblichste die Glühendste – die Bebendste, wer weiß? – oder die Gefügigste vielleicht Oder die Entschiedenste die Witzigste die Stolzeste ... Sie warten, den Blick als Opfergabe zu dir erhoben, und durch alle Poren ihrer Haut strömt Hitze aus ... Eine Hitze, die ich selbst auf die Entfernung spüre, selbst im Schatten, in dem ich mich halte, und die ich noch durch mehrere Marmorschichten hindurch wahrnehmen würde ...

In dem Moment falle ich dir endlich wieder ein, und plötzlich suchst du mich demonstrativ – damit ich auch ja sehe, daß du mich suchst, ja, ist schon gut, übertreib's nicht ... – über alle diese

Frauen hinweg, die um dich herumstehen, im Geiste jedoch knien und Weihrauch zu verströmen scheinen.

Weit weg vom Rampenlicht gegen eine Wand gelehnt, rauche ich gleichgültig.

„Wo zum Teufel warst du denn!" sagst du mit deiner muffeligen Morgenstimme. „Ich such dich doch überall!"

„Dann suchst du wohl nicht sehr gründlich."

Aufruhr unter den Eisenspänen: Ein kleiner Teil von ihnen überlegt zaudernd, ob er sich auf diesen neuen Magneten ausrichten soll, den ich, da Gott mit mir redet, darstelle ... Ein wesentlich schwächerer Magnet zwar, aber vielleicht zugänglicher, während ein anderer, lauer oder entmutigter Teil sich widerstandslos verdrängen läßt und der harte Kern dich beharrlich weiterhin dicht umringt.

Und plötzlich erlischst du, wie ein Glühwürmchen, das zuviel getanzt hat in der Nacht ... Du murmelst lächelnd ein paar Entschuldigungen und folgst mir, schlagartig ernüchtert.

„Komm, hör auf, sauer zu sein."

„Ich bin nicht sauer."

„Dann ist es nicht schlecht gespielt ... Was soll ich denn machen, hm? Sie mit dem Ellenbogen vertreiben? Sie beißen? Mir ein Schild um den Hals hängen: 'Privatgrund! Das Abladen von Blumen Lächeln und Herzklopfen ist verboten'?"

Komm, hör auf, hat Rachel gesagt und mich mechanisch umarmt, ich bin völlig erledigt ...

Mit den Männern – zumindest mit einem Teil von ihnen – war es ungefähr dasselbe, außer daß die miteinander kämpften wie die Hähne und die weniger schön Gefiederten nicht allzusehr drängten: Das gnadenlose Gesetz des „Jeder für sich", nach dem sie einander gegenseitig aus dem Rennen warfen, ließ die Gruppe schnell schrumpfen, und zum Schluß blieb nur eine Handvoll hübscher unbezähmbarer Herzen übrig, die Rachel mit einer müden Geste und einem entschuldigenden Lächeln entmutigte.

Aber die Lesben machten mir angst: Sie konkurrierten viel weniger, als daß sie sich verbündeten, und von ihrer bewundernden Erwartung ging eine so ungeheure Hitze aus, daß ich mir neben dieser Feuersbrunst höchstens wie ein Kerzenstummel vorkam, der im Luftzug vollends niederbrannte.

Übrigens suchte Rachel, wenn sie zu mir zurückkam, immer nach ihrem Umhängetuch oder ihrer Jacke oder ihren Handschuhen und zog leicht fröstelnd die Schultern hoch. Genau so wirkte meine Mutter auf mich: vor allem anderen wie ein schleichender Kälteeinbruch, der nach und nach die Atmosphäre zum Erstarren brachte ...

Jetzt tau doch mal auf! nörgelte Enrique. Wenn du dich so auf ein Prinzip versteifst, kommst du mir vor wie ein Eisberg!

Und das alles, weil ich nicht in Verdacht geraten wollte, die Karriere meiner Lebensgefährtin zu begünstigen. Rachel, die das verstand, unterließ es deswegen, sich um Auftritte bei von mir organisierten Veranstaltungen zu bewerben ...

„Das ist doch klar!" schimpfte Enrique los und warf die Arme gen Himmel „Das ist doch klar, daß sie dann woanders hingeht und ihr euch folglich immer weniger seht! Eingezwängt zwischen deine bescheuerten Arbeitszeiten und ihre noch blöderen, werdet ihr es schließlich als Triumph betrachten, wenn ihr euch einmal in der Woche trefft! Schlimmer als die Rechenaufgaben mit den Zügen in der Grundschule!"

Enrique hatte das sonderbare Ethos der Spartaner nie so recht begriffen, und er fand es „ein verdammt starkes Stück", daß ich das, wozu ich für ihn oder den Erzengel ohne weiteres bereit war, nicht auch für Rachel tat:

„Du bist echt eine verquere Kuh, Chérie-meine-Schwester, das gibt's doch nicht! Wie heißen noch mal diese Verrückten, die Angst haben, sich schmutzig zu machen? Weißt du, die sich x-mal am Tag waschen ..."

„Was weiß denn ich! Zwangscharakter, vielleicht. Oder manisch-depressiv ..."

„Genau, das wird's sein", sagte Enrique „Eigentlich bist du meiner Meinung nach eher panisch-depressiv ... Ich wette, in deiner verdammten Dienststelle weiß kein Mensch, daß du mit einer Geigerin zusammenlebst, die eines Tages vielleicht Weltklasse haben wird! Und ich wette sogar ..."

„Hör schon auf, du nervst ..."

„Und ich wette sogar meine Unterhose", beharrte Enrique, „daß du sie irgendwann zu Hause einsperren wirst, damit sie nur noch für dich alleine spielt, oder vielleicht überhaupt nicht mehr! He, aua!"

Sprachlos rieb sich Enrique die Backe, mit offenem Mund. Er sah mich an, als hätte ich plötzlich die Haarfarbe gewechselt:

„Also sag mal ... Hast du das öfter?"

„Entschuldige ... Entschuldige, Alter, das war keine Absicht, ich ..."

„Tod und Teufel!" kommentierte Enrique und massierte sich weiter die Backe, als könne er es nicht fassen „Du hast ja einen ganz schönen Schlag drauf! Um ein Haar hätte ich zurückgeschlagen!"

„Hättest du tun sollen. Wenn mein Vater das von Zeit zu Zeit mit meiner Mutter gemacht hätte, wär's vielleicht gut für sie gewesen."

„Glaub ich nicht unbedingt", sagte Enrique. „Du wirst doch jetzt nicht heulen, oder?"

Sachte hob er mit dem Finger mein Kinn an: Und überhaupt, bin ich denn dein Vater?... Und du, hältst du dich für deine Mutter?... Komm, komm, Scheiße! Es ist nicht schlimm ... Mach dir keinen Kopf.

„Mach dir keinen Kopf", schrieb mir Judith ganz am Anfang, „sie ist viel zu mittelmäßig, um sich lange zu halten: Raphaël hat sie schon Brot-ohne-Salz getauft, du kannst dir's vorstellen ... Sie ist hausbacken und bemüht, sie macht es sich, wie sie treuherzig sagt, zur Aufgabe, kein einziges von Rachels Konzerten zu versäumen, dabei sieht man genau, daß die Art Musik sie nicht vom Hocker reißt Ihr Ding sind eher wilde Synthesizer-Klänge, mehr brauch ich nicht zu sagen ... Rachel wehrt sich, als wolle man sie in ein Weihwasserbecken tauchen – Aber nein, nicht doch, Schatz, geh doch ins Kino ... Aber die andere läßt sich nicht davon abbringen, sie hat eine strenge Auffassung von ihren ehelichen Pflichten, und das lange Gesicht, das Rachel an manchen Tagen macht, brauch ich dir nicht zu beschreiben, die personifizierte Bombendrohung!

Kurz und gut, ich weiß nicht, was Rachel mit diesem hübschen Plansche-Entchen will, aber wenn sie damit irgendein Ziel verfolgt, dann das, dich zu ärgern. In diesem Punkt zumindest sind wir uns alle einig ..."

Sie hatten recht: Brot-ohne-Salz, die arme (ich hab sogar ihren richtigen Namen vergessen!), hat nach ein paar Monaten ihre Klamotten wieder gepackt ... Es ist nicht auszuschließen, daß die Liebenswürdigkeiten der Sippe dazu beigetragen haben, aber ich kenne Rachel und ihre höfliche Betretenheit, ihr allzu elegantes Über-etwas-Hinweggehen gut genug, um mir ihre Wirkung auf eine verdatterte junge Schnepfe vorzustellen ...

Trotzdem war Brot-ohne-Salz immerhin der Trennungsgrund gewesen, und mein ganzer Groll ballt sich noch immer über diesem armen, sicher ganz netten Mädchen zusammen, das es bestimmt nicht verdient hat, auf dem dramatischen Höhepunkt dieser Tragödie die Rolle der Rivalin zu spielen ...

Als Rachel gegangen war, hatte sie auf dem Tisch eine Nachricht für mich hinterlassen: „In zehn Jahren vielleicht, vorausgesetzt, daß wir bis dahin gewachsen sind.“ Was immerhin von bemerkenswerter Klarsicht zeugte.

„Du hättest nur abzuwarten brauchen“, sagt Judith manchmal zu mir „Es hätte keine sechs Wochen gedauert ...“

Aber ich war ausgeflippt, hatte dieses Stückchen Papier zerfetzt verschlungen, auf dem mir unter bestimmten Bedingungen eine Gnadenfrist gewährt wurde, so wie man ein Almosen gibt, um mit ruhigem Gewissen zu entkommen Das Monster in mir vergrößerte den Höhlenschlund mit großen kreisenden Säbelhieben und stürzte sich brüllend in die Gänge Niemals! Nie mehr! Und ich zerriß das Blatt Papier in immer kleinere Stücke, mit dem Gefühl, meine eigenen Eingeweide zu zerfleischen Mit meinem Blut die stacheligen Wände der Höhle vollzuspritzen Und zu rennen zu rennen, um mich noch mehr, noch schneller zu zerfleischen, bis alles um mich herum nur noch Stachel aus Eis und geronnenem Blut wäre ...

Danach war mir kalt Ich fror überall und ununterbrochen, trotz der falschen Sonne der falschen Palmen des unumstößlichen Optimismus’ in diesem falschen Nest für falsches Glück ... Ich fing an, Stellenanzeigen zu lesen Eine Stadt im Süden bot eine Stelle an, auf die ich mich bewerben konnte Als ich die Stelle bekam, bin ich fortgegangen ... Aber mir ist immer noch kalt Mitten in mir drin Da, wo etwas erstarrt ist, schwer wie erkaltete Lava.

Dann gehe ich spazieren, im hellen Licht der strahlenden Wintersonne, zwischen den schwarzen Zypressen, die in den Himmel weisen, den blauen Hügeln und meinem Schatten, der sehr schwarz und klar, wie mit der Feder auf die Straße gezeichnet ist ... Diese unerbittlich präzisen Linien halten mich aufrecht, hindern mich daran, mich aufzulösen: Ich habe einen Schatten, also habe ich eine Form.

Aber ich mache mir schon wieder etwas vor. Es ist doch nicht die Schuld von Brot-ohne-Salz, dem armen Mädchen Es hatte schon lange vorher rumort ... Eine dieser sinnlosen Streitereien, durch das zufällige Berühren eines empfindlichen Punktes aus dem Nichts entsprungen, war schlagartig angeschwollen und leerte nun unaufhaltsam Gott weiß was für ein Faß ohne Boden aus, das nie versiegen würde Und weißt du noch, als ... Und immer bin ich es, die ... Hör auf! Hör auf, oder ich gehe ... Dann hau doch ab!... Hör auf! Jetzt hör auf, du bist ja wie ...

„Wie wer? Sag es schon! Wie wer? Wer!!“

Ich fühlte, wie mein eigenes Brüllen wie in einer Spirale anstieg und mich hochhob mich forttrug mich mit Gewalt dahin brachte, wo ich nicht hinwollte. Ich hätte Rachel umbringen können Oder zum Fenster hinausspringen, über die Schieferziegel hinabstürzen in die Tiefe ... Und mit dem Rücken zur Wand sah sie mich an, so wie mein Vater meine Mutter ansah Mit Bestürzung Mit Kummer Mit dieser Schreckensstarre, die das Monster hervorruft, wenn es plötzlich durch die Löcher seiner Maske hindurch erkannt wird ...

Ohne ein weiteres Wort ist sie gegangen. Ich fühlte, wie ich innerlich blutete: kalte Tropfen, die auf den Höhlenwänden sofort gerannen und sie nach und nach zerfraßen, sie erweiterten, weiter und weiter und weiter ...

Man denkt immer, man wird sich umbringen Und dann tut man es doch nicht, man bringt sich nicht um Man ist vielleicht schon tot, wer weiß Oder aber man hofft, gegen allen gesunden Menschenverstand Man hofft, sich genug kaputtgemacht zu haben, damit endlich irgendein obskures Lösegeld fällig wird, ein Recht auf irgend etwas Immer dieser Quatsch vom Sich-Freikaufen durch Schmerz Hanebüchene Märchen sind das Ich habe genug gelitten, um ... Lärm läßt sich in Dezibel messen, aber Schmerz? Was kann Schmerz schon beweisen?

Dann ertappt man sich dabei, auf die Hoffnung zu setzen. Ich habe gehofft wie eine Verrückte. Die Post ist zu einer Obsession geworden: Kaum war sie angekommen, stürzte ich mich auf den Briefkasten, wühlte zerknitterte verlor unterwegs die Rechnungen und Prospekte, die den größten Teil des Inhalts ausmachten. Nichts. Ungläubig nahm ich alles wieder in die Hand, schlitzte die typisch geschäftlichen Fensterumschläge auf, in der wahnhaften Hoffnung auf Verwechslung oder auf Hexerei. Nichts. Vielleicht morgen? ... Und monatelang so weiter, bis es mir wie Schuppen von den Augen fiel: Rachel würde nicht schreiben, sie würde anrufen oder sie würde kommen.

Dann habe ich meine Teppichboden-Feldbett-Fußmatte gekauft. Einmal fand ich einen Kriegs-, nein, Knastheimkehrer darauf, der Brioches verkaufte und Schmerzen im großen Zeh hatte. Ich ließ ihn herein, damit er sich einen Verband machen konnte, das war aber alles ...

Und warum meldest du dich nicht bei ihr? meckerte Judith am Telephon. Sie weiß nicht, wohin mit sich, dieses Huhn, und sie spielt falsch, und überhaupt, worauf wartet ihr eigentlich genau?... Alles, was ich zu antworten fand, war, daß nicht ich es war, die weggegangen ist ... Okay, sagte Judith mit ihrer Schlechtwetterstimme, sie hat angefangen, wie die Bälger sagen. Schönen Abend noch!

Aber ich konnte den ersten Schritt nicht machen. Mein Blut war auf den Höhlenwänden getrocknet, aber ich war noch immer in der Höhle. Zitternd und innerlich brüllend, daß jemand mich herausholen solle. Papa! Papaaaaa!...

Meine Mutter steht da und starrt ins Leere. Verloren auf dem Grund welchen schrecklichen Loches? Vielleicht brüllte auch sie in ihrem Inneren und suchte überall nach einem Ausweg ... Rief, daß jemand sie da heraushole, sie trockne und warmhalte ...

Schrie, ohne daß der geringste Laut über ihre unbewegten Lippen kam, den Blick in einem Schrecken verloren, der ihr ureigener war, von allen verlassen und für alle Ewigkeit ...

Ah, nein! Ich weigere mich, auch über meine Mutter zu weinen Meine Mutter, die nur über sich selbst weinte und mich ohne Vorwarnung in eine mit Schwert und Feuer verheerte Welt entlassen hat, deren schlimmste Gefahr sie selbst war!

Dann laufe ich hin und her ... Wie eine irrende Seele, die um einen dahinschwindenden Körper herumstreift, treibe ich durch diese Wohnung, die sich nicht ganz sicher ist, ob sie mich kennt Die erkaltet und erstarrt und unter dem Staub begraben wird, den sich niemand mehr die Mühe macht zu entfernen ... Es ist wie ein Schmerz, der eigentlich jemand anderen meint und mich nur zufällig durchdrungen hat Und am Ende weiß ich nicht mehr, vor allem morgens beim Aufwachen, ob ich eine Tote bin, die Sehnsucht nach ihrem vergangenen Leben, oder eine Lebende, die Sehnsucht nach dem Tod hat ...

Hau doch ab! hatte Enrique schließlich gezetert Zieh um, Luftveränderung ... Es gibt doch nicht nur diese Scheißstadt auf Erden!... Und es gibt auch nicht nur eine Frau, verdammte Scheiße!... Daraufhin hatte er mir die Stellenanzeige unter die Nase gehalten.

Enrique und ich hatten beide noch immer, trotz dieser anderen Welt, in die wir hineingeschnuppert hatten, den ironischen Stolz der Habenichtse: jenes überlegene Gefühl, auch wenn wir wußten, daß wir niemanden einschüchtern – oder überzeugen? – konnten, auf die ganze Welt scheißen zu können ... Und davon machten wir weidlich Gebrauch, selbst um den Preis, dabei haushoch zu verlieren.

„Die Hauptsache“, deklamierte Enrique und warf sein Kinn hoch, als würde er einen Ball damit zurückschießen „Die Hauptsache ist, erhobenen Hauptes dazustehen, olé!“

Damit kündigten sich blutige Schlachten an:

„Verdammte Scheiße!“ brüllte Enrique Judith an. „Hast du verstanden? Ich bin ein freier Mann, und du kannst mich mal!“

Und er kehrte ihr den Rücken zu, die Pobacken in seiner knapp sitzenden Hose zu Kugeln geballt, während mir war, als hörte ich sein Herz zerspringen und in seiner Brust abtropfen ...

Aber heute verstehe ich meinen Vater und seine unglaubliche Selbstverleugnung: Wenn man sowieso massakriert wird, egal was man tut, und Widerstand den Schmerz nur verschlimmert, warum sollte man sich dann nicht mit dem geringstmöglichen Aufwand selbst neutralisieren?

Wenn ich noch mal von vorn anfangen könnte, würde ich zweifellos einen anderen Weg gehen: einen, auf dem man zu zweit gehen kann, ohne sich gegenseitig Schatten zu machen. Das muß es doch geben ...

Meine Mutter hatte mich, ohne mein und ihr eigenes Wissen, auf Krieg programmiert Aber ich habe die Schnauze voll vom Krieg, und jetzt ist mein Vater gestorben, ohne mir rechtzeitig beigebracht zu haben, daß das Streben nach Frieden nichts Demütigendes ist: Ihm fehlten die Worte, und mir das Hirn.

Woran denkst du? fragt mich Enrique, als er endlich aus dem Bad kommt.

„An meinen Vater.“

„Haste recht“, sagt Enrique lächelnd. „Er war ein Held ... Du kannst dir nicht vorstellen, wie ich dich um ihn beneidet habe! Kann ich Paco anrufen?“

Paco war der Chef der Truppe Ein kleiner Gitano, dessen Trance beim Tanzen die Zuschauer von weitem elektrisierte ... Laßt die Fetzen fliegen, Jungs, habe ich zu Enrique gesagt. Morgen abend werden Kenner da sein!

Aber nach der Vorstellung mußte ich dann all meine Kräfte auf

Enrique konzentrieren, um ihn daran zu hindern, sich mit dem Ehrenwein zu betrinken: Während er mit verschiedenen Leuten plauderte, leerte ich diskret sein Glas in die Kästen mit den falschen Blumen aus – künstliche Blumen im Land der Sonne, so eine Schande! Aber der Fortschritt ist nicht aufzuhalten –, oder ich kippte es, wenn mir zu viele Leute zusahen, mit Unschuldsmiene selbst runter. Aber nach dem dritten sah ich alles doppelt, und da bin ich dazu übergegangen, die nächsten versehentlich umzuwerfen.

„Was ist denn mit dir los!" schrie plötzlich Jean-Paul, weil er einen Spritzer auf den Ärmel abbekommen hatte „Du bist vielleicht ungeschickt heute abend ..."

„Was macht sie denn?" fragte Enrique und schaute mich herausfordernd an.

„Jetzt hat sie schon mindestens zwei oder drei Gläser umgeworfen! Hier, aber paß auf", hat Jean-Paul, dieser Trottel, geantwortet und mir wieder ein volles hingehalten.

„Es war gar nicht ihrs", sagte Enrique und nahm mir das Glas aus der Hand. „Du gestattest?" Und zu mir: „Wenn du willst, daß ich abhaue, dann sag's gleich!"

Ich habe ihm einen so flehenden Blick zugeworfen, daß er eine geschlagene Viertelstunde aufgehört hat zu trinken. Und jetzt sind alle weg, und mir ist schlecht – die drei Gläser Auf der leeren Bühne sammle ich die stehengelassenen Gläser ein, während Jean-Paul lässig mit dem Besen Kippen und andere Überreste vor sich her schiebt, und Enrique, mit einem Gläschen zur Erholung in der Hand, unter der Styroporkuppel Stimmexperimente macht: „Laaaßt iiihr den armen Villooon hiiier alleiiin ..."

Na und? erwiderte Enrique auf einen Einwand, den niemand gemacht hatte Na und? War Villon etwa nicht ein Habenichts und ein Unverstandener wie meine Wenigkeit?

Der hält sich ja nicht für irgendwen, dein Kumpel, hat Jean-Paul festgestellt, während Enrique die Zeit nutzte, um den Rest aus einem weiteren Glas herunterzustürzen, das ich dann konfiszierte.

„Und was kann ich denn dafür", rief Enrique den Lampen zu, die aussahen, als wären sie aus einer Schule geklaut „Was kann ich dafür, wenn ihr nur tote Dichter und schon einbalsamierten Ruhm achtet! Lebende Künstler sind euch scheißegal, gebt's zu! Gebt zu, daß lebende Künstler scheißlästig sind!"

Und während er diese improvisierten Verse in allen Tonlagen deklamierte, hob er die Arme zu den Lampen empor, die Jean-Paul an seinem Schaltpult unerbittlich Reihe um Reihe ausknipste.

„Kann ich ihn dir überlassen", hat Jean-Paul mit einem schrägen Blick auf Enrique gefragt, „oder soll ich dir helfen, ihn nach Hause zu bringen?"

„Laß nur ..."

Es fing an zu donnern. Ich schloß den Gemeindesaal ab, und als ich mich wieder umdrehte, war Enrique verschwunden. Jean-Paul war schon weg, ich hatte seinen Käfer losfahren hören. Der Platz war nackt wie eine flache Hand Eine schmutzige Hand, ölbefleckt und mit Papierfetzen übersät.

„Coño de borracho!" habe ich zu einem Boxer gesagt, der unschuldig eine liegengebliebene Verpackung beschnupperte und dessen zu mir erhobener Blick mir viel menschlicher erschien als manch anderer. Es war eine Hündin: Zum Pinkeln hat sie sich mit nachdenklicher Miene hingehockt.

„Wau!" hat sie geantwortet, nachdem sie sich sorgfältig hatte abtropfen lassen, denn ihr lag an der Fortsetzung des Gesprächs.

Beim Durchsuchen meiner Taschen fand ich zwei etwas zerdrückte abgepackte Käsewürfelchen. Ich habe sie aus dem Papier geschält und ihr im Tausch gegen ihre Pfote angeboten. Sie verzehrte sie mit Feinschmeckermiene, was unsere wechselseitige Sympathie nur noch bestärkte.

„Hiiierher!“ brüllte ihr Herrchen, der im Schein der Straßenlampe näher kam „Hierher hab ich gesagt, Cornélia!“

Da ließ mich Cornélia stehen, nachdem sie mir einen unbeschreiblichen Liebesblick zugeworfen hatte. Ich hab zu dem Typ gesagt Wie schön sie ist!... Sie ist zu nichts nutze! rotzte er mir hin und ließ den Karabinerhaken der Leine am Ring ihres Halsbandes zuschnappen.

Halb drei Uhr morgens, und Enrique ist immer noch nicht da! Ich habe nacheinander alle Jungs von der Truppe angerufen, aber keiner wußte, wo er geblieben war.

„Laß ihn in Rrruhe“, hat Paco zu mir gesagt „Errr liegt sicherrr mit irrrgendeinerrr Frrrau im Bett! Mach ihm deine Szene morrrgen frrrüh und mach uns nicht verrrückt!“

Daraufhin ist das Gewitter ausgebrochen, und ich habe aufgehört zu telephonieren. Ich hatte vergessen, die Fensterläden zu schließen, und jetzt war es besser, das Fenster nicht mehr aufzumachen: Es goß wie aus Kübeln Als ob Meereswellen gegen die Scheiben klatschten. Im Lichtschein der Blitze tauchte der Wachtturm, ein riesiger Klotz aus totenblassem Gestein, aus der Nacht auf, als würde er vornüberstürzen Bei jeder neuen Entladung schien er noch größer zu werden und zu glühen Der Blick des Zyklopen durchsuchte das Zimmer, als wäre er fuchsteufelswild. Einen Moment lang geriet ich in Panik Was für ein coño de mierda, dieser nichtsnutzige Tänzer!

Es war vier Uhr morgens, als es gegen die Tür hämmerte, ich war gerade am Einschlafen ... Enrique kniete auf der Fußmatte, seine klatschnassen Haare klebten an ihm wie Algen und ließen dicke Tränen über sein totenblasses Gesicht rollen.

„Enrique, du hirnloser Saufkopf! Ich hab dich überall gesucht ...“

Es ist nicht meine Schuld, protestierte Enrique und schleppte sich in die Wohnung, immer noch auf den Knien, wie früher, als er klein war Ich hatte einen Frust, ich weiß nicht warum Da hab ich so 'nen Typ, der auf dem Platz rumhing, am Revers gepackt und nach einer Zigarette gefragt ...

„Da, nimm!"

Aber er fuhr fort, ohne das Handtuch zu beachten, das ich ihm hinhielt, immer noch auf den Knien und auf den Teppich tropfend:

„Aber dieser Depp hatte auch aufgehört ... Er hat mich dann in sein Auto steigen lassen, und wir haben uns zusammen auf die Suche nach einer Bar zum Zigaretten holen gemacht ..."

„Wo du dann natürlich weiter gebechert hast! Also, du stellst dich jetzt unter die Dusche, warmes Wasser ist auch keins mehr da, das trifft sich gut, und damit hört mein Beistand auf! Ich muß nämlich morgen, das heißt heute und sogar ziemlich bald, ar-beiten!"

Oje oje! jammerte Enrique, der auf seinen Fersen saß und beide Hände gegen die Schläfen preßte Oje oje oje, Chérie-meine-Schwester, jetzt hör schon auf rumzuschreien ... Mir dröhnt der Schädel wie eine Trommel, und du haust mit dem Knüppel drauf!... Ich will Judith und die Kinder, heulte Enrique und brach mitten in seiner Pfütze zusammen Sie hat einen saumäßigen Charakter, aber ich schaff's nicht, eine andere zu lieben ... Sag du's ihr!

Aber warum zum Teufel führst du dich auch so auf?! Kannst du mir das mal erklären ... Es war Viertel nach zwölf, ich hatte ihn geweckt, als ich nach Hause kam. Jetzt antworte doch! Sag was ...

„Du kannst mich mal!" hat Enrique mit wirrem Haar und verquollenen Augen gesagt „Und überhaupt, verzieh dich, ich zieh mich jetzt aus Deine Moralpredigt kenn ich auswendig!"

Wie gewöhnlich war er beim Aufwachen in streitbarer Stimmung Eines Morgens hatte er mich angeschrien Was weiß ich!

Was weiß ich! Was soll ich dir denn erzählen! Ich bin ... Ich bin eingeschlossen von einem weichen Zeug ... Von irgendeinem Schweinezeug, das plötzlich an mir klebt Und um dem zu entkommen, mach ich den größten Blödsinn, ich kann nicht anders ... Wär's dir lieber, wenn ich herumprügeln würde?! Los, hau ab, verzieh dich, mach die Fliege!

Ich habe ihn nie dazu bringen können, deutlicher zu werden ... Was hätte er mir auch sagen können, das ich nicht schon wußte ... Das Schweigen begann bei dem dunklen Schlauch, der früher zum Haus seiner Eltern führte: ein zu jeder Zeit glitschiger Weg zwischen zwei blinden Mauern, den sogar die Sonne mied, so gut sie konnte ... Dann kam man in einen kleinen Hof, ebenfalls mit Mauern ringsherum, auf den nur die Haustür und zwei Fenster hinausgingen, deren Scheiben mit Mühe eine Finsternis zurückzuhalten schienen, die drauf und dran war, sich nach draußen zu ergießen.

Drinnen saß Dolorès in Trauer unter einer Lampe, die ich immer nur angeschaltet gesehen habe Ihre Kleider ihre Schuhe ihr Haarknoten waren schwarz Sprechen schien für sie ein erschöpfendes Unterfangen zu sein – abgesehen von den Verwünschungen, die auf diesen „bandido“ von Enrique herabprasselten –, und Lächeln schien ihr Schmerzen zu bereiten. Sie schwieg. Sie strickte.

Und ich sah zu, wie das schwarze Strickzeug zwischen ihren Knien unaufhaltsam länger wurde – immer dasselbe, hätte man meinen können –, und ich fühlte, wie sich der Blutfluß in meinen Adern verlangsamte, und mir war kalt, so was von kalt ...

Ich hasse Stricken. Enrique übrigens auch.

„Jetzt geht das wieder los!“ hatte er zu Judith gesagt, die ihr zweites Baby erwartete und sich wieder ans Handarbeiten gemacht hatte – „zur Ergänzung der Erstausstattung“, behauptete sie, obwohl es sich Rachel zufolge in Wirklichkeit eher um „ein

Relikt des Nestbautriebs“ handelte „Kannst du die fehlenden Sachen nicht kaufen? Wozu fahre ich denn sonst von morgens bis abends wie ein Depp diese Scheißlastwagen!“

„Nicht wenn du arbeitest, bist du ein Depp“, hatte Judith erwidert, ohne die Nase von ihrem Strickzeug zu heben „sondern vielmehr wenn du in diesem Zustand nach Hause kommst! Hast du dich mal im Spiegel angeschaut?“

Und zu mir: „Besoffen wie ein Pole! Ah, ich kann dir sagen ...“

„Was hast du denn gegen die Polen“, knurrte Enrique mit schwerer Zunge und warf seine Latschen von sich.

„Ach, nichts“, sagte Judith, die sich mühsam beherrschte „Abgesehen von ein paar Pogromen ... Und sogar noch nach dem Krieg! Das will was heißen. Aber das ist nicht der Punkt ...“

Ich war gerade erst hereingekommen Ich hatte kaum angefangen, meine Jacke auszuziehen, die mir noch auf halbem Arm hing.

„Beachte ihn gar nicht“, sagte Judith. „ Wir schnappen ihn uns und bringen ihn ins Bett, dann haben wir unsere Ruhe.“

„Ich haltet mich für einen Vollidioten, nicht wahr?“ fragte mich Enrique herausfordernd.

„Nein. Für einen Säufer. Du bist sternhagelvoll, Enrique.“

Na und? brüllte Enrique Hindert mich das daran, unglücklich zu sein?... Wem sagst du das, mein armer Alter, erwiderte Judith, die immer alles ausdiskutierte, komme was wolle Aber eben, wenn es nichts verhindert, wozu ist es dann gut?...

„Du hast mich in die Knie zwingen wollen!“ rief Enrique und ließ sich voll auf die Kniescheiben fallen „Du hast es erreicht, ich liege auf den Knien! Jetzt willst du mich flach auf dem Bauch? Oookay!“ Und er setzte seine Worte in die Tat um und warf sich auf die Ellenbogen Und ich stand immer noch da mit meiner halb ausgezogenen Jacke und fragte mich, ob ich sie ganz ausziehen oder schleunigst wieder anziehen sollte, bevor dieser Wind von Wahnsinn, der bereits die Vorhänge erzittern und die Wände erbeben ließ, mich zum Kentern brächte ...

„Und glaubst du vielleicht", sagte Judith zu mir, während Enrique den Kachelboden anschluchzte, „glaubst du vielleicht, daß ich ihn vor den Kindern so einen Zirkus machen lasse, wenn sie mal alt genug sind, zu verstehen, was los ist?!"

Und während ich, nachdem ich meine Jacke schließlich abgelegt hatte, versuchte, Enrique wieder auf die Beine zu hieven, oder wenigstens auf die Knie, zeterte Judith von Trennung Scheidung Flucht ins Ausland und von Gott weiß was für äußersten Mitteln ...

„Ich schmeiss mich aus dem Fenster!" behauptete Enrique, der mit beiden Händen am Fenstergriff hing und es in dieser aufgebäumten Stellung schaffte, sich ein Stück an der Wand hochzuziehen.

„Steig wenigstens in den ersten Stock", empfahl Judith erbarmungslos „Das würde dann doch authentischer aussehen ..."

Am Ende hat mich die Wut gepackt Ich habe meine fünf bis sechs Wörter Spanisch mit dem Akzent von Dolorès kreuz und quer durcheinander gebrüllt, woraufhin Enrique mit gesenktem Kopf aufgestanden ist und ich ihn mit Faustschlägen in die Rippen über den Flur in Richtung Bad lenkte.

„Coño! Du mieses Säuferschwein! Das ist das letzte Mal, daß ich dich von deinem Rausch runterhole, hörst du? Schau dich doch mal an! Hast du mal an das Baby gedacht? Kannst du deine Frau nicht in Ruhe lassen? Wenigstens bis sie entbunden hat ... Und dann noch David, der gleich zurückgebracht wird ... Machst du dafür Kinder? Um ihnen den Großen Affentanz vorzuführen? Hast du denn alles vergessen?... Enrique Valdès, ich rede mit dir!"

„Halt die Klappe", hat Enrique mit sanfter Stimme gesagt, als er unter dem Wasserstrahl wieder auftauchte „Frauen, die mich zusammenscheißen, lösen bei mir Selbstmordgedanken aus ... Chérie-meine-Schwester, ich preise dich jetzt und in alle Ewigkeit, aber nimm deine Siebensachen und zieh ab!"

Und in derselben Bewegung, mit der er seinen triefnassen Kopf auf meine Schulter fallen ließ, habe ich angefangen ihn zu wiegen wie ein kleines Kind, und aus seinen Haaren tropfte es in meine Halsbeuge wie Tränen ...

Ich hatte Besuch von Cornélia. Gott weiß wie sie mich im Dorf aufgespürt hat, jedenfalls saß sie unter den Arkaden vor dem Hauseingang und wartete.

Als sie mich erblickte, sah ich, daß sich mit einemmal alle ihre Muskeln anspannten wie zum Sprung, aber sie tat nichts, als auf der Stelle zu zittern – nur ihr Stummelschwanz wischte durch den Staub hin und her – und mir mit hängender Zunge zuzulächeln, und ihr Blick bettelte um ein Zeichen, irgendeines, das Billigung bedeuten könnte.

„Cornélia!"

Um sich am Losspringen zu hindern, legte sie sich in Sphinxstellung hin, aber ich sah die beherrschten Impulse unter ihrer Haut zucken, ihr Lächeln verkrampfte sich, und vor allem ihr zu mir erhobener Blick, der sich noch jede Hoffnung verbot ...

„Cornélia, schönes Tier! Was machst du denn hier, so ganz alleine?"

Es war eine regelrechte Kanonenkugel, die daraufhin auf meine Knie und Oberschenkel zugeschossen kam, und dabei sah ich wohl, daß sie sich zurückhielt, so gut sie konnte, sie hechelte, leckte mir mit hingebungsvollem Blick die Hände, und dann, als ich mich hingehockt hatte, auch die Ellenbogen die Nasenspitze eine Haarsträhne ... Schließlich warf sie sich röchelnd auf den Rücken, und ich streichelte ihren riesigen und seidigweichen Brustkorb ...

„Und dein Herrchen, Cornélia? Wo ist dein Herrchen?"

„Pssst!" antwortete mir Cornélias Blick „Laß mich reinkommen, ich mach mich auch ganz klein ..."

Sie kroch leise jaulend vorwärts, und ich war ganz aufgewühlt angesichts solcher Freude und des unglaublichen Repertoires von Tönen, das aus ihrer Kehle kam, vom kläglichen Wimmern – oje oje, ist das Leben schwer! – bis zum Knurren vor wilder Begeisterung – ich hab's nicht geschafft, ich hab's nicht geschafft, mich zurückzuhalten! – über eine ganze Tonleiter hoch und runter von Brummen Lautmalereien kurzem Gebell geflöteten Schreien und anderen unwillkürlichen Äußerungen der Zuneigung ... Natürlich waren meine Hände wie meine Nasenspitze klatschnaß von dieser allgegenwärtigen Zunge, die weich war wie ein feuchtes Blütenblatt, und meine Waden zerkratzt von den riesigen und scheinbar vervielfältigten Pfoten, die langsam drohten, mich durch komplizierte Verwicklungen zu Fall zu bringen ...

„Cornélia! Genug! Komm ... Komm ... Wo ist dein Herrchen?"

Cornélia hörte schlagartig auf und legte sich hin, den Bauch in den Staub, die Nase auf die Pfoten und mit flehendem Blick ...

„Wie! Du bist weggelaufen?"

Ablecken meiner Schuhe. Erzittern des Stummelschwanzes.

„Aber hör mal, Cornélia ..."

Trüber Blick seitens Cornélias, die ganz so aussieht, als würde sie an meinem Verständnis zweifeln. Die Gedanken von Boxern laufen aus ihren Augen über wie Tränen, das weiß ich jetzt, seitdem ich mich vor Cornélia für meine kleinen vernünftigen Haarspaltereien geschämt habe.

Also habe ich ihr erlaubt hereinzukommen, zu ihrer größten Verwunderung. Sie ist schnurstracks aufs Sofa gestiegen, aber mit einer so fließenden Bewegung, daß sie wohl dachte, sie würde dadurch unsichtbar ... Ich hatte ganz weiche Knie angesichts solcher Liebe und solch leidenschaftlicher Gefühle, solch demütigen Starrsinns und vor allem dieses Blickes ... Ein menschlicher Blick, wie ihn noch nicht mal die Hälfte der Menschen hat und der mir das Herz umstülpte.

Trotzdem mußte ich sie ihrem Herrchen zurückbringen ... Dieser nur halb ausgenüchterte Idiot hat sie geprügelt. Cornélias Blick wird mich bis ins Grab verfolgen.

Danach habe ich die ganze Nacht geweint, über Cornélia, die gekommen, über Rachel, die gegangen ist, und noch mehr über mich selbst und über meine Unfähigkeit, die ich mir plötzlich wieder vor Augen führte: die Erstarrung Immer wieder die Erstarrung Ich hätte diesem Idioten von Säufer drohen sollen, ihn beim Tierschutzverein anzuzeigen. Ich hätte mit einem Schuh auf seinen Kopf einschlagen, ihm die Hündin entreißen und mich mit ihr zu Hause verbarrikadieren sollen Ich hätte die Kollegen von der Gemeindepolizei rufen sollen Irgend etwas eben, statt tatenlos danebenzustehen und schließlich abzuhauen wie ein Waschlappen, während Cornélia sich ohne einen Laut der Klage schlagen ließ und mich einfach nur ansah, um mir zu bedeuten, daß die Tracht Prügel ihr scheißegal war und daß wir uns eines Tages wiedersehen würden ...

Seither wechsle ich jedesmal, wenn ich einem Boxer begegne (es gibt drei oder vier im Dorf), mit einem Stich im Herzen die Straßenseite.

Enrique ist mit der Truppe zum Tanzen nach Nîmes gefahren, aber im August wird er nach Fréjus zurückkommen und im römischen Theater tanzen Ist doch nicht schlecht, hat Enrique gesagt, so können wir uns in dieser Saison zweimal sehen, ich glaube, das hatten wir noch nie ...

„Bleib aberrr nicht wiederrr überrr Nacht weg, ohne ihrrr Bescheid zu sagen“, meinte Paco „Sie ist eine Nerrrvensäge, die Tote aufwecken würrrde, deine Frrreundin!“

Ich habe zu Enrique gesagt Wenn du in der Zwischenzeit mal nach Norden fährst, um die Kinder zu besuchen, vergiß nicht, Rosa einen Kuß von mir zu geben. Gib ihr einen dicken Kuß ... Vergißt du's auch nicht?

„Meine Schschöne Schschwiegermama vergesse ich doch nie“, sagte Enrique, so daß ich die Großbuchstaben auch mitbekam. „Sie ist es, die ich hätte heiraten sollen!“

Aaaaah! rief Enrique noch und breitete seine ellenlangen Arme gen Himmel aus Rosa-die-Rose ...! Die schönste aller Rosen ...

Daraufhin fuhr der Lastwagen an, während Enrique seinen Oberkörper durch das offene Fenster nach draußen fallen ließ, mit baumelnden Armen wie eine Kasperlepuppe, die gerade einen Schlag auf den Kopf bekommen hat.

Rosa-die-Rose ... Ihr gegenüber versteckte Enrique seine Schüchternheit hinter rauhen tolpatschigen Neckereien. Und ich hatte immer Angst, ihr zu nahe zu kommen, als wäre ich mir des Geruchs meines Atems oder meiner Haare nicht ganz sicher ... Dabei brachte diese Frau immer eine Wärme oder ein Licht mit, dessen Ursprung ich nicht recht bestimmen konnte. Jedenfalls erleichterte mich ihre Gegenwart um irgendeine Last, an die ich so gewöhnt war, daß ich ihr Gewicht normalerweise gar nicht spürte, deren vorübergehendes Verschwinden ich jedoch genoß, ohne daß ich es hätte benennen können ...

Rosa ... Und wenn ich daran denke, daß ich nicht mal erraten habe, worum es ging, als sie zum ersten und einzigen Mal zu mir kam, um so etwas wie stillschweigenden Trost zu finden ...

Sie steht im Türrahmen, und ich sehe sie an, ohne zu reagieren – ich habe sie überhaupt nicht erwartet.

„Kann ich hereinkommen?“

„Aber ... Aber natürlich! Stimmt was nicht?“

Sie schüttelt den Kopf, mit dem erhabenen Lächeln, das sie für Flunkereien übrig hat.

„Äh ... Rachel ist nicht da, aber ...“

„Und du, bist du da?“ hat mich Rosa, noch immer im Türrahmen stehend, gefragt.

„Ja“, habe ich gesagt und ihr mit Überzeugung einen Kuß gegeben „Willst du Tee?“

Sie hat ihre Handschuhe und ihren Regenmantel ausgezogen und sich in den Sessel vor der Palme gesetzt. Und dann hat sie gesagt Sie sind alle weggegangen, Kinder verschwinden manchmal wie eine Fata Morgana ... Und es ist komisch, nicht, genau in den Momenten hätte man sie gerne da ...

Ich fühlte, daß sie besorgt oder durcheinander war Etwas in ihrem Blick lag bloß Ich bin in die Küche geflüchtet Ich habe überall Wasser verschüttet Ich hatte eine unbestimmte Angst vor irgend etwas Eine schleichende und gegenstandslose Unruhe, die wahrscheinlich von Rosa ausging, von ihrem ungewohnt schlafwandlerischen Auftreten, oder von dem Schatten in ihren Augen, der ihre Farbe ganz leicht veränderte, wie ein Bodensatz, der, durch irgend etwas aufgewirbelt, an die Oberfläche getrieben war ...

„Ich bin nur auf einen Sprung da“, sagte Rosa zu mir, als versuche sie mich zu beruhigen.

„Aber was redest du denn da! Wir werden den Abend zusammen verbringen. Wenn ich dich schon mal für mich habe ...“

Daraufhin stellte sie ihre Tasse ab, aus der sie versucht hatte den Tee zu trinken, der noch gar nicht eingeschenkt war, und sagte völlig unvermittelt Ich habe das Bedürfnis zu reden. Ich habe das Bedürfnis, gehört zu werden, das muß das Alter sein, bald sechzig ...

Beunruhigt von dieser Stimme, die klingt, als fiele sie aus ihr heraus, betrachte ich sie Sie sieht noch immer sehr gut aus, mit ihren ergrauenden Haaren, die sie nie hat färben wollen Ich betrachte sie und höre ihr zu, bestürzt. Es ist Rosa Die unvorstellbare Rosa von achtzehn Jahren Aber es ist auch Rachel, mit dunkleren Augen und einem kleinen Lächeln, das nur ganz leicht verschoben ist ... Ihre Brüder haben dasselbe komische Aussehen wie Raphaël, nur mit kurzen, pomadisierten Haaren und einem schwereren Blick Es ist eine eisige Jugend, die da über sie hereingestürzt ist, mit einem gelben Stern auf die Brust genäht Das ist Vorschrift Man muß sich daran halten. Er weiß, wovon er spricht, er ist Anwalt Er sagt Wir sind Franzosen, uns kann nichts passieren Und er beruft sich auf den Giebel des Justizpalastes, auf dem eine Waage prangte Der steht übrigens noch immer, der Justizpalast mit seiner Waage Und Rosas Vater ist nie zurückgekommen, aber die Waage hat sich nicht gerührt ... Rosas Mutter dagegen hat Angst Sie will die Kinder in die freie Zone schicken Sie sagen nein und noch mal nein, und dann schließlich sagen sie ja, sie hat solche Angst um sie Sie ist immer so nervös Sie erträgt es nicht einmal mehr, daß an die Tür geklopft wird, sie wird bleich ... Der Vater hat gerade Berufsverbot bekommen: Für Juden verboten Genauso wie die Kindergärten – ein Glück, daß die Kinder groß sind, wie soll man ihnen so was verständlich machen! – Der Vater beharrt Er hat sich nichts vorzuwerfen, und dieses Gesetz ist verfassungswidrig ... Ein unglaublich starrköpfiger Mann ... Am Ende hat die Mutter gesagt Ich bitte euch, geht fort, oder wollt ihr mich etwa umbringen! Wir kommen später nach, wenn ich euren Vater überredet habe ...

Am Ende geben sie nach Sie trennen ihren Stern ab Die Jacken müssen mit einem feuchten Lappen gebügelt werden, um die gestichelte Form, die an der Stelle der alten Naht zu sehen ist, zum Verschwinden zu bringen Und sie gehen fort, mit falschen Papieren und falschen Taufscheinen, was für ein Abenteuer! David heißt Jean-Paul, und Jérémie wird zu Claude. Rosa hat sich in Rose verwandelt ...

In der Drôme wird Mademoiselle Rose Betreuerin in einem sehr christlichen Kinderheim Das Empfehlungsschreiben hatte ihr der Pfarrer aus ihrem Viertel geschrieben, der mit den gefälschten

Taufscheinen – nicht alle Christen hassen die Juden, selbst damals nicht – Paß mal gut auf, ich bring dir jetzt den Tischsegen bei, nach dem Krieg kannst du ihn wieder vergessen, wenn du willst, aber versuche den zumindest auswendig zu wissen Ich habe ihn nicht vergessen Segne uns, o Herr ... Alles, was gesungen wird, behalte ich ein für allemal Die Jungs sind bis in den Vercors gekommen, wie sie es vorhatten „Tante Germaine ist gut angekommen", stand auf der Postkarte.

Und Rosa-Rachel macht Spaziergänge mit den Kindern Sie singen Im nahen Waaald, da ruft der Kuckuck ... Sie singen auch das obligatorische Lied Maréchaaal, wir sind bereit! La la la lalala la la lai-re ... Sie schreien Mademoiselle Rose, Mademoiselle Roooose! Wo sind Sie denn mit Ihren Gedanken, wir haben den falschen Weg genommen! Rosa denkt an nichts An gar nichts Sie lauscht, sie hatte gemeint, es von den Bergen her knattern zu hören, von dort, weit in der Ferne ... Im Heim wird vor dem Essen gesungen Segne uns, o Herr! Segne diese Mahlzeit und die, die sie bereitet haben, und gib denen Brooot, die keines haaaben ... Rosa bekreuzigt sich wie alle anderen, bevor sie ihre Serviette auseinanderfaltet Sie fragt sich, wie es ihrem Vater und ihrer Mutter geht Heute ist Samstag In ihrem Zimmer zündet sie die Sabbatkerze an und schützt die Flamme mit ihren durchscheinenden Händen Mama, ich hätte nicht mit den Schultern zucken sollen Mama, ich verspreche dir, die Sterne zu zählen, eins zwei drei, ohne es jemals zu vergessen, bis wir alle wieder zusammen sind ...

Aber wo sind die kleinen Brüder, David und Jérémie? Vor allem Jérémie, der Kleinere Er ist erst sechzehneinhalb. David, ich bitte dich, paß auf ihn auf, du weißt, wie zerstreut er ist ... Mach dir doch keine Sorgen, sagte David Ich werde ihn an meinem Gürtel festbinden, um ihn nicht zu verlieren Ich werde ihn mit einem Seemannsknoten festbinden, und ich garantiere dir, der hält! Und überhaupt, mit bald siebzehn Jahren ist er doch ein

Mann, nicht wahr, Jérémie-Jérémilchbubi?! Und wenn wir nicht kämpfen, sind wir tot, so einfach ist das!

Die Zeit vergeht, und plötzlich heißt es, daß die Alliierten gelandet sind Nein nein nein, das ist keine Ente, und Radio London ist auch nicht besetzt worden ... Aber das ist ja bei uns! sagt Rosa ganz aufgewühlt Das ist in der Normandie, o mein Gott!

Es heißt, daß es Tausende von Toten gibt Daß ganze Städte von der Landkarte ausradiert worden sind Segne uns, o Herr ... Rachel kann nicht mehr singen Eine andere Betreuerin schubst sie mit dem Ellenbogen Rosa weint nicht Sie sucht den Nachthimmel nach Sternen ab. Wenigstens drei. Aber der Himmel ist bedeckt, es ist kein einziger da Was soll's Mademoiselle Rose wird die ganze Nacht warten, wenn es sein muß ... Auf der Straße hört sie deutsche Truppen in Richtung Berge vorbeiziehen Die Normandie ist viel zu weit weg vom Vercors, die Alliierten werden zu spät kommen Ach, was denken Sie denn: Sie werden aus der Luft Waffen abwerfen!... Und dann heißt es plötzlich, es habe noch eine andere Landung stattgefunden, in der Provence, und Rachels Herz beginnt langsam wieder zu schlagen Segne uns, o Herr ... Trotz allem sind es nur noch die Kinder, die mit Appetit essen Kinder haben immer Hunger Ist nichts mehr da? fragte Jérémie ständig und öffnete den Küchenschrank, in der Hoffnung, einen Rest Brot darin zu finden So ein Mist, ich hab Hunger!

Und danach, sagte Rosa zu mir, als ich endlich nach Hause zurückkehren konnte und das Haus meiner Eltern gesehen habe, das noch stand, oben auf der Klippe inmitten von Ruinen, ich schwör's dir, da habe ich an ein Wunder geglaubt!

Ein wahres Wunder! sagte auch mein Vater, mit diesem ungläubigen Staunen auf dem Grund seiner Augen, das ihn jedesmal wieder ergriff wie am ersten Tag Zumal wir den Zustand der Stadt durch die Wagentüren des Zuges gesehen hatten ... Plötzlich waren wir alle still geworden Man hörte nur noch das Rattern des Zuges, der langsam fuhr wegen der Weichen Und so weit das Auge reichte, sah man nichts als Trümmer ... Wir hatten schon so lange keine Briefe mehr bekommen, daß wir uns alle fragten, ob wir überhaupt noch Lebende finden würden ... Und in dem Moment habe ich das blaue Kleid deiner Mutter gesehen, da, auf dem Bahnsteig Das Kleid war es, das ich wiedererkannt habe, kannst du dir das vorstellen! Und die Frau, ich kann's dir nicht erklären ... Als wir uns dann geküßt haben, nach diesen zweieinhalb Jahren – und was für Jahre, Herrgott noch mal! – war ich mir fast nicht sicher, ob sie es wirklich war ...

Sie hatte seit Wochen auf mich gewartet, immer an derselben Stelle auf dem Bahnsteig, jedesmal, wenn ein Zug angekündigt wurde Sie sah die Männer aussteigen, auf andere Frauen, alte Leute oder Kinder zurennen, und kam dann am nächsten Tag wieder ... Und du weißt, was sie in der Zwischenzeit erlebt hatte, deine Großeltern, all das ... Das muß man auch verstehen ... Man darf sie eben nicht drängeln ...

Ich „drängele" sie nicht Ich tue alles, was meine Mutter will Die Karikatur eines kleinen Mädchens wie aus dem Bilderbuch Ja, Mama Sofort, Mama ... Meine Mutter ist mißtrauisch, das merke ich genau Sie weiß, daß es nicht lange anhalten wird, und tatsächlich hält es nicht lange, weil ich nicht mehr daran denke Und mit einemmal sehe ich, wie sich in ihren Augen das blitzende Polarlicht entzündet, und da fällt es mir wieder ein, aber es ist zu spät ... Schon fühle ich, wie sich meine Haut am ganzen Körper verhärtet Das macht jede Bewegung unmöglich, selbst um zu gehorchen Also schließe ich Mund und Ohren – die Augen zumachen geht nicht, dann sieht man die Ohrfeigen nicht mehr kommen –, und vor allem vermeide ich es, meiner Mutter ins Gesicht zu sehen, um nicht auch nur mit einer einzigen Wimper an diesen mineralischen Frost zu rühren, der jeden Moment in einer ungeheuren Entladung explodieren wird ...

„Aber was erzähle ich dir da nur“, sagt Rosa. „Ich weiß nicht, was plötzlich mit mir los ist ... Oje oje, es ist schon spät ...“

Ich muß sie überreden, sich wieder hinzusetzen Bei mir zu bleiben, ich merke doch, daß sie nicht ohne Grund gekommen ist So streck doch wenigstens die Hand aus, Herrgott! Rosa, sprich mit mir. Rosa, erzähl mir ... Komm. Sprich Oder sprich nicht Ich nehme dich in den Arm, wenn du weinst ... So geh doch auf sie zu! Du siehst doch, daß sie geht!... Und die ganze Zeit rühre ich mich nicht, eingemauert in meinen Panzer aus Eis Der nicht mir gehört, das weiß ich Der gehört ...

Ich bin acht und sehe meinem Vater beim Reparieren seines Fahrrads zu.

„Papa ... Bist du sicher, daß man mich nicht mit einem anderen Baby verwechselt hat?“

Was? sagt mein Vater, der sich abmüht, eine besonders widerspenstige Kette wieder an ihren Platz zu bringen. Wie, was? Er hebt das Hinterrad des Fahrrads an, damit die Kette leichter wieder auf die Zähne des Ritzels rutschen kann, und zack! springt sie wieder ab. So ein Mist! sagt mein Vater Was ist denn mit diesem Dreckding los! Wie? Was hast du gesagt, mein Schatz?

„Das kann doch sein, in der Geburtsklinik ... Solche Sachen passieren doch alle Tage ...“

„Ach ja?“ sagt mein Vater und dreht das Fahrrad um, das jetzt auf Sattel und Lenker steht, was doch praktischer ist. „Du liest wohl die falschen Bücher ... Tod und Teufel! Jetzt ist sie mir schon wieder abgehauen!... Erstens mal kann das nicht sein, du bist gar nicht in der Klinik geboren, also. Du bist hier geboren, zu Hause ...“

Sorgfältig setzt er die Kettenglieder einzeln wieder auf die Zähne des Ritzels, die mit schwärzlicher Schmiere bedeckt sind, und überwacht die Operation über seine heruntergerutschte Brille hinweg aufs genaueste. Dann unterbricht er seine Arbeit plötzlich, alles haut wieder ab, und er schaut nun mich über seine Brille hinweg an, als wäre ich das starrsinnige Kettenglied, das an seinem Problem schuld ist:

„Und überhaupt, warum fragst du das denn?"

„Und in meinem Kinderwagen, auf der Straße ... vor einem Ladeneingang? Kann das auch nicht sein, daß man mich da ausgetauscht hat?"

„Neeee!" sagt mein Vater, als würde er mit einem begriffsstutzigen Kind reden. „Das hätte ich nämlich gemerkt, stell dir vor!"

„Ach, Babys sehen doch alle gleich aus ... So dumm ist das auch wieder nicht ..."

„Na, also wenn das intelligent ist", sagt mein Vater mit einem schrägen Blick, „dann bin ich nicht dein Vater, was soll ich da noch sagen ..."

Also nee, ist die vielleicht dämlich! verkündete mein Vater und schüttelte mich in seinen Armen, hoch über dem noch immer umgedrehten Fahrrad Ist die vielleicht dämlich, diese Göre!... Aber natürlich bin ich dein Vater! Du redest so einen Quatsch, und nachher weinst du! Komm, erzähl's Papa ... Sag mir, warum du so einen Blödsinn erzählst ...

„Rosa ... Rosa, hör zu ... Wenn du ... Also, ich meine ..."

„Es ist besser, wenn ich gehe", hat Rosa gesagt und auf ihre Uhr geschaut, wie jemand, der gleich seinen Zug verpaßt „Sonst werde ich die ganze Nacht schwätzen ... Mein Gott, ich ... Ich bin heute nicht ganz bei mir, glaube ich ..."

Gott weiß wie sie es noch schaffte, mich anzulächeln, denn ich hatte sie noch nie so verwirrt gesehen. Aber es war ein Lächeln, das mich trotz seiner Sanftheit wieder mehr oder weniger auf Distanz brachte. Auf genau die Distanz, die nicht überschritten werden durfte – oder die ich mir vielleicht selbst erfand, um sie nicht überwinden zu müssen ...

O mein Gott, hat Rachel gesagt Ich hätte dasein müssen Oder Judith Oder Raphaël ... Es war niemand da, stell dir das mal vor!

Ich kassiere auch noch diese Ohrfeige, die mir gar nicht zugedacht ist. Rachel bemerkt es und umarmt mich Hör zu ... Es ist ein schrecklicher Jahrestag, verstehst du? Auch noch fünfundzwanzig Jahre danach ... Schenk mir doch was zu trinken ein, bitte ... Letztlich geht es dich ja auch etwas an.

Genau das hatte einige Jahre zuvor Judith zu Rosa gesagt, in einem der Wutanfälle gegen ihre Mutter, die sie damals ständig hatte: Das geht mich doch vielleicht auch etwas an, oder?! Warum hast du nur nie etwas gesagt! Warum hast du uns erzogen wie ganz normale Kinder, deren Familie bei den Bombardierungen umgekommen ist! Sterben ist sterben, okay. Aber da ist doch etwas, das verdammt noch mal einen ziemlichen Unterschied macht!

Ich kann sie verstehen, sagte Rachel zu mir Das waren keine Geschichten für Kinder ... Aber Judith, weißt du ...

„Sie lügt wie gedruckt!" rief Judith mit jenem Groll, den sie nie wieder ganz ablegte „Auch was unseren Vater angeht, den Abenteurer mit den grauen Augen, können wir nie sicher sein ...

Was ich weiß, sagte Rachel, ist, daß sie alle beide wegen des Starrsinns meines Großvaters Thomas – eben der, der so fest an das Symbol der Waage glaubte – Ende dreiundvierzig verhaftet und ins Lager geschickt worden sind: zuerst Pithiviers, glaube ich, und dann Treblinka. Mein Großvater ist nie zurückgekommen. Meine Großmutter Héloïse schon: auf einer Trage, als Skelett, das noch ein bißchen lebte ... Meine beiden Onkel, David und Jérémie, waren im Kampf gefallen. Niemand traute sich, es ihr zu sagen. Aber sie war sowieso nicht mehr ganz anwesend ...

Rosa sagt, daß sich niemand damit brüsten kann, Großmutter Héloïse wirklich gekannt zu haben ... Nicht einmal ihre Kinder ...

Sie war eine sehr fürsorgliche Mutter – ängstlich sogar, vor allem damals –, aber sie machte viele Dinge so mechanisch, daß sie ständig am Überprüfen war, ob sie sie tatsächlich gemacht hatte ... Das gab der ganzen Familie Anlaß zu Gelächter und ihr selbst Anlaß zu dumpfer Unruhe.

Sie verbrachte Stunden damit, zu schreiben, und andere, das einige Monate oder Jahre zuvor Geschriebene zu zerreißen, plötzlich überzeugt, es sei „Müll“ ... Großvater Thomas hatte ihr ein ruhiges kleines Schreibzimmer mit Blick auf den Garten eingerichtet, aber Rosa sagt, daß er sie ebensogut in den Keller hätte setzen können, weil sie sich einschloß, um zu schreiben, und nicht, um hinauszuschauen ... Niemand weiß, was sie schrieb: Romane oder Gedichte, das Ergebnis schien ihr nie zu genügen, und immer wieder fing sie von vorn an ...

Rosa sagt, daß sie vom Schreiben sicher nicht das große Geld oder Ruhm erwartete, sondern etwas viel Verrückteres – oder Schwerwiegenderes Eine Art Verklärung des Lebens, das Aufblitzen eines Augenblicks ... Und auch den leisen Schmerz, wenn sie in ihrer Schublade lauter tote Sterne wiederfand ... Was sie so nannte, war das, was sie geglaubt hatte, aufleuchten zu sehen, was sie mit angehaltenem Atem eingefangen hatte, so gut sie konnte, und was dann, wenn es erst einmal auf dem Papier festgehalten war, kein bißchen mehr leuchtete ... Dann warf sie die toten Sterne weg, behielt nur die, von denen sie fand, daß sie noch etwas flackerten ...

Es heißt, daß Großmutter Héloïse, wenn sie schrieb, ein anderes Gesicht bekam Und sie konnte es nicht ausstehen, wenn sie mit diesem Gesicht überrascht wurde: Man mußte immer anklopfen, bevor man eintrat.

Dann ging Großvater Thomas, dem das alles schleierhaft war, murrend weg: „So was, man könnte ja meinen, daß sie an ihren Liebhaber schreibt!“ ... Aber wie alle anderen wußte auch er, daß sie sich abmühte, Sterne zu schöpfen, die dann sterben würden ...

Und Großvater Thomas biß wütend auf seine Zigarre, bevor er dann wie einen Urteilsspruch verkündete: „Ich weiß Bescheid! Es ist eine verdächtige, der Hexerei verwandte Tätigkeit!“

Die Manuskripte hatte Rosa auf dem Dachboden wiedergefunden, sorgfältig eingewickelt und verschnürt: Das Haus war von einem deutschen Offizier besetzt worden Sehr höflich soll er gewesen sein Und sehr penibel, denn alles war noch in bester Ordnung, bis auf das Erdgeschoß, das während der Befreiung von einer Horde Besoffener verwüstet worden war, die an alle Wände gepißt hatten – man wußte nicht genau, auf wen sie eigentlich pißten: auf den vertriebenen deutschen Offizier oder auf die Juden, denen das Haus gehörte ...

Als Großmutter Héloïse dann aus Treblinka zurück war, ist Rosa hinaufgestiegen und hat sie ihr geholt, um ... Ich weiß eigentlich nicht genau, wozu ... Sie hat wohl geglaubt, es würde ihr helfen zu überleben ...

Und Großmutter Héloïse, die in ihrem Rollstuhl schon aussah wie eine Tote Großmutter Héloïse hat ihr befohlen, sie ins Feuer zu werfen, ohne sie noch einmal lesen zu wollen.

Vor dem Ofen hielt sie sich mühsam zwischen ihren Krücken aufrecht, und sie hat zugesehen, wie sie verbrannten, als handele es sich um schmutzige Papiere ... Und ein paar Tage später ist sie gestorben, ohne noch ein Wort gesagt zu haben.

Versteinert stehe ich da und traue mich nicht, etwas zu sagen – was könnte man auch sagen –, und Rachel lächelt mich an, als habe sie mich aus Versehen verletzt:

„Rosa hat gewollt, daß ihre Kinder lachen können Daß nichts uns am Leben hindert ... Sie hat uns nichts erzählt, bis wir vierzehn waren ...“

Sie hat nie aufgehört zu lügen, sagte Judith mit dieser unerklärlichen Starrheit, die sie jedesmal überkam, wenn sie über ihre

Mutter sprach Sogar als Papa abgehauen ist ... Da hat sie behauptet, er wäre auf Reisen, er käme wieder! Sie hat alle Entschuldigungen der Welt, aber ich warne dich: Sie lügt wie gedruckt!

„Sie lügt nicht“, korrigierte Rachel. „Sie mildert ab. Laß sie in Ruhe.“

„Sie mildert nicht ab“, näselte Raphaël, „sie säubert. Wir haben eine Mutter, die uns die Geschichte reingewaschen hat Sie wollte saubere und faltenfreie Laken für ihre Kinder ... Aber trotzdem bin ich beschnitten, da müßte man sich schon entscheiden Entweder erinnern oder vergessen, ist doch wahr, oder!“

„Halt die Klappe!“ hat Judith gesagt, als würde sie ihm eine Ohrfeige verpassen „Du wirst doch wohl darüber keine blöden Witze machen! Es gibt Grenzen ...“

Woraufhin sich Raphaël am Fenster in die Betrachtung der Schieferziegel versenkte.

Hör zu, sagte Rachel zu mir, wenn wir schon mal dabei sind Und versuch zu verstehen, statt zu protestieren: Sie haben meine Großeltern und meine Onkel und alle Freunde meiner Mutter ermordet, und das werde ich sicher nicht verzeihen! Zumal ich Angst habe, es sind nämlich überall noch Wurzeln übrig, und der Antisemitismus ist eine zählebige Pflanze, du wirst sehen, daß sie früher oder später wieder austreibt ... Trotzdem hab ich es andererseits auch satt, die arme kleine überlebende Jüdin der zweiten Generation zu sein Die durch ihre bloße Anwesenheit allen ein schlechtes Gewissen macht ... Ich hab es satt, daß alle mich so ansehen, als trüge ich die gestreifte Uniform der Lager in gestrichelten Linien auf dem Körper: derer, denen ich entkommen bin, und vielleicht auch derer, die mich erwarten ...

„Rachel!“

„Manchmal widert es mich an“, hatte Rachel gesagt „Ich möchte es mir von der Haut reißen ... Irgend jemand anderes sein, und daß man endlich aufhört, die ganze Zeit so nett zu mir zu sein!“

„Rachel! Paß auf, was du sagst Bin ich vielleicht ‘nett’ zu dir!“

„O nein“, hat Rachel nach einer kurzen Pause gesagt, bemüht, ein Lächeln zu unterdrücken „Das kann man dir nicht vorwerfen!“

Dann zog sie mein Gesicht an ihren Hals:

„Aber es ist besser, du weißt gleich Bescheid, da du ja mit mir leben willst: Es wird wieder losgehen. Es kann zehn oder tausend Jahre dauern, aber es wird wieder losgehen ...“

„Rachel!...“

Es gibt keinen Grund, warum es nicht wieder losgehen sollte, sagte Rachel mit dieser kühlen vernünftigen Stimme, die bei ihr tiefste Verzweiflung verriet und die ich über alles verabscheute Es wird jedesmal absurder und blutiger, jedesmal schwören sie, daß es zu Ende ist, es werden dir sogar Garantien geboten Und jedesmal senkt es unvermittelt doch wieder die Hörner und geht geradewegs auf dich los! Dann sagt man sich Das kann doch nicht sein, wir sind schließlich nicht mehr im Mittelalter ... Aber doch, meine Schöne, das sind wir Wir stecken mittendrin Und wir werden für alle Ewigkeit drinbleiben!

Na komm, hat Rachel zu mir gesagt und mich in den Armen gewiegt, als habe sie mich aus Versehen verletzt Jetzt muß ich mal gehen und mit meiner Geige reden, um wieder menschliche Züge anzunehmen ... Ich glaube fast, sie ist die einzige, die mich davon abhalten kann, Blödsinn zu verzapfen, es geht schon wieder besser, laß nur.

Manchmal ist es auch bei mir so, daß „es aushakt“, wie Enrique früher sagte, um seine Frustanfälle zu erklären Jedenfalls könnte man es so formulieren. Dann öffne ich in der Nacht das Fenster und beginne mechanisch, die Sterne zu zählen Eins Zwei Drei ... Ende des Sabbats. Aber Goi bleibt Goi, was man auch macht ... Selbst wenn ich mir den Piephahn richten ließe, sagte Enrique zu Judith, würde dein elender Rabbiner meinen Aufnahmeantrag noch zurückweisen. Und?!

„Und er hätte recht", sagte Judith „Wir haben schon genug Ärger mit unseren eigenen Deppen, ohne noch welche dazu anzuwerben!"

„Das ist doch die Höhe!" zeterte Enrique: „Ich bin Vater eines kleinen Juden, bald von zweien, und man läßt mich vor der Tür stehen! Das ist schlichtweg rassistisch!"

„Paß auf, was du sagst", hat Judith gemeint und ihren Bauch vorsichtig angehoben, wie um das Gewicht besser zu verteilen „Du glaubst an gar nichts! Und mit Absicht, um mich zu ärgern! Könntest du nicht wenigstens abwarten, bis ich dieses Balg los bin, es ist auch deins, vergiß das nicht!"

Und während sich Enrique auf der Suche nach einer besänftigenden Formel kleinlaut am Schädel kratzte:

„Tob deine Militanz doch woanders aus, du brauchst sie hier nicht so herauszuposaunen!"

Sie ist ein Biest, sagte Enrique, dessen Wangen sich rosa färbten, wie früher, wenn ihm die Tränen kamen und er ihnen seinen ganzen Stolz entgegensetzte Ein echtes Biest, du kannst dir nicht vorstellen, was sie mit mir macht!

„Und du, was machst du mit ihr?"

„Scheiße!" hat Enrique gebrüllt und mit der Faust voll gegen die Wand geschlagen „Kann man denn mit niemandem reden, verdammt!... Ich bin vielleicht ein Arschloch, aber jedenfalls bin ich nicht der einzige ..."

„Das ist schon mal ein Trost. Na komm ... Komm doch mit spazieren. Wir gehen zuschauen, wie die Schleppkähne vorbeifahren. Das solltest du öfter machen, weißt du, das beruhigt ..."

Ich halte Enriques Hand wie früher die Hand meines Vaters, als wir an den grauen Gewässern entlanggehen, auf denen sich wie in Zeitlupe regenbogenschillernde Heizölschlieren auflösen Enrique ist magerer und nervöser, er trägt weder Kappe noch Brille, aber etwas von der Stimmung ist da ... Im übrigen beruhigt auch er sich, während ich fühle, wie mein Herz im Wasser dahintreibt, als würde es von der Strömung fortgetragen.

Ein Schleppkahn heult in der Ferne, und die Hubbrücke geht langsam hoch Ich betrachte das Getriebe der Brücke Riesengroße, vor Schmieröl schwarze Zahnräder, die mich noch immer manchmal in meinen Fieberalpträumen heimsuchen: Sie drehen sich mit bedrohlicher Langsamkeit, während ich, gelähmt vor Schrecken oder aus Gott weiß welchem anderen Trägheitsgrund, zusehe, wie die riesengroßen Metallzähne sich in Zeitlupe herabsenken, auf meinen regungslosen Körper zu, der, man weiß nicht warum, direkt darunter liegt, und wie sie gleich ... Ich wache jedesmal laut schreiend auf ...

Oder aber die Zahnräder steigen mit unerbittlicher Langsamkeit wieder hinauf in den schmutzigen Himmel und schleifen mich mit, darauf ausgestreckt angenagelt aufgespießt, bis ich auf dem Bauch liegend auf dem höchsten Punkt des Rades ankomme, zwischen dem kohlegrauen Himmel und dem Schwarz des Quais, bevor ich vornüber in den Abgrund stürze ... Ich wache dann mit einem Ruck auf, mit dem entsetzlichen Gefühl, einen ausgeweideten Körper zu haben, wie ausgesaugt, und drauf und dran völlig lautlos zu platzen wie eine Seifenblase, mit ein paar unmerklichen Spritzern, die sofort in alle Winde zerstreut wären ...

Was denn für Spuren? fragte mein Vater mit derselben Handbewegung wie Enrique, wenn er das Platzen von Seifenblasen nachmachte Es waren natürlich anonyme Briefe ... So kam es auch, daß sie Simone verhaftet haben, Anfang vierundvierzig, nur ein paar Monate vor der Befreiung ... Simone, das war meine Sandkastenfreundin Ein bißchen wie du und Enrique, trotzdem machte deine Mutter einen Riesenzirkus daraus, weil ich manchmal mit Simone ausgegangen war, bevor ich sie kannte ...

Aber das war nur zum Spaß Als Kinder hatten wir uns genug denkwürdige Raufereien geliefert, um uns nichts anderes vorstellen zu können, als wie Bruder und Schwester zusammen zu sein Na ja, deine Mutter war jedenfalls trotzdem rasend eifersüchtig, und ich vermied es, zuviel mit Simone herumzulachen. Und schließlich ist dann Simone, die nicht auf den Mund gefallen war, zu mir gekommen und hat gefragt, ob ich nicht zufällig Antisemit geworden wäre ... Da mußte ich heulen wie ein kleines Kind, und wir sind einander in die Arme gefallen. Genau in dem Moment ist deine Mutter aus dem Haus gekommen. Später hab ich's ihr dann erklärt, aber sie zog ein Gesicht ... Also habe ich mich von Simone ferngehalten.

Und es ist schrecklich, verstehst du, mich haben sie nämlich dann nach Deutschland geschickt, und Simone, das arme Mädchen ... Mein Vater schneuzt sich wütend. Ich lege ihm die Hand auf den Arm. Er steckt sein Taschentuch ein und legt mir den Arm um die Schultern:

„Also, Anfang vierundvierzig sind die Leute von der Miliz aufgetaucht und haben Simone mitgenommen. Deine Mutter hat es nicht gesehen, sie hat es später von der Maria erfahren. Aber die Maria fing immer mehr an zu spinnen: Nicht nur, daß sie weiter den Fritzen vor die Stiefel spuckte, sie spuckte jetzt überall auf der Straße herum Und während sie ihre Kieselsteine sortierte, murmelte sie ununterbrochen vor sich hin, daß sie wüßte, was sie wüßte, und die arme Simone sei tatsächlich „verpfiffen“ worden ... In solchen Fällen, weißt du, sind immer haufenweise Gerüchte im Umlauf ... Eine Dreckszeit war das! Ich hoffe, daß wir das nie mehr erleben.

Wobei es gleich danach auch nicht besser war ... Weißt du, daß sie Marinette kahlgeschoren haben, die tapferen Résistance-Kämpfer der letzten Stunde? Marinette war ein armes Mädchen, schwachsinnig von Geburt, sie ist später im Heim gestorben ... Deine Mutter ist ihnen knapp entronnen, sie hat um ihr Leben gefürchtet ... Es wurde ziemlich wahllos geschoren, muß man dazusagen ..."

„Wer hat dir das erzählt?"

„Dolorès."

„Und die Maria, was sagte die?"

„Ach, nichts. Sie spuckte den Scherern genauso auf die Schuhe wie vorher den Fritzen auf die Stiefel ... Das war eine, die Maria! Deine Mutter behauptete, sie hätte sogar auf unsere Tür gespuckt, wie auch immer ... Das war, bevor ich aus Deutschland zurück war. Vielleicht hielt sie mich für einen Kollaborateur, was weiß ich!"

„Aber hast du sie denn nie gefragt?"

„Doch, natürlich", sagt mein Vater und knotet sich einen Schnürsenkel zu, den ich nicht hatte aufgehen sehen „Sie hat geantwortet, die Vergangenheit sei Vergangenheit, und daß sie Achtung vor mir habe ... Es war nicht sehr klar, ich hab's dann auf sich beruhen lassen ..."

Ich halte mich zurück, um nicht zu sagen „wie immer!" Schließlich sind die Fehler meines Vaters die Kehrseite seiner guten Eigenschaften: Er hat immer so wenig Schaden wie möglich angerichtet, nie danach gestrebt, in Erscheinung zu treten oder zu glänzen, und wenn meine Mutter ihren Zorn hatte und ihn als „armen Deppen!" beschimpfte, begnügte er sich damit, ihr direkt ins Gesicht zu sehen, bevor er auf dem Absatz kehrtmachte, um „etwas Nützlicheres" zu tun...

Und trotzdem, wenn meine Mutter die Maria auf der Straße ankommen sah, machte sie schnell die Hoftür zu, als wollte sie der Spucke aus dem Weg gehen. Dabei spuckte die Maria schon lange nicht mehr, ich habe sie nie irgendwohin spucken sehen, außer in ihren Kies, wenn sie von ihren Erinnerungen angeekelt war, aber dennoch machte meine Mutter die Tür zu.

Durch das Gitter sah ich die Maria auf der Straße vorbeigehen, verächtlich wie ein schmerzgeplagtes Lama und unterwegs zu ihren Kieselsteinen, wie man zur Messe oder auf den Friedhof geht: mit erdrückender Würde.

Immer trug sie Schwarz, wie übrigens die meisten Spanierinnen in unserem Viertel. Schwarz war in dieser Zeit die Farbe Spaniens – das hatten jedenfalls wir Kinder daraus geschlossen. Die einzigen sichtbaren weißen Fäden zeigten sich im Haarknoten der Alten, das einzige Glanzlicht im Ring an ihrem Finger, denn fast alle waren sie Witwen. Aber keine war es so sehr wie die Maria.

Mit der Haltung einer Hofdame im Exil ging sie bei den Leuten Wäsche waschen Sie hatte ganz verbrühte Finger, deren weiße und zerknitterte Haut sich manchmal in Fetzen ablöste. Und wenn ich heute das Wort „Witwe“ höre, sehe ich verbrühte und ganz zerknitterte Finger vor mir.

Während ich damit beschäftigt war, zu wachsen, verbrachte meine Mutter ihre Zeit damit, die Bücher, die mein Vater ihr aus der Leihbücherei mitbrachte, zuerst zurückzuweisen, um sich dann hineinzuvertiefen und das Gelesene am Ende zornig zu leugnen:

„Aber wie hätten die Leute es denn wissen sollen?! Hast du denn gewußt, wo man sie hinschickte?“

„Nein ...“ gab mein Vater zu. „Aber immerhin ...“

„Kein Mensch!“ brüllte meine Mutter, plötzlich außer sich „Kein Mensch hatte die geringste Ahnung davon!“

„Hast du geglaubt, sie würden zum Blümchen pflanzen geschickt?“

Ich hätte besser den Mund gehalten: Die Ohrfeige hat nicht auf sich warten lassen. Es reicht! hat mein Vater gebrüllt und sich in voller Breite vor mich gestellt, um meine Mutter daran zu hindern, es mir heimzuzahlen Es ist doch wahr, Mama, Kindermund tut Wahrheit kund: Was konnte schon Gutes am Ende dieser Massendeportationen stehen? Na?

Und zu mir: „Es stimmt, wir waren echt dumm, das muß man zugeben ... Aber wer hätte sich auch etwas so Grauenhaftes vorstellen können!..."

Meine Mutter ging dann zum Gegenangriff über, ungeachtet jeder Logik, um des bloßen Gegenangriffs willen:

„Bildest du dir denn ein, daß es irgend etwas verhindert, wenn man Bescheid weiß? Wissen die tapferen kleinen Soldaten etwa nicht, daß sie entweder morden oder sterben müssen? Und hat das die Soldaten jemals daran gehindert, loszuziehen? Wußtest du etwa nicht, als du brav wie ein kleines Schaf nach Deutschland gegangen bist, daß du damit ihre Kriegsanstrengungen unterstützen würdest?"

„Ich hab auf den Feldern gearbeitet!" protestierte mein Vater. „Ich hab zur Ernährung von Schweinen beigetragen ..."

„Das kannst du laut sagen!"

Mein Vater hatte bei dieser Art von Kämpfen von vornherein verloren: Meine Mutter hatte gefährlich schlagfertige Repliken auf Lager und ließ bei solchen Wortgefechten nichts stehen.

Wenn Kriege mit dem Mundwerk gemacht würden, sagte mein Vater zu mir, dann wäre deine Mutter längst Marschall – und bestimmt nicht im Sinne von Pferdeknecht, das sag ich dir!

An diesem Tag werde ich neun Auf dem Tisch steht ein Kuchen mit neun kleinen Kerzen Gleichzeitig hören wir Nachrichten im Radio, wo jemand über den Krieg in Algerien redet ... – Wo ist denn Algerien? – Weit weg, sagt mein Vater. Puste sie aus! ... und über einen General namens de Gaulle ...

„Niemals!" brüllt mein Vater, als wäre seine Meinung gefragt „Ein Militär! Ein Rechter!... Niemals!"

„Der erste Mann der französischen Résistance", wirft meine Mutter ein, mit einem Blick, als wolle sie ihn in die Enge treiben.

Bei diesen Worten sehe ich, wie der Hals meines Vaters anschwillt und purpurrot wird, aber es gelingt ihm, ruhig zu bleiben. Puste, mein Rehlein.

Ich puste. Alle Kerzen sind mit einem Mal ausgegangen Ein wahrer Tornado in diesem kleinen Brustkasten! sagt mein Vater.

Und er tätschelt zufrieden und sogar stolz meine Brust ... Aber wir müssen uns beeilen, weil heute die Beerdigung der Maria ist, die arme Maria, endlich ist sie erlöst ...

Meine Mutter klappert in der Spüle mit Tellern und Gläsern Sie ist nett zu mir, weil ich Geburtstag habe, aber ihre Hände zucken unkontrolliert und in ihren Augen flackert etwas wie ein irres Licht ...

„Was hast du, Mama?“ fragt mein Vater, der ebensowenig wie ich zu wissen scheint, woran er ist Für alle Fälle paßt er gut auf, beim Tischabräumen nichts umzuwerfen Die Krümel auf dem Boden nicht zu zertreten Er kehrt sie auf, kippt sie in den Mülleimer, sucht, was sonst noch zu tun ist, bevor meine Mutter Zeit hat zu schimpfen ... Sie schimpft nicht, obwohl sie keinen Platz mehr auf dem Abtropfgestell hat und seit mehreren Sekunden eine nasse Salatschüssel in der Hand hält, die ihr ganz langsam aus den Fingern rutscht Mein Vater sieht nichts, er inspiziert immer noch das Wachstuch, für den Fall, daß ihm ein Fleck entgangen sein sollte ... Ich stürze mich mit einem sauberen Lappen auf die Salatschüssel und rette sie in letzter Sekunde Meine Mutter sagt noch immer nichts, sie ist wirklich neben der Spur, es muß wohl die Trauer über den plötzlichen Tod der Maria sein ...

„Eine Erlösung!“ hat meine Mutter gesagt, als wir es erfahren haben „Es ist eine wahre Erlösung für sie.“

Alle im Viertel sind derselben Meinung Aber der tiefe Seufzer meiner Mutter überrascht mich, ich hätte nicht vermutet, daß sie so viel für die Maria empfand: Ich hatte eher den Eindruck, daß sie sich gegenseitig ziemlich auf Distanz hielten, selbst wenn die Höflichkeit sie dazu zwang, miteinander zu reden ... Und nun, seit dem Tod der Maria, war meine Mutter besänftigt, als wäre sie selbst gestorben, am Ende eines Martyriums, von dem sie nicht gedacht hätte, daß es je zu Ende ginge ...

Ich sehe meine Mutter an, ihre Züge sind unbewegt und ruhig. Mein Vater sieht sie auch an und sieht, daß ich sie ansehe. Er erklärt mir irgend etwas über die Leiden der Maria und schließt dann Wenn man derart leidet, weißt du, ist es besser zu sterben Es ist, wie wenn man schläft, man spürt nichts ...

Es sieht aus, als würde auch meine Mutter nichts spüren Seit zwei Tagen ist sie wie betäubt vom Tod der Maria. Und ich, ich finde meine Mitte nicht wieder, es scheint, als wäre sie unbemerkt durch irgend etwas verschoben worden Ich habe den Eindruck, daß ich gleich fallen werde, aber ich falle nicht, es ist seltsam und unangenehm ... Für alle Fälle weine ich ein bißchen Diesmal wird man mich wenigstens nicht fragen, warum Aber es ist keine echte Trauer, dazu war die Maria eine zu strenge alte Dame – nein, streng ist nicht das richtige Wort, aber ich finde das genaue Wort nicht, wenn es überhaupt existiert Sie hatte immer gewirkt, als wäre sie nicht ganz da, immer am Umherirren wie ein Gespenst, außer daß die Gespenster in den Comics weiß sind Jedenfalls fühle ich mich, als hätte sich meine Achse verschoben, und plötzlich begreife ich, daß dieses Unbehagen von meiner Mutter ausgeht Daß meine Mutter auch nicht ganz da ist in ihrer Haut Oder vielmehr, daß sie eher besser darin steckt als gewöhnlich, der Tod der Maria hat etwas von ihr genommen, aber was Jedenfalls etwas, das sie allzu steif hielt oder das sie schwermachte ... Sie ist tatsächlich in einer Art Schwindelzustand, am Rand eines Abgrunds, und sie sieht nicht uns an, sondern etwas, das viel weiter weg ist Anderswo Jenseits der Wände ... Jedenfalls nicht im Haus, in dem sie herumgeht wie eine Blinde, sie stößt gegen Stühle und sagt nichts zu Animus, der sich an ihren Beinen reibt.

„Es wird Zeit“, sagt mein Vater, der im Sonntagshemd und mit einer dunklen Krawatte über dem offenen Kragen aus dem Zimmer zurückkommt.

„Zieh deine Krawatte fest“, sagt meine Mutter mit mechanischer Stimme.

„Geht nicht“, sagt mein Vater, „sie würgt mich ...“

Und meine Mutter, die wieder Gott weiß wohin entschwunden ist, widerspricht nicht und läßt ihn in Ruhe, während sich mein Vater die Kappe auf den Kopf schraubt.

„Kommst du nicht mit?“

„Nein“, sagt meine Mutter. „Joseph' gehört da nicht hin. Und du weißt doch, daß ich Beerdigungen nicht ausstehen kann ... Ich sehe dann zu, wenn der Leichenzug vorbeikommt ...“

Neben meiner Mutter auf der Türschwelle sehe ich zu, wie der Leichenwagen vorbeifährt, der die Maria fortbringt Er fährt langsam, ganz langsam, wahrscheinlich, um sie nicht durchzuschütteln. Der Friedhof ist weit weg, ich war mit meinem Vater ein paarmal dort, aber an Tagen, an denen niemand beerdigt wurde Da sind große Bäume, schön wie nirgends sonst Die Gräber sind wie kleine Häuser mit Blumen davor, und auf den Platten sind freundliche Inschriften für die Toten ... Alle Leute sind still, und sogar beim Gehen darf man nicht zuviel Lärm machen, weil hier der Ewige Friede ist ...

Überall auf dem Leichenwagen sind riesige Blumenkränze befestigt, die ganze Nachbarschaft spielt die Familie der Maria und läuft hinter ihm her Da kommt eine Menge zusammen, sogar Leute aus einer anderen Straße sind dabei Ich sehe meinen Vater und Enriques Mutter vorbeigehen Und sogar Enrique höchstpersönlich, na so was, der hat vielleicht Glück, auch wenn er ganz niedergeschlagen aussieht, mit seinem tief in der schwarzen Krawatte versenkten Hals.

Ich mache meine Mutter darauf aufmerksam, daß Enrique sehr

wohl dabei ist, also ... Aber meine Mutter gibt mir keine Antwort, steif lehnt sie an der Tür, während der Zug an uns vorbei den Straßenstaub unter den Füßen unter den Rädern plattdrückt Das verleiht dem Schweigen so etwas wie einen bedrückten Rhythmus, und plötzlich möchte ich am liebsten weinen.

Dann hebe ich den Blick zu meiner Mutter und vergrabe meine Hand in der ihren, ich hab ja im Augenblick nur sie Und ich sehe, daß sie weint ... Sie weint, ohne zu schluchzen, ihre Augen laufen lautlos über Und sie atmet ... In dieser Mischung aus stummen Tränen und Atmen liegt etwas wie eine unerhörte Erleichterung, die an ihr hinabrinnt Als ob gerade ein ungeheures Gewicht von ihr genommen und dadurch Atem und Tränen befreit worden wären. Als ob ... Dann sieht meine Mutter, daß ich sie ansehe, und wendet sich ab. Los, komm Joseph', es ist vorbei ...

Mein Vater ist im Mai gestorben, an Herzversagen. Drei Tage vorher hatte er zu mir gesagt Jetzt geht's dem schönen Wetter entgegen ... Mit ihm ging man immer irgend etwas entgegen, so wie er selbst vom frühen Morgen an vor sich hin pfeifend seinen zahllosen Pflichten entgegenging.

„Auch er", hat meine Mutter in einer Anwandlung haßerfüllter Verzweiflung zu mir gesagt „Auch er hat mich verlassen ..."

In diesem Moment habe ich gespürt, daß sie ihn dafür haßte, tot zu sein, so wie sie mich dafür haßte, weggegangen zu sein, obwohl sie mich mehrmals rausgeworfen hatte. Aber es war kein gezielter Haß, zumindest nicht immer: Es war nur so, daß meine Mutter eine Art brodelnden Hasses mit sich herumschleppte, von dem man fast zufällig erfaßt wurde, aus dem man jedoch nie wieder herauskam.

„Jetzt bin ich also ganz allein!" hat sie gesagt und sich auf einen Stuhl fallen lassen Und ich war unfähig, sie in den Arm zu nehmen, wozu ich mich hätte zwingen sollen, und sei es nur um der Erinnerung an meinen Vater willen, der uns alle beide geliebt hatte.

Denn ich fühlte, wie dieser Haß, der sich zwar im Moment nicht rührte, um sie herum weiter wuchs wie ein Panzer, so verhärtet, daß er mich auch von weitem verletzen konnte, und er war fähig, das wußte ich, sich in Blitzesschnelle zu reaktivieren und alles mit tödlicher Kälte zu durchdringen.

Meine Mutter haßte, so schien es, die ganze Welt, und sie haßte sie in Spiralen, angefangen bei mir, ihrer Tochter, dieser unerschöpflichen Quelle von Verdruß ... Sie haßte die Lebenden und die Toten Und sie haßte sich selbst bis in ihre Mitte, von der sie in diesem Augenblick nicht mehr genau wußte, wo sie war Sie schwankte nämlich, obwohl sie noch gar nichts getrunken hatte ...

Später, am Ende einer von unsichtbaren Dornen übersäten Wegstrecke in tödlicher Kälte, griff ich nach ihrem Ellenbogen, um sie etwas zu stützen: Der Zug ging voran Ich hätte Jahre meines Lebens darum gegeben, Rachels Hand unter meinem Arm zu spüren. Aber meine Mutter hätte mitten auf dem Friedhof einen Skandal gemacht ... Also lief Rachel weit hinten, im Pulk der entfernten Nachbarn und der Arbeitskollegen meines Vaters, die nie zu Hause empfangen worden waren ... Das verzieh ich ihr noch.

Aber ich konnte ihr nicht verzeihen, daß sie darauf bestanden hatte, ihn gegen seinen ausdrücklichen Willen zu beerdigen: Als er ihn geäußert hatte, hatte sie ja gesagt wie zu einem kleinen Kind Und hinterher ist sie dann zur Furie geworden:

„Verbrennen! Du bist wohl verrückt!... Niemals! Oder du mußt mich vorher umbringen!“

Da habe ich mir gewünscht, daß sie stürbe, hier, auf der Stelle. Sie hat es bestimmt gefühlt Bestimmt auch dieses entsetzliche Hadern im nachhinein: Warum er? Warum nicht sie?

„Aber Mama ... Er wollte es so. Er hat es dir gesagt. Er hat es dich sogar versprechen lassen! Mit welchem Recht ...“

Im Tageslicht, das wachsgelb durch das Fenster ins Zimmer fiel, hatten ihre Augen alle Farbe verloren   Und sie wiederholte mechanisch, wie in Trance   Niemals   Niemals   Niemals!

Mein Vater hätte nachgegeben. Das hat auch Rachel zu mir gesagt   Du weißt doch, daß er alles machte, was sie wollte ... Und wenn sie es ihm gesagt hätte ... Aus Treue zu meinem Vater habe ich mich darein gefügt, seinen letzten Willen nicht zu respektieren   Aber ich habe in dem Moment gespürt, wie Schwaden von Haß auch aus meinem Körper herausdrängten hervorzüngelten sich emporreckten ...

„Es ist vorbei, Liebste“, flüsterte Rachel. „Denk nicht mehr dran   Denk an gar nichts mehr ... Du weißt doch, daß in dir kein Haß ist   Da ist nur Wärme   Eine Wärme, die um ein paar Grad abgekühlt ist, es war so kalt ringsum ...“

Sei still, Rachel, Liebste   Du weißt nicht   Ich habe in mir etwas wie eine Spitze aus Eis gefühlt, und ich habe gewußt, daß es Haß war   Ich habe gefühlt, wie er mich biß und durch die Löcher wieder herauskam, um blindlings anzugreifen ... Egal wen, verstehst du? Und egal wann ... Es ist der Haß meiner Mutter, den ich in mir trage   Einen eisigen und wuchernden Haß, entfesselt wie die Besen des Zauberlehrlings, und unsere Zukunft wird schrecklich sein ... O Rachel!... Halt mich warm ... Rachel, halt mich warm! Rachel ...

Rachel. Du hattest gesagt   Ich komme wieder   Ich sag dir gleich, daß ich wiederkomme   Mit einem Kopfkissen einer Matratze einem Taucheranzug   Und ich werde vor der Tür auf dich warten, daran wirst du dich gewöhnen müssen ...

Wie jung wir damals waren! Und trotzdem habe ich sogar noch heute unter Tränen die gewöhnliche Fußmatte durch ein luxuriöses Teppichbodenviereck in dreifacher Dicke ersetzt, auf dem man fast schlafen könnte, während man wartet.

Aber du kommst nicht wieder Und ich, selbst wenn ich wüßte, wo jetzt deine Tür zu finden ist, ich würde mich niemals davorlegen, selbst tot nicht.

Fürchterliche Frauen! sagte mein Vater Ihr seid alle fürchterliche Frauen in dieser gottverdammten Familie ... Und wohin führt dich das?

Aber das ist es ja eben. Es ist nicht darauf angelegt, daß es irgendwohin führt Es ist darauf angelegt, daß man aufrecht stehend in der Erde versinkt, mit den Füßen zuerst, Zentimeter für Zentimeter ... Eine Beerdigung, die Jahrhunderte dauert, wenn niemand auftaucht, der einen rechtzeitig herausreißt.

Mein Vater tauchte jedesmal auf, hereingetragen vom Luftzug der Tür Er entriß mich zuerst dem marmorierten Linoleum, knetete mich zärtlich, um mir Form und Wärme zurückzugeben, und wenn ich dann beruhigt oder eingeschlafen war, ging er und riß meine Mutter heraus ...

Aber jetzt ist mein Vater tot, und Rachel wird nicht wiederkommen.

In meinem Kopf ist ein grauenhaftes Durcheinander von Kettengliedern, die sich ständig aushaken und irgendwie wieder ineinander verhaken Ich will Rachel Ich will Rachel nie mehr, sie hat mich verbrannt bis auf die Knochen Ich will Cornélia, diesen armen Köter, der nun an der Kette liegt, wegen des Verbrechens verbotener Liebe Ich will Cornélia vergessen und mache feige einen Umweg, wenn ich zum Gemeindesaal gehe, um nicht mehr an diesem Tor vorbeizukommen, wo ich sie auf mich zustürzen höre, noch bevor sie mich sieht, mit diesem Rasseln ihrer Kette und schließlich diesem Ruck, der mich jedesmal mit ihr würgt Ich kann den Anblick Cornélias nicht mehr ertragen, wie sie dasteht auf ihren vom Warten steifen Pfoten, mit verächtlich erhobenem Kinn, den Blick schwer von im vorhinein enttäuschter Hoffnung, Inbild aufopfernder Liebe, die nie aufgibt ...

Ich will weggehen Ich bin unfähig wegzugehen Und wohin sollte ich auch gehen? Ich will sterben Ich habe Angst, mich umzubringen Ich will meinen Vater, aber der ist tot Ich will Enrique-meinen-Bruder, diesen Trottel, der in Nîmes die Nachtlokale abklappert ... Ich will Rosa, mit der wirklich zu reden ich nie den Mut gehabt habe, die einzige vielleicht, die irgendwie Ordnung in mein Chaos bringen könnte ... Hör zu, Rosa ... Ich bin im selben Moment gestorben, wie ich geboren bin ... Es war nicht ich, die man gewollt hatte ... Aber wer soll mich denn verstehen können, wenn ich mich selbst nicht verstehe! Also will ich irgend etwas Ich will Judith und die Babys, aber die sind jetzt fast schon Männer Ich will weg Weg von hier, wo es kalt ist Von diesem imaginären Ort, in den man mich einst eingesperrt hat Aber wer? Wer? Ich will, daß jemand kommt und mich festbindet, um mich daran zu hindern, mich mit den Nägeln zu zerfleischen Oder daß man mir endlich den Gnadenstoß gibt, ich bin schon so lange gestorben ... Aber wer ist denn eigentlich gestorben? Und woran? An Liebeskummer?

O nein, sagt eine gräßliche Stimme zu mir, die ich wiederzuerkennen meine Wo hab ich die bloß schon gehört O nein, es gibt gar keinen Liebeskummer, es gibt nur Kummer aus Haß ... Dann drehe ich mich um, und ich bin im Abgrund bei den Verdammten, das Blut von Gott weiß wem tropft langsam die Wände herunter Es wird trocknen, das weiß ich, es trocknet immer Und die Hölle, Papa? Oh, sagt mein Vater, die Hölle, das ist nichts für dein kleines Näschen ... Ja, aber jetzt hab ich einen so großen Rüssel wie er, oder fast Papa, Papa! Was hab ich dir getan ...

Und mir? fragt der Blick meiner Mutter, der plötzlich aufblitzt wie ein Eissplitter an der Wand Fragst du nicht, was du mir getan hast? Ich weiche zurück Mir graut vor ihr Geh weg! Geh weg! Ich weiß alles! Was kannst du denn schon wissen, sagt meine Mutter mit ihrem irren Lachen Ihre Gestalt wird deutlicher und hebt sich von der Mauer ab, mit diesen Locken von früher, die sich unmerklich im Licht drehen, als wollten sie sich noch enger einrollen Niemand hat es je erfahren, und du willst es wissen? Haha!... Ich hab dich gesehen, Mama, ich hab dich gesehen Wir sahen zu, wie der Leichenwagen der Maria vorbeifuhr, und du, du hast vor Erleichterung geweint: Der letzte Mund hatte sich geschlossen, ohne etwas zu sagen Sie würde nie mehr reden, und nie mehr würdest du Angst haben Diese jämmerliche Angst, mit der Polizei oder Richter beobachtet werden, wenn sie vorbeigehen, aber zum Glück immer weit genug weg ... Ich hab dich im Kino gesehen, du hast Bücher in die fliegenden Funken geworfen Und ich hab gesehen, wie dir die Schermaschine knapp über die Kopfhaut fuhr Deine schönen Haare, die sich eng einrollten im Licht ... Du hast Simone verraten, Papas Schwester-Freundin, die durch eine glückliche Fügung Jüdin war Und hinterher hast du Angst bekommen Du hast die ganze Zeit Angst gehabt. Nicht etwa davor, was Simone passieren würde, der dreckigen kleinen Jüdin, sondern natürlich vor dem, was dir passieren könnte, nachdem der Wind sich plötzlich gedreht hatte ... Und diese alte Hexe Maria, die vorbeikam und ohne ein Wort auf deine Tür spuckte ... Dabei wurde schon lange nicht mehr geschoren, und sogar die Maria hörte auf zu spucken, sie hatte es satt, aber du hast nie mehr aufgehört, Angst zu haben Deine Haare hätte ich dir manchmal ausreißen mögen, ohne zu wissen warum Deine schönen Haare, Mama, die du so sorgfältig pflegtest ... Simone hat bestimmt auch schöne Haare gehabt Man hat sie bei der Ankunft kahlgeschoren Berge von Haaren, Mama, erinnere dich, es wurden Decken daraus gemacht ... Und dann, Mama? Und dann? Was hat man mit all diesen Simones gemacht?... Ich hätte dich auch angespuckt – und nicht nur auf die Tür! Ich hab alles verstanden, ohne etwas zu wissen Du hast Simone verraten und auch Rosas Eltern Du hast sie alle verraten, mit deinem dreckigen kleinen Brief Und du hättest Raphaël und Judith und

Rachel verraten Vor allem Rachel, ich hab dich gesehen! Sie hättest du mehrmals verraten, wenn es nötig gewesen wäre ... Ah, du hättest dich noch ein bißchen gedulden müssen, bevor du stirbst, Mama, die guten Zeiten kommen nämlich wieder, sie sind schon wieder da!... Meine Mutter ist eingeschlossen in einen Panzer aus Eis, sie glitzert darin wie die Statuen der Prozessionen in Spanien – warum zum Teufel Spanien? Die haben wenigstens nicht ihre Juden deportiert ...

„Von wegen!“ prustet Enrique und schlägt sich auf die Schenkel „Dafür gab's einen guten Grund: Sie hatten schon seit Jahrhunderten keine mehr: alle vertrieben! Das war lange, bevor die anderen dann auf die Idee kamen, ‘Viva la muerte!’ zu brüllen ... Wie kann man bloß ‘Es lebe der Tod’ brüllen, Herrgott noch mal!“

Wie wär's, wenn wir das Thema wechseln würden? sagt Rosa Judith hat Geburtstag, wenn ich euch daran erinnern darf ... Herzlichen Glückwunsch, mein Schatz!

Ich stehe vor Rosa Ich verabschiede mich von ihr, bevor ich in meinen Zug steige Ihre Stirn ist tiefer denn je von waagrechten Falten durchzogen Ihr dunkler Blick lotet den meinen aus, beladen mit verschiedenen aufeinanderfolgenden Regungen: sanfte Mißbilligung, Fatalismus, Sorge, Trauer ...

„Kinderkram ist das alles“, hat Rosa gesagt. „Dummer Kinderkram ... Paß jedenfalls gut auf dich auf, große Gans!“

Mit dem Magen voll heruntergeschluckter Tränen umarme ich sie und bemühe mich dabei, die Fassung zu bewahren, indem ich mich auf meine Schnürsenkel konzentriere.

„Geh“, hat Rosa gesagt und mit ihren ausgestreckten Händen leicht meinen in Richtung Schuhe gesenkten Kopf berührt, als wäre es die Sabbatkerze. „Geh, wir sehen uns wieder, keine Sorge ...“

Aber wir haben uns nicht wiedergesehen.

Meine eigene Mutter ist gestorben, ohne mich als ihre Tochter wieder angenommen zu haben, und meine schöne, o so „schschöne Schschwiegermama“, wie Enrique sagte, wird mit der Zeit wohl vergessen haben, wie sehr wir uns geliebt hatten.

V

... Er möge uns allen verzeihen!

Rachel wird nicht mehr schreiben nicht mehr anrufen Rachel ist eine Fata Morgana, an der ich sehnsüchtig festhalte, um noch ein wenig zu hoffen Mach die Augen auf! sagte meine Mutter zu meinem Vater, und sieh den Tatsachen ins Gesicht ... Aber mein Vater sah mich an und lächelte halb schuldbewußt (für meine Mutter) und halb verschwörerisch (für mich).

Wieder einmal habe ich eine mehr oder weniger schlaflose Nacht verbracht Ich stoße meine Fensterläden auf, und im Ostwind, der baldigen Regen verspricht, öffne ich die Augen so weit, daß mir die Tränen kommen ... In der Dämmerung, wenn das Licht auf dem Zifferblatt der Uhr erloschen ist, sieht es aus, als habe das Auge des Wachtturms seinen Blick verloren Dann sehe ich Rachel mit gesenktem Blick mit dem Kinn auf der Geige mit wirbelndem Bogen im Scheinwerferlicht, das sie fern und streng erscheinen läßt, als gehöre sie nicht zu den gewöhnlichen Sterblichen ... Rachel, sehr aufrecht in ihrem Bühnenkleid mit der Stickerei über der Brust, von der Musik stehend davongetragen, als würde sie senkrecht über dem Boden schweben ... Auf ihrem Gesicht der Ausdruck ekstatischer Liebe – oder heimlicher Qual –, der mit dem Ende des Stückes und dem ausbrechenden Applaus übergehen wird in ein erstauntes und strahlendes Lächeln der Dankbarkeit Dasselbe wie nach der Liebe, wenn wir uns erschöpft zurückfallen ließen.

Aber es ist zu Ende. Ich muß lernen, durchzuhalten, ohne die leiseste Hoffnung auf ein Wunder Irgendein Ende abwarten, ob durch Versiegen oder Bruch Oder mich selbst an Ort und Stelle auflösen, indem ich immer weiter zu Staub zerfalle wie Erde, aus der sich das Wasser zurückzieht ... Es dauert lange. Und jeden Morgen wacht man auf und geht weiter, folgt dem langsamen Verstreichen der Stunden des Tages Man ißt man trinkt man antwortet, wenn man angesprochen wird Man macht seine Arbeit mit Sorgfalt aber ohne Schwung Man lebt ohne vernünftigen Grund, als fühle man sich bloß verpflichtet, das Angefangene zu Ende zu bringen ...

Man könnte sich umbringen Aber dazu braucht es einen kleinen Ruck Einen letzten Tropfen Säure Einen Glassplitter zwischen den Augen Irgend etwas, das einen zusammenschrecken ließe, das einen zwingt ... Aber meine Verzweiflung ist reglos, eine echte Pfütze grauen Wassers an einem windstillen Tag Das muß ich von meinem Vater geerbt haben, mit dem Unterschied, daß er mich als Entschuldigung hatte, ich dagegen noch nichts gefunden habe, was meine Apathie rechtfertigen würde.

Jeden Morgen lese ich die Zeitung, da ich ja Rachel nicht mehr habe, die sie mir in groben Zügen zusammenfaßt Mein Vater las sie auch Das fand ich doof, ich zerrte an seinem Pulli Hör auf, sagte mein Vater, du leierst ihn ganz aus, und dann werde ich geschimpft. Daraufhin gehe ich zum Angriff gegen die Zeitung über, ich will eine Seite haben, um ein Papierschiffchen zu machen Er gibt mir die Seite mit den Kreuzworträtseln Das Schiffchen ist mißlungen Und überhaupt, wozu ist ein Schiffchen gut, das nicht schwimmen kann Was bist du manchmal für eine Nervensäge, sagt mein Vater Laß mich noch fünf Minuten lesen, dann gehen wir spazieren ... He! Wirst du wohl das Buch loslassen! Weißt du noch, was ich dir gesagt habe? Bücher-zerreißt-man-nicht, ist das klar?

Mein Vater hatte vor dem geschriebenen Wort noch jenen grenzenlosen Respekt, den man ihm früher in der Grundschule entgegenbrachte, wenn der Lehrer einem mittels Linealschlägen auf die Finger die Anfangsgründe der Grammatik und des Rechnens eintrichterte   Heutzutage ist das geschriebene Wort allen scheißegal   Die Kinder lesen nicht mehr, sie sehen fern   Und wenn noch etwas geschrieben wird, dann irgendwelcher Quatsch auf die Wände   Polizei = SS! Diesmal, sagt Rosa sauer, geht ihr zu weit! Wißt ihr, was das ist, ein SS-Mann? Ein Scheißschwein, sagt Raphaël und hält schützend die Arme um seinen Kopf, yik yik yik! Hilf mir aufzustehen, sagt Rosa und packt ihr Gipsbein mit beiden Händen, ich gehe! Enrique, würdest du mich bitte nach Hause fahren ... Enrique wirft dem Erzengel vernichtende Blicke zu, während er die Autoschlüssel sucht   Du weißt doch, wie er ist, sagt Judith zu Rosa, warum gehst du denn so hoch? Ich geh nicht hoch, ich will im Gegenteil runter ... Ich bin eurer Rrrevolution müde, ihr seid süß, aber ich bin aus dem Alter raus, und dieses Bein ist mir lästig   Ich fühle, sagt Rachel, daß ich eines schönen Morgens auch aus irgendeinem Alter raussein werde   Ich habe diesen Trubel und diese kleinen linken Späßchen satt   Stalinistin, du! sagt Raphaël unter gespielten Tränen, darf man denn keine Witze mehr machen? Mama! Sie will die ganze Welt gleichschalten, yik yik yik, Hilfe!

Ich lese die Zeitung jeden Morgen, aber es ist nichts zu machen, ich steige aus, ich schaffe es nicht, an einem flachen, trockene Informationen vermittelnden Artikel dranzubleiben   Arbeitslosigkeit   Entlassungen   Umstrukturierungen   Skandale   AIDS   Gangster-Politiker ... Die Scheiße ist am Überlaufen! brüllte früher Raphaël, Achtung, Achtung!...

Schließlich gebe ich auf   Komm, hätte mein Vater gesagt, laß uns lieber spazierenfahren   Er hätte sein altes Fahrrad auf die Fähre geladen   Hätte staunend das blaue Meer unter dem blauen Himmel angesehen   Er hätte schützend seine Hand über die Augen gehalten, um vom Meer aus die Küste zu betrachten, die wir gerade hinter uns gelassen haben   Na, sag mal, sieht doch ziemlich nobel aus, das Kaff ... Diese schönen Hochhäuser, das ist doch kein sozialer Wohnungsbau?... Trotzdem versperren sie ein bißchen die Aussicht Was müssen die auch die Küste mit Beton verbauen!... Letztendlich hätte es meinem Vater doch nicht gefallen, er hätte seine Klippen lieber ganz nackt gehabt im Wind, der durch das hohe Gras fährt Dann hätten wir angelegt, mein Vater immer noch mit seinem nutzlosen – unzeitgemäßen! – Fahrrad, und hätten uns in die Betrachtung einer echten großen Jacht wie aus dem Kino versenkt, mit schmucken Kupferbeschlägen und polierter Reling, so blitzblank wie der Holzboden der Brücke, auf der ein festlich gedeckter Tisch steht Mit Reihen von Kristallgläsern und Blumensträußen, wie man sie sonst nur auf Beerdigungen berühmter Leute sieht, wenn überhaupt Die Gäste werden weiß gekleidet sein, in Seide und mit Fingerringen Einer wird zum Spaß eine Admiralsmütze aufsetzen hoch über dem Smoking Champagner und Kaviar mit der Schöpfkelle, warum nicht ... Wieviel wohl dieses heulende Schnellboot wert ist, das da in voller Fahrt ankommt, um dann hupend scharf zu bremsen Hello, die Sonne scheint scheint scheint! Ein idiotisches altmodisches Ding, die Reichen sind genauso bescheuert wie alle anderen, und sie haben noch nicht mal die Entschuldigung, mit Fußtritten in den Hintern großgeworden zu sein! Das Schnellboot kotzt einen ganzen Karnevalszug halbnackter Tussis aus, mit Klunkern behängt wie Weihnachtsbäume ... Wie viele unterentwickelte Länder könnte man von dem ernähren, was hier in drei Monaten ausgegeben wird, aus reiner Protzerei? Wie viele Geldtransporter haben sie wohl mit Panzerfäusten in die Luft gesprengt, wie viele Transportbegleiter, die für einen Hungerlohn arbeiten, haben sie abgeknallt, wie viele Tonnen Heroin quer über die Welt verteilt, um zu dieser internationalen Crème de la crème zu werden?

Und zur gleichen Zeit tanzen vierjährige Waisen, Kinder von AIDS-Toten und selbst AIDS-krank, im Busch ihren eigenen

Totentanz, weil man doch schließlich ebensogut tanzend auf das Ende warten kann ...

Und wir ... Wir, die wir die Welt verändern wollten, weißt du noch ... Wir waren von so ungeheuerlichen Lügen geblendet worden, daß man gar nicht damit fertig wird, es zu fassen!

Meine Mutter weinte über all diesen Büchern, die sich gegenseitig bestätigten, und las noch ein paar dazu, um ganz sicherzugehen. Sie lebte in einem Dauerzustand von Entsetzen oder Reue oder beidem zusammen Oder aber sie weinte, um ihr Gewissen zu erleichtern Und ich sitze vor meinem Fernsehbildschirm und sehe falsche Prozesse falsche Urteile Ein echter Folterer, der abgeknallt wird wie ein Hund, was eine Beleidigung für die Hundewelt ist, und eine verrückte Frau, so offensichtlich verrückt, daß ihrer Ermordung zuzusehen, selbst wenn es keine Live-Übertragung ist, mich zur Komplizin einer feigen Tat macht. Man hat mir falsche Märtyrer falsche Massengräber gezeigt, und ich habe daran geglaubt Meine Gutgläubigkeit ist grenzenlos Mit wieviel Weisheit oder Scharfblick müßte ich mich wappnen, um urteilen zu können? Das hätte ich meiner Mutter sagen sollen, vielleicht Aber dazu ist es zu spät sie ist tot.

Tooooot! brüllte Enrique über die Schieferdächer Franco ist tot! Dieser alte vergammelte Fleischklumpen ist endlich doch noch abgekratzt!... Viva España! Viva España! Viva Espaaaaaña!

„Das ist unpassend", sagte Raphaël und nahm ihm die Flasche ab „Man trinkt auf das Wohl von jemandem, nicht auf seinen Tod, ist doch wahr ... Komm, hör auf! Judith wird dich wieder zusammenscheißen ..."

Aber Enrique fuhr fort, sein Siegesgeheul in alle Winde zu verbreiten, mit zurückgebogenem Oberkörper, angewinkelten Ellenbogen, Kinn und Fäuste in die Luft gereckt Viva! Viva! Viva Espaaaaaña!

Madame Marey, die gerade mit der Quittung für die Miete vorbeikam, stand ganz steif im Türrahmen:

„Beachten Sie ihn nicht, Mamita", sagte Raphaël zu ihr „Nur ein durchgeknallter Spanier ... Darf ich Ihnen als Ehrenmann den Arm reichen, um Sie zu diesem Ohrensessel zu führen?"

Madame Marey, mit ihrer mißglückten Dauerwelle über den falschen, halbkreisförmigen Augenbrauen, Typ „Unschuld vom Lande", lächelte ihm mit all ihren bloßliegenden Zahnhälsen zu. Raphaël war ihr kleiner Liebling Man hatte das Gefühl, daß sie ständig in Versuchung war, ihn in den Arm zu nehmen und zu wiegen. Raphaël setzte sie feierlich in den Sessel vor der Palme Mamita, Sie sind die Beste und die Schönste Sie trinken doch ein Schlückchen mit uns, bevor dieser Säufer alles runterkippt ...

„Franco ist tot!" sagte Enrique ihr ins Gesicht und überließ Raphaël widerstrebend die Flasche.

„Er ist Spanier", vertraute Raphaël ihr an.

„Franco? Oh, das wußte ich ..."

„Nein", sagte Raphaël, „doch nicht Franco, Enrique ... Und Republikaner, verstehen Sie?"

„Stop!" sagte Madame Marey, von der Alkoholmenge in ihrem Glas beunruhigt. „Ich muß doch die Treppen wieder runter ..."

„Keine Sorge", sagte Raphaël und warf sich in die Brust, „wenn's sein muß, werde ich Sie tragen!"

„Er ist ja so nett, dieser Junge", sagte Madame Marey zu Enrique. „Also, auf das Wohl der künftigen Spanischen Republik, olé!"

Madame Marey, die schon so viel gesehen hatte in ihrem Hundeleben, war grenzenlos nachsichtig gegenüber Enrique, den sie den „Kastagnettentänzer" nannte. Und sie hatte ein sicheres Gespür dafür, immer in den Momenten aufzutauchen, in denen Fieber oder Wahnsinn ausbrachen, wie etwa siebenundsiebzig, als die „Union der Linken" von der kommunistischen Partei torpediert wurde ... Jedenfalls wurde sie stets gut unterhalten, und sie verlangte nach mehr. An diesem Tag hatte Enrique eine von ihm aus gegebenem Anlaß revidierte Internationale über die Schieferdächer hinausgesungen:

Wacht aaauf, Verdammte dieser Eeerde
Die stets man noch zum Hungern zwingt!
Der Schwachsinn wie Glut im Kraterheeerde
Nun mit Macht zum Durchbruch dringt.
Reinen Tisch macht mit der Unioo-on!
Heer der Sklaven, wache auf!
Die Liiinie ist ein einz'ger Ho-ohn
All ihr Nichtse, strömt zuhauf!

Völker, hööört die Signaaale!
Ach, wie iiist es mir schleeecht!
Die Internationaa-ale ist selber nun ein Knecht!
Völker, hööört die Signaaale!
Ach, wie iiist es mir schleeecht!
Die Internationaa-ale scheißt auf das Menschenrecht!

„Okay", gab Enrique zu „Okay, ich hab mich vollaufen lassen. Ich konnte mir schließlich keine Kugel in den Kopf jagen, oder? Also hab ich mich vollaufen lassen."

„Und", fragte Judith und ließ die Schultern heruntersacken, statt sie hochzuziehen, „tröstet dich das?"

„Es re-la-ti-viert", hatte Enrique verkündet und seinen Jackenkragen hochgeschlagen, bevor er hinausging. „Scheiße!"

Und dann hat er seinen Rausch vollendet, erzählte mir Judith. Es ist unglaublich ... Dieser Typ kann weder ganz glücklich noch ganz unglücklich sein, ohne zur Flasche zu greifen!

Oje oje, sagte Judith damals am Telephon zu mir, zur Zeit der Pseudo-Massengräber, an die alle Welt geglaubt hatte Oje oje, du hättest ihn hören sollen! Er brüllte ununterbrochen herum Auf-das-neue-Jahr-die-Gesundheit-und-die-falschen-Massengräber, Genooossen!... Er macht mich noch wahnsinnig!... Manchmal, es ist traurig aber wahr, bin ich froh, wenn er nicht da ist. Sowie er sich vor einen Beweis gestellt sieht, der ... wie soll ich sagen? der unwiderlegbar ist ... dann, zack, hakt es bei ihm aus! Dieser Typ lebt anscheinend von der Illusion, und die Wirklichkeit wirft ihn aus der Bahn ... Jedenfalls hab ich die Schnauze voll, und das ist auch unwiderlegbar! Ich dachte, er hätte sich geändert, aber denkste! Drum werd ich mir die Jungs schnappen und woanders hinziehen!

Diese Drohung stieß Judith in regelmäßigen Abständen aus, und eines Tages hatte der sechsjährige Jérémie ernst geantwortet:

„Und wenn die Jungs nicht wollen?“

Als wäre sie gegen eine Tür gerannt, hatte Judith damals aufgehört, im Zimmer auf und ab zu laufen. Ich sah, wie sie blaß wurde und zu atmen vergaß Aber schon lächelte sie das Kind an, wie sie in der Schule über einen guten Witz gelächelt hatte, ihre Schultern sackten herunter und sie verschluckte ihre Augen:

„Aber das ist doch nur Spaß, mein Häschen ... Ich liiiiebe deinen Papa!“

Aber mein Gatte macht mich wahnsinnig, flüsterte sie mir sofort darauf ins Ohr, willst du ihn mir nicht ein bißchen abnehmen? Nur ein ganz kleines bißchen, sei nicht gemein ... David, Jérémie, hopp, es ist Zeit für eure Dusche! Und versucht, das Bad nicht unter Wasser zu setzen!

David und Jérémie ... Ich hatte mir gar nichts dabei gedacht, sagte Enrique Aber jetzt kommt es mir bekannt vor ... Das ist ja nicht zu glauben, hast du das mit Absicht gemacht? Wie hätte ich das wohl aus Versehen machen können, hm? fragte Judith, die mit der Zunge zwischen den Zähnen am frischen Baby das

Wickeln wieder lernte Also echt, das ist doch unglaublich ... Ich bin schon wieder aus der Übung ...

Nicht, daß ich abergläubisch wäre, sagte Enrique zu mir, aber trotzdem ... Eine komische Idee, findest du nicht?

Nein, fand ich nicht. Ich konnte Judith und ihre Besessenheit von Fortdauer und Neubeginn verstehen ... Je mehr Kinder man uns tötet, sagte sie, desto mehr werden wir zur Welt bringen, wir jüdischen Mammes. Verstehst du?... Herrgott noch mal, warum hast du bloß keinen echten Bruder gehabt anstelle von Enrique, diesem Trottel, den ich noch nicht mal fertigbringe zu verlassen!

Oje oje, sagt Judith, was machen die nur! Ich stürze mit ihr ins Bad, aus dem ein besorgniserregender Radau dringt.

David, der mit dem Duschvorhang Tarzan gespielt hatte, um seinen kleinen Bruder zu beeindrucken, hat gerade die aus der Wand gerissene Vorhangstange auf den Kopf bekommen. Alles schwimmt im Wasser: der Vorhang, die Stange, die übereinandergepurzelten Bälger, alles in einem schönen Kuddelmuddel ...

Schon ewig sag ich zu Enrique, er soll sie reparieren! kreischt Judith, während sie die Hidalgos befreit, er wird mir noch meine Kinder umbringen!

„Aber du siehst doch, daß wir nicht umgebracht sind“, sagt Jérémie, den ich gerade herausgezogen habe, während er seine Unterhose anzieht „Warum schreist du denn? Jetzt muß Papa sie reparieren ...“

„Unwiderlegbar!“ sagt Judith, mit einem Schlag beruhigt.

Unwiderlegbar, sagte mein Vater und legte eine Hand flach auf das Buch Das sind unwiderlegbare Beweise, Mama.

Meine Mutter sagte nichts. Sie hatte das Buch gerade zugeklappt, so vorsichtig, als könne sein Inhalt bei der leisesten Erschütterung explodieren.

„Aber jetzt ist es vorbei“, sagte mein Vater, der das Schweigen meiner Mutter schon immer gefürchtet hat „Meiner Meinung nach solltest du jetzt eher Romane lesen ...“ Aber meine Mutter nahm ihre Lektüre wieder auf, als suche sie nach einem Indiz, und sei es noch so geringfügig, das geeignet wäre, diese Wahrheit zweifelhaft oder ungewiß zu machen – das hätte sie, wie ich wohl sah, sehr erleichtert oder entlastet.

Denn wenn meine Mutter sie nicht gerade wütend leugnete, dann nagte die Wahrheit an ihr, als wäre sie allein dafür verantwortlich ... Sechs Millionen!

Auf den Schultern meiner Mutter lasteten sechs Millionen Tote. Warum gerade sie? Das war doch wirklich irgendwie ungerecht – aber andererseits, warum nicht sie? Warum immer die anderen? Wie hätte sie reagiert, wenn man ihr damit gekommen wäre, daß das Ganze vielleicht nur „Schwindel“ war? Wenn gebildete Männer – jedenfalls gebildeter als sie – mit Krawatten bis obenhin, anständig bis zu den Schnürsenkeln, ihr erzählt hätten Aber liebe gnädige Frau, das Ganze war doch eine einzige Übertreibung!... Haben Sie vielleicht Gaskammern gesehen? Na also!...

„Sie waren so anständig ...“ seufzten die Leute aus unserem Viertel noch manchmal und meinten damit die ehemaligen Besatzer Und darum behielten sie eine furchtsame Ratlosigkeit zurück, die Spur eines uneingestandenen Zweifels ... Allein die Maria war kategorisch, und wenn sie so etwas hörte, spuckte sie angeekelt in ihren Kies, pttu! Wie früher zehn Zentimeter vor die Stiefel ... Verrückt war sie, die Maria. Komplett verrückt.

Ich habe die Fensterläden geöffnet, der Himmel war tiefblau, und von Horizont zu Horizont zogen sich orange leuchtende Wolkenbänke Ein Postkartenhimmel, der starken Wind ankündigte. Um so besser: Der Wind erhebe sich und trage alle stinkenden Ausdünstungen mit sich fort Den Abwassergestank der Gossen meiner Kindheit, auf denen die Bälger Papierschiffchen Hosenknöpfe Holzstücke schwimmen ließen Den Geruch der Haare meiner Mutter, wenn sie sie endlos bürstete unter dem blauen elektrischen Blick von Animus, den es vom Zusehen in den Pfoten juckte Warum hatte dieser Kater blaue Augen, frage ich mich Den stickigen Dampf aus dem Waschtrog der Maria, in dem sie sich, stoisch wie die Frauen bei uns waren, die Fingerknöchel verbrühte Die Frauen meines Viertels waren Lasttiere, immer am Herumschleppen von Wassereimern Kohleneimern Wäschekübeln Einkaufstaschen brüllenden Kindern ... Nein, Mama, so ein Leben will ich auf keinen Fall!

„Für wen hältst du dich eigentlich?“ schimpfte meine Mutter mit plötzlich blitzendem Blick. „Spül deine Schüssel und geh die Erbsen auspulen!“ Auch mit Rachel pule ich Erbsen aus Sie läßt sie überall herumspringen gegen die Spiegel in die Grünpflanzen Mit Rachel haben die alltäglichen Dinge nicht diesen niederdrückenden „Ernst“, der das Leben in eine permanente Strafe verwandelt ...

Rachel!

„Ach, weißt du“, sagt Enrique am Telephon zu mir, „seit du weg bist, hat sie nur folgenlose Abenteuer gehabt Sie nimmt sich eine, zwei, zehn, und nach Gebrauch wirft sie sie weg ... So was hab selbst ich noch nie gemacht! Judith hätte mir allerdings auch die Gurgel durchgeschnitten. Jedenfalls zerfleischt sie sich irgendwie innerlich ...“

„Hör auf, du bringst mich noch zum Heulen!“

„Dann heul doch“, sagte Enrique mit gereizter Stimme „Ich wüßte nämlich auch nicht, wie man über so viel Blödheit lachen könnte!“

„Sie hat es sich ausgesucht. Ich nehme an, daß sie es so will.“

„Okay“, hat Enrique gesagt „Schließlich ist es ja nicht meine Sache, und wenn es dir so in den Kram paßt ... Ihr Quartett jedenfalls, das ist wirklich was, das kann ich dir sagen! Ich war auf einem Konzert, und das hat sich echt gelohnt ... Sie sind zum nächsten Festival nach Evian eingeladen ... Wenn du sie spielen hören könntest, unsere Rachel, jetzt wo sie seriös geworden ist, es würde dich umhauen!... Sie hat mich nach dir gefragt."

Schweigen.

Also meiner Meinung nach, brummte Enrique, bräuchtest du ihr nur ein Zeichen zu geben. Ich hab den Eindruck, daß sie auf dich wartet ...

„Mit 'nem Mädchen in jedem Hafen, ja!"

„Ach komm, da kenn ich noch einen", sagte Enrique. „Auch wenn es keine Häfen sind, mach doch deswegen nicht so ein Theater! Was beweist das denn schon, hm? Ach, geh doch zum Teufel ... Bis bald, wenn du mal bessere Laune hast!"

„He, warte! Und Raphaël?"

„Ach, der Erzengel! Ich glaube, der ist gerade bei Dreharbeiten in Madagaskar, zu *Hafen im Nebel* ..."

„Was erzählst du denn da!"

„Doch doch, ich schwör's dir, irgend so was in der Art, was völlig Abgedrehtes ... Im übrigen hab ich kürzlich mal zwischen zwei Auftritten ein paar Tage frei gehabt. Und da bin ich, so wie ich nicht vor dir stehe, auf einen Sprung nach Le Havre gefahren, um die Schnuten der Hidalgos zu sehen. Sie schicken dir einen Kuß. Rosa auch Sie ist frisch wie eine junge Rose ... Apropos Rosen, weißt du was? Ich heirate wieder."

„Wen?"

„Eine Frau, stell dich nicht so dumm. Sie heißt Judith."

„Schon wieder! Und ... Ihr heiratet noch mal? Ihr seid verrückt, das ist ja nicht zu glauben ..."

„Hüte deine Zunge", sagte Enrique, „sonst wirst du nicht zur Hochzeit Nummer zwei eingeladen! Kommst du?"

„Ich weiß nicht ... Was sagen denn die Hidalgos dazu?"

„Sie schlagen sich auf die Schenkel. Eine zynische Generation ist das."

„Und Rosa, was sagt die?"

„Was für eine Frage! Sie lädt uns wieder mal ihren bevorstehenden Tod auf den Buckel ... Dabei wird es, selbst wenn sie neunzig ist, noch eine sportliche Leistung sein, sie totzukriegen!... Also, was ist, kommst du oder nicht?"

„Hör zu ... Ich muß darüber nachdenken ... Ich ... Ist dir klar, was du da von mir verlangst?"

Ich kann Enriques Pausen nicht leiden, vor allem, wenn ich ihn nicht sehen kann: Ich habe dann immer das Gefühl, ein leises Zischen beim Atemholen zu hören, ein schmerzliches Schlucken wie früher, wenn ich sah, wie sich seine Augenlider weiteten, um die demütigenden Tränen zurückzuhalten   Ein Mann weint nicht, Enrique!... Armer Enrique, den ich dann mit meinen sarkastischen Bemerkungen quälte:

„Jetzt wein doch, Dummkopf! Du hältst es doch kaum mehr aus ... Soll ich an deiner Stelle weinen?"

Und wieder einmal endete es in einer Rauferei   Oder in einem Boxkampf gegen die Wand, mitsamt der anschließenden Verarztung durch meine Mutter.

„Enrique?"

„Du willst also nicht kommen?"

„Ich weiß nicht ... Weißt du noch, wie du früher nicht weinen wolltest?"

„Warum fragst du das?"

„Weil es mir gerade genau so geht, Alter. Ich hab die Schnauze voll von diesem Dickicht von Dummheiten, in dem ich gefangen bin   Ich hab die Schnauze voll von allem und von mir selber ..."

„Soll ich an deiner Stelle weinen?"

„Mistkerl. Du hast es nicht vergessen, was?"

„Chérie-meine-Schwester, ich vergesse nie irgendwas, und vor allem nicht, daß wir uns auf Leben und Tod lieben. Du wirst schon sehen, daß sich alles wieder einrenkt, mit etwas gutem Willen ... Jedenfalls erwarten wir dich."

„Ich denke darüber nach. Und schöne Verlobungszeit!“

„Jawoll! Ich bin glücklich wie der König der Deppen persönlich!... Ich bitte dich, versetz mich nicht!“

Schließlich bin ich doch nicht hingegangen. Ich habe es nicht fertiggebracht.

Übrigens haben sich Enrique und Judith acht Monate später wieder getrennt: Die Hidalgos hatten dann die Schnauze voll und drohten damit, ein für allemal zu Rosa zu ziehen, wo man wenigstens in Ruhe frühstücken könnte ...

An eben diesem Tag hatte es über den Maures und dem Esterel geschneit Die weißen Bergkuppen ringsherum waren plötzlich fern, fremd Und in die Ebene fiel Schnee, der schon am Schmelzen war – eine Mischung aus eisigem Wasser und gewichtslosen Flocken, die sich, kaum auf der Erde angelangt, in Nichts auflösten wie eine Fata Morgana.

Schön ist er, der Schnee. Der echte. Aber er macht mir angst. Vor allem wenn diese besondere Helligkeit des Schnees sich in den Augen meiner Mutter widerspiegelt, die so groß und starr sind, daß sie gar keinen Blick mehr haben ...

„Den Namen dieser Frau. Ihren Namen!“

„Pech, Mama: Sie ist Jüdin.“

Zwischen ihr und mir war es dann, als täte sich ein Spalt im Boden auf: Meine Mutter, ganz allein an ihrem Ufer, bewegte sich nicht mehr Und ich sah zu, wie sich der Abgrund weiter öffnete. „Pech“: Warum hatte ich ihr dieses Wort an den Kopf geworfen Animus war gerade erst gestorben, gut möglich, daß er vergiftet worden war, meine Mutter hatte nicht gewollt, daß wir ihn im Garten begruben, sie hatte ihn in den Müll gesteckt Warum dieses Wort und kein anderes, unter all den möglichen Geschossen?

Meine Mutter hat auf merkwürdige Weise darauf reagiert:

„Das hast du mit Absicht gemacht, das gibt's doch nicht!"

Sie schrie noch nicht einmal, ihre Augen sahen plötzlich aus, als wären sie in Eis gefangen – ein weißliches Eis – und durch einen entsetzlichen Lupeneffekt vergrößert Starr auf Vernichtung ausgerichtete Augen Die Augen eines Monsters.

Ich weiß gar nicht mehr, was wir zueinander gesagt haben, es war eine verbale Steinigung, die Wörter hatten nicht mehr den geringsten Sinn Ich registrierte nur, wie sie einschlugen, und ich sah, wie Schmerzensblitze zwischen uns hin- und herzuckten ...

Dann ist mein Vater hereingekommen, blasser als das totenblasse Licht dieses Tages, fassungslos, als entdecke er ein Blutbad.

Ich habe keine Tochter mehr, hat meine Mutter zu ihm gesagt. Hörst du? Und zu mir einfach nur: Raus!

Das geht schon vorbei, sagte Rosa, bei Müttern geht es immer wieder vorbei ... Da konnte man sehen, daß sie meine nicht kannte.

Sehr viel später habe ich meine Mutter wiedergesehen Sie hatte meinem Vater wohl versprochen, daß sie nichts sagen würde, und tatsächlich hat sie nichts gesagt Sie hat mir eine Wange hingehalten, so steif, als habe sie Angst, gebissen zu werden, hat ihre Lippen ins Leere schmatzen lassen und ist dann sofort zurückgeschreckt, außer Reichweite, zu ihren neuen Kochtöpfen, mit denen sie wieder herumzuklappern begann.

An ihren automatenhaften Bewegungen konnte man erahnen, daß in ihr ein erbitterter Kampf tobte, den sie sich nicht anmerken lassen wollte. Was ich dennoch von diesem Kampf erahnen konnte, waren nur seine schwachen Ausläufer an der Oberfläche: Der Kältekern war mitten in ihr und verzehrte ihre Eingeweide.

Dabei war es meinem Vater mit kleinen Tricks und unendlicher Geduld immerhin gelungen, ihr zwar keine Billigung, aber doch eine Art Zugeständnis an das Offensichtliche abzuringen: Rachel und ich liebten uns, es nützte nichts, es zu leugnen Zumal du ja weißt, Mama, daß das bei Künstlern sehr häufig vorkommt ... Und letztlich, ob du nun einen Schwiegersohn oder eine Schwiegertochter hast, was ändert das schon!

„Und die Nachbarn!" bäumte sich meine Mutter noch einmal auf.

„Aber seit wann kümmerst du dich denn um die Nachbarn!" sagte mein Vater und hob die Arme zur Decke. „Und außerdem, was sollen die Nachbarn denn schon sagen, wenn sie sehen, daß eine alte Freundin von Josèphe, die sie schon dutzendemal gesehen haben, zu uns kommt!... Was du dir da zusammenphantasierst!"

Allerletzten Endes hätte er vielleicht gewonnen, aber da ist er unerwartet gestorben.

Ich habe für meine Mutter getan, was ich konnte, und das heißt: nicht viel. Mit zusammengekrampftem Herzen ging ich sie besuchen, in dieser mineralischen Einsamkeit, in der sie starrsinnig verharrte, zwischen ihren Büchern und Flaschen. Sie war steif und beherrscht Sie machte fast nichts mehr kaputt, das war das Allerbeunruhigendste Ich machte ein paar Besorgungen für sie Ich stellte meine Einkäufe ab Ich trank den Kaffee, den sie mir zitternd eingoß Mama, warst du noch einmal beim Arzt? Sie nickte.

„Was hat er gesagt?"

„Immer dasselbe."

„Weißt du, du kannst uns jederzeit besuchen kommen ... Nächsten Donnerstag zum Beispiel?"

Ich weiß ich weiß, sagte meine Mutter, mit diesem Ausdruck, der sagte „Behandle mich nicht wie eine Schwachsinnige"... Und mit derselben Förmlichkeit, mit der sie einer überaus höflichen Fremden geantwortet hätte: Ich danke dir.

„Rachel würde sich freuen."

Keine Antwort. Und sofort korrigiere ich mich:

„Sie ist einverstanden."

„Sag ihr danke von mir", sagte meine Mutter zurückhaltend.

Aber nie hat sie hinzugefügt Du kannst ihr sagen, sie kann dich begleiten, wenn du mich besuchst, nichts dergleichen. Und wenn sie beim Einkaufen zufällig durch unsere Straße kam, sagte sie später zu mir Ich bin neulich an deinem Haus vorbeigelaufen ...

„Warum bist du denn nicht hochgekommen?!"

Nie kam darauf eine Antwort.

Aber einmal ist sie doch unerwartet zu mir heraufgekommen, nur um sofort irgendeinen hanebüchenen Streit vom Zaun zu brechen, wegen meines ungemachten Bettes. Da ich auf alles, nur nicht darauf gefaßt war, habe ich es nicht ernstgenommen und mit den Schultern gezuckt. Das war ein Fehler:

„Um vier Uhr nachmittags!" zeterte meine Mutter „Hab ich dich vielleicht so erzogen?"

Verblüfft beobachtete ich, wie sich ihr Gesicht verwandelte – sie würde doch wohl wegen eines Bettes kein Drama machen –, wie es zuckte und von ihrem mörderischen Blick auf Zielscheibensuche durchlöchert schien wie mit dem Schneidbrenner, wie an ihren schlechtesten Tagen. Im Flug fing ich einige Wörter auf, die aus dem zeternden Schwall stoben Unanständigkeit Exhibitionismus und Gott weiß was noch für Absurditäten ...

In dem Moment kam Rachel zurück, mit einer Pappschachtel voll Petits fours, die sie extra aus der Konditorei geholt hatte, weil meine Mutter ganz verrückt danach war ... Du solltest dich schämen! schimpfte meine Mutter in die Runde, während Rachel, die Schachtel balancierend, gerade noch rechtzeitig zur Seite ging, um sie ins Wohnzimmer durchzulassen, wo sie ihre Tasche holte.

„Ich gehe!“ hat meine Mutter in beleidigtem Ton gesagt.

„Na gut ...“, sagte Rachel ruhig, nachdem sie die Schachtel abgestellt hatte. Und während sie meine Mutter an den Schultern nahm, um sie zu einem Sessel zu führen:

„Schwiegermama, beruhigen Sie sich, und lassen Sie uns friedlich miteinander reden ...“

„Du, faß mich nicht an!“ hat meine Mutter gesagt und ihren Gletscherblick starr auf Rachel gerichtet.

„Warum?“ fragte Rachel plötzlich erbleichend. „Rieche ich schlecht? Hab ich Krallen an den Fingern?“

Und dann hielt sie ihr ihre schönen Musikerinnenhände unter die Nase Hände, die nach zärtlicher Berührung und Küssen verlangten Ich habe gesehen, wie meine Mutter ihrerseits bleiche Flecken bekam, und mir brannte eine heftige Übelkeit im Magen. Meine Mutter hatte sich ohne ein Wort gesetzt. Ihre Augen waren klar wie das Wasser eines Bergbaches. Ihre Hände schwitzten auf dem Holz der Armlehnen. Sie gab kein Wort mehr von sich.

„Entschuldigen Sie“, hat Rachel gesagt, als sie ihre Hände zurückzog, „ich hab Sie etwas überfallen, es tut mir leid. Dabei hat man mir durchaus beigebracht, anderen Menschen mit Achtung zu begegnen, aber manchmal vergesse ich es ... Und wissen Sie auch, warum ich es manchmal vergesse?“

„Ich muß gehen“, sagte meine Mutter mit tonloser Stimme. „Ich weiß nicht, was ich hier zu suchen habe ...“

„Ich bitte Sie“, sagte Rachel, und ich fühlte, daß sie den Tränen nahe war „Ich bitte Sie, hören Sie mir zu ...“

„Ich bin schon viel zu spät dran“, sagte meine Mutter mit ihrem irren Lächeln „Ich muß gehen, ich bin spät dran ...“

Sie lachte beinahe. Sie flößte mir Angst ein. Ich war erleichtert, als Rachel das Zimmer verlassen hatte. Ich muß gehen, wiederholte meine Mutter Gibst du mir keinen Kuß?

Das war der einzige Besuch, den sie uns je abstattete. Ich denke, sie war betrunken Oder aber in ihrem Kopf war etwas ausgehakt, und auf ihre Art suchte sie Hilfe ...

Es ist meine Schuld, schluchzte Rachel Warum bin ich nur zornig geworden ... Ich hätte sie dich ohrfeigen lassen sollen, was hätte das schon gemacht, ich hätte ...

Ich glaube allerdings, daß nichts zu machen war: Wenn es ein Heilmittel gegeben hätte, mein Vater hätte es bestimmt gefunden. Aber was für ein Heilmittel könnte es geben gegen das Schweigen Gegen das, was im Schweigen meiner Mutter lag und darin eingemauert geblieben ist ...

Und während ich Rachel in ihrem untröstlichen Schmerz an mein Herz drückte und wiegte, war es, als würde in meinem Kopf etwas aufreißen Ein unerträglich helles Loch Aber ich war doch noch so klein, habe ich das nicht vielleicht erfunden? Aber nein Ich höre noch die Stimme meiner Mutter, die schrie, als würde sie Gott lästern „Ich – gezeichnet Anonym ...“ Ihre Augen waren gläserne Murmeln, und vor dem Spiegel schlug sie sich ganz sachte gegen die Brust.

Diese Szene steigt in mir auf – oder erfinde ich sie? –, als wäre ich mit einem Bewußtseinsgrad dabeigewesen, den ich noch gar nicht haben konnte: Ich war winzig, meine Nase reichte gerade bis zur Tischkante, ich war zwei, vielleicht drei Jahre alt ...

Ich habe zwar ein erbarmungsloses Gedächtnis – ein photographisches, mit einem Zielsuchkopf und einem Teleobjektiv mit Zoom, sagt Enrique, dieser Trottel –, das in der Lage ist, die Vergangenheit in Lichtgeschwindigkeit zu durchforsten, um mir jede Einzelheit in ihrem unvergänglichen Grauen wiederherzustellen ... Aber mag sein, daß ich verrückt bin, und vielleicht habe ich alles erfunden: die Wandlungen meiner Mutter und das Schweigen der Maria Die unerbittlichen Zähne der Hubbrücke, die plötzlich auf mich zielen wie auf eine Beute Rachel inmitten all dieser Frauen, die Wellen des Verlangens ausstrahlen Bis hin zu Rosas schimpfender Stimme, die von ihren Samtaugen Lügen gestraft wird ... Vielleicht habe ich nichts verstanden von der Welt und habe sie nur mit Röntgenaugen durchleuchtet, ohne zu wissen, wie man diese Bilder interpretiert ...

Die Männer sind sowieso verrückt, sagte mein Vater zu mir Und wenn es ein Gott ist, der sie gemacht hat, tja, dann muß er wohl an dem Tag zu tief ins Glas geschaut haben!... Siehst du diese Hochspannungsleitungen? Mit den Männern ist es genauso: Kaum gewittert es ein bißchen in der Umgebung, fangen sie schon an zu knistern wie ein Stück Butter, das in der Pfanne brutzelt!... Erinnerst du dich an den Cousin Marcel? Doch, natürlich: der, der in Paris Flic war? Also, der hat mir eine Geschichte erzählt, die ich gar nicht glauben wollte: 1961, im Oktober – ein saublöder Monat, hab ich schon immer gesagt –, da hat der Polizeipräfekt, der sich, nebenbei gesagt, schon während der Besatzung einige Schweinereien geleistet hatte, den Befehl gegeben, Demonstranten, die gar nichts getan hatten, zu töten – jawohl, sie zu töten. Es waren moslemische Franzosen, wie man sagte. Sie protestierten gegen eine Ausgangssperre – um zwanzig Uhr dreißig hieß es für die Andersfarbigen: ab in die Falle! Verboten, danach noch auf der Straße zu sein Ach, Sie sind Nachtwächter? Interessiert mich nicht!... Also demonstrieren sie. Völlig friedlich. Sie haben Frauen und Mädchen dabei. Und mit einemmal gehen die Flics zum Angriff über: ein wahres Massaker mit Gewehrkolbenschlägen! Krank hat ihn das gemacht, den Cousin Marcel ... Man trieb sie mit Schlagstöcken in Busse, die für den Anlaß beschlagnahmt worden waren, all die guten alten Erinnerungen wurden wach, das Pogrom vom Vel d'Hiv' ... Noch nicht mal zwanzig Jahre her, und es schwimmen Hunderte von Araberleichen in der Seine ... Tot oder lebendig haben sie sie reingeworfen, einschließlich der jungen Mädchen. Und danach haben sie das Schweigen darüber verhängt. Nicht etwa eine Schweigeminute, nein Ein Schweigen, das noch immer anhält Zwei oder drei Zeitungen, die es wagten, die Sache zu erwähnen, wurden beschlagnahmt, und dann hat alle Welt die Klappe gehalten. Links wie rechts. Tja, so ist das, mein Mädchen ... Die Männer sind verrückt, sag ich dir Ein kleiner Anlaß zu Ärger genügt, der wird aufgeheizt, und dann ein Befehl draufgesetzt, Segen von oben! Und schon verwandeln sich brave Familienväter in gemeingefährliche Irre ... Plötzlich stehen sie auf, mit fürchterlichem Gebrüll Mit einem roten Schleier vor den Augen Sie packen die Gewehre Messer Atombomben aus, und adieu ihr Kälber Kühe Schweine Alten Verwandten Frau und Nachwuchs, plötzlich ist die Zeit der Helden angebrochen!...

Und wenn sie dann zwischen den abgebrannten Ruinen ganz allein wieder aufwachen, fragen sie sich auf einmal, was in sie gefahren ist, und sie weinen ... Da fragt man sich doch, ob im Kopf eines gewöhnlichen Mannes auch nur ein Funken Verstand ist ... Es gibt nichts als das Geheul der Meute, so ist das!... Das ist nicht gerade ermutigend, mein Mädchen, aber wir sind alle so.

„Nein, Papa: du nicht!“

„Da wäre ich mir gern sicher“, hat mein Vater gesagt, während er den Fuß auf ein Mäuerchen stellte, um seinen Schnürsenkel wieder zuzubinden. „Aber ich bin mir überhaupt nicht sicher, und ich verdächtige mich selbst ...“

Auch ich verdächtige mich selbst. Ich habe wie mein Vater angefangen zu glauben, daß jeder Durchschnittsbürger eines Tages mit einem fürchterlichen Schrei aufwachen kann Mit einem Schrei, der sich auf die Toten die Lebenden die noch Ungeborenen beruft ... Dann entflammt sich der Himmel, und die Männer werden verrückt. Und während die Haare der ermordeten jungen Mädchen als wallende Fächer auf den Flüssen treiben Als Berge von Zöpfen vor den Krematorien liegen Als Stoppeln auf den

Köpfen der kleinen Toten stehen, die mit Baggern in die Gräber geschaufelt werden, währenddessen machen sich die Frauen von überallher auf, um ihre Toten aus den Trümmern zu befreien Auch sie sind verrückt, gewiß, aber anders Verrückte, die aus der Kälte kommen, wie meine Mutter. Eisig-Irre.

„Weißt du noch?"

„Nee", sagt Enrique, der mir gar nicht zugehört hat.

Enrique-mein-großartiger-Bruder, der wegen des Auftritts im römischen Theater wieder da ist, schlurft durch die sandige Ruinenlandschaft, drauf und dran zu weinen, wie das Kind, das er sich immer geweigert hat zu sein und das ihn zu spät eingeholt hat. Er hat seinen Kalabresischer-Räuber-Bart abrasiert, aber er wächst schon wieder nach, echtes Schmirgelpapier ...

„Was sind das denn für Viecher?" fragt Enrique und betrachtet die Schwärme winziger weißer Falter, die um die soeben eingeschalteten Scheinwerfer tanzen.

„Das nennt man die Manna", antwortet Lucilla, die gerade die Kostüme aus den Koffern holt und sie ausschüttelt. „Jedes Jahr im August ist es dasselbe: Sie kommen zu Tausenden, und dann fliegen sie alle in die Scheinwerfer und verbrennen, Sie werden sehen. Und am nächsten Morgen sieht es auf den Straßen aus wie Schnee, unter den Straßenlampen liegen ganze Haufen ... Nicht wahr, M'ame Josèphe?"

Und während Enrique seine Aufmerksamkeit den Manna-Faltern zuwendet, wünsche ich mir auf einmal, daß Rachel nie wiederkäme – weiß Gott, was für ein gräßliches Skelett an ihrer Stelle auftauchen würde! – Schroff sage ich zu dem weinenden Enrique Sag mal, das ist jetzt das dritte Mal, daß du mit allen Mitteln versuchst, deine Eurydike loszuwerden, jetzt reicht's langsam, und nun reiß dich zusammen, Herrgott noch mal, wir werden beobachtet! Worauf Enrique zusammenzuckt und hochfährt wie an dem Tag, als ich ihn in die Brennesseln geworfen habe Und mit ein paar großen Schritten, bei denen ihm die Füße im Sand umknicken, gewinnt er Vorsprung, wie früher, wenn er den Eindruck erwecken wollte, daß wir nicht zusammengehörten.

In der Garderobe habe ich ihn eingeholt, wo Paco mir in dem Spiegel, vor dem er seinen Schnurrbart begradigte, einen schrägen Blick zuwarf:

„Du schon wiederrr! Du bist keine Frrrau, du bist eine Laus, die sich an seinerrr Mähne festklammerrrt!“

„Komm nicht näher!“ sagte Enrique und verstellte mir den Zugang zu der Ecke der Garderobe, aus der ein dichter, übelriechender Dunst strömte Da stinkt's nach Achselhöhlen und Hosenböden, igitt! Wir haben nämlich nicht so oft Zeit, die Kostüme reinigen zu lassen ... Wem sagst du das, sagte eine kleine Tänzerin, die mit gestreckten Armen ein Rüschenkleid ausschüttelte Wir ziehen sie an, tränken sie mit Schweiß, ziehen sie aus, stopfen sie in die Koffer, und ab geht die Post! Bei der nächsten Etappe holen wir sie wieder raus, mal kurz drübergebügelt, dann ziehen wir sie wieder an, und das Ganze von vorn ...

Tjaja! sagte Enrique zu Lucilla, die sich mit einem zu kalten Bügeleisen über einem Rüschenkleid abmühte, das Künstlerleben ist voll von verstopften Toiletten undichten Waschbecken stinkenden Füßen und mörderischem Dunst für die Büglerinnen!

„Das stimmt!“ sagte Lucilla „Wie Antimückenspray ist das! Geht ihr jetzt mal raus hier, ja oder nein?“

Und warum nennt man das Manna, fragt mich Enrique, der wieder die Schwärme winziger Falter betrachtet Ich sehe da keinen Zusammenhang.

„Wahrscheinlich, weil es so viele sind. Die Provenzalen haben manchmal einen quasi jüdischen Humor ... Es ist genug für alle da, man kann es nur nicht essen!“

An Enriques Blick konnte ich sehen, daß er völlig im dunkeln tappte.

„Hör mal, Dussel, deine kommunistische Erziehung ist ja voller Lücken ... Du hättest Judith nicht verlassen sollen! Oder du hättest ihr aufmerksamer zuhören sollen ... Im Buch Exodus steht, daß die Hebräer in der Wüste vierzig Jahre lang Manna gegessen haben. Es sei eine wunderbare Nahrung, deren Name von ihren erstaunten Ausrufen stammen soll: 'Man hu?', was soviel bedeutet wie 'Was ist denn das?'..."

„Ich weiß nicht, worauf du hinaus willst", sagte Enrique, „diese Viecher sehen für mich ausgesprochen ungenießbar aus!"

„... was die Hebräer nicht daran hinderte", sagte ich, „sich gleich danach als ungläubig zu erweisen ..."

„Wem gegenüber?" fragte Enrique, der immer mehr im dunkeln tappte.

„Ach, Scheiße! Hör doch auf, die *Humanité* zu lesen, dann wird gleich alles besser!"

„Ich hab schon damit aufgehört", sagte Enrique mit einem scheelen Blick zu mir. „Aber vielleicht war's zu spät ..."

Und jetzt, murmelte Enrique, während er mit gestreckten Armen seine sandigen Sandalen ausschüttelte, jetzt müßte ich das Tanzen an den Nagel hängen, ehe ich zu alt bin. Aber verdammte Scheiße, was soll ich dann anfangen!? Wieder Lastwagen fahren?... Na ja, was soll's Wie wär's, wenn wir inzwischen in trauter Zweisamkeit was essen gingen?

Verstehst du, sagte Enrique über sein Steak Tatar hinweg zu mir, mein beklopptes Herz gehört Judith, und die fragt sich seit bald zwanzig Jahren ununterbrochen, ob sie es haben will, Klammer zu, also gehört es halb den Hidalgos, halb dem Tanzen ... Wenn ich das an den Nagel hänge, wird mir ein ganzes Stück davon fehlen ...

Mein Herz ist halb französisch, halb spanisch, verkündete Enrique früher mit einer überzogenen Emphase, die ihn unwiderstehlich machte Bumm! Bumm! Und er klopfte sich auf seinen bis zum Anschlag vorgewölbten schmalen Brustkorb, unter den Witzeleien und dem Gelächter der anderen Ach, Schweinebande!

Judith gegenüber hatte er in vollem Ernst versichert, sein Herz sei „halb französisch, halb spanisch, halb jüdisch". Er war schon immer eine Niete in Mathe, seufzte Judith, aber es wird immer schlimmer ...

Woraufhin Enrique, im Zuge der endlosen Polemiken um Nichts, denen wir uns nächtelang begeistert hingaben, erwiderte, daß „all diese Juden", die es fertigbrächten, zu zweit mindestens drei entgegengesetzte Meinungen hervorzubringen, gerade die Richtigen seien, um ihn mit solchen arithmetischen Vorurteilen zu nerven.

Laßt uns zusammenfassen, sagte Enrique und tat, als würde er die Teile eines imaginären Puzzles auf dem Tisch verteilen: Jüdischsein, das ist keine Rasse, das ist nicht nur (und sogar nicht immer!) eine Religion Es ist keine Sekte Es ist keine Nationalität Auch keine politische Partei Auch keine philosophische Richtung, gut. Aber was ist es dann? Das ist hier die Frage.

„Hast recht, Genosse", sagte Raphaël zu ihm und glättete seine blondierte Mähne, die im Gegenlicht weiß erschien. „Man kann nicht in der Ungewißheit verweilen, das ist verunsichernd Und schau mich nicht so an, eines Tages wirst du mich damit noch niederstrecken, jetzt warte warte, ich erklär's dir ... Meiner Auffassung nach handelt es sich um einen Übergangszustand der Engelsgleichheit, absolut undurchlässig für den didaktischen Materialismus, nicht übertragbar außer über die Mutter ..."

„In diesem Punkt", sagte Enrique, „bin ich mit dir einig: Wie kann man schon wissen, wer der Vater ist ..."

„Ich fühle ein paar Ohrfeigen in der Luft liegen“, sagte Judith zu ihm. „Wir gehen jetzt besser nach Hause.“

„Warte doch mal!“ sagte Raphaël zu Judith. „Wir waren gerade dabei, die Klärung einer Grundsatzfrage anzugehen, sei doch vernünftig ...“

Und zu Enrique, der schon aufstand, um seinen Regenmantel anzuziehen:

„Also kurzum, der Jude, das ist der andere Und zwar nicht irgendein anderer Er ist der Nichteinzuordnende, der Vagabund, er ist der, der durch Mauern geht, der sich verdoppelt, wenn du draufhaust Er ist dein eigener Schatten an der Wand, der Schatten, den du nicht anerkennen willst, mit Haaren, die Hörner bilden, er ist ...“

„Raphaël, du nervst!“

„Kurzum“, sagte Enrique spöttisch, während er Raphaël zum Abschied die Hand hinhielt, „der Jude ist die ewige Nervensäge ... Muß was Wahres dran sein, an dem, was du da sagst ... Und ihr kleinen Hidalgo-Juden geht mir mal aus den Füßen, das ist ganz und gar kein sicherer Ort mehr ...“

„Warum denn?“ fragte ihn David, der jeden Tag achtzigmal Erkundigungen über alles mögliche einholte.

„Weil dein Vater nicht mehr richtig geradeaus geht, mein Kerlchen“, antwortete Enrique gerührt „Die geraden Linien winden sich vor seinen Augen wie Schlangen ...“

„Du bist jetzt besser still!“ sagte Judith und packte die Hidalgos in ihre Dufflecoats. „Und ich fahre, daß das klar ist!“

Lauft mir nicht zwischen den Füßen rum! schimpfte meine Mutter früher mit plötzlich ganz eckigen Bewegungen, die Animus in die Flucht trieben Geht spazieren, los los!

Mein Vater nahm mich dann mit spazieren, auf seinem Fahrrad, und während er im kalten Wind mit aller Kraft in die Pedale tritt, küßt er mich auf den Hals Ich lache laut auf:

„Hör auf! So kann ich nicht lenken ... Hör auf, sag ich, du kitzelst mich!“

Ein bißchen später habe ich selbst ein kleines Fahrrad in meiner Größe, und ich folge meinem Vater, der auf seinem Rad langsam vorausfährt Wie eine Glucke mit ihrem Küken im Schlepptau Man muß aufpassen, daß man richtig über die Schienen fährt, sagt mein Vater Schau, so. Sonst gerät dein Reifen hinein, und du fällst hin! Mach's genau wie ich, so, siehst du? Ich mache es ihm nach, und wir fahren im Zickzack von Schiene zu Schiene Wir spielen Verstecken zwischen den großen Füßen der Kräne, die aussehen wie Eiffeltürme Es heißt, der echte reiche bis in die Wolken ... Wir fahren an der immer trägen grauen Seine entlang, die den Blick mitzieht, als würde man gleich hineinfallen Oder wir fahren am Kanal entlang, der genauso grau und noch träger ist, auf dem manchmal ein Schleppkahn vorbeifährt und einen riesigen, regenbogenschillernden Fächer von Falten hinter sich herzieht ... Dann muß man warten, bis sich die Hubbrücke, deren schwarze Masse sich an den Wolken zu reiben scheint, wieder senkt ...

Von diesen Ausflügen ist mir der stumpfe Glanz des trägen Wassers unter dem grauen Himmel geblieben, und das hartnäckige Gefühl, jedesmal, wenn ich eine Uferböschung hinabgehe, mich aufzulösen oder auseinanderzufließen, fast von mir selbst wegzutreiben ...

Wenn wir nach Hause kamen, mußten wir uns ordentlich die Füße abtreten. Im Haus hatte alles den Platz gewechselt, Animus stand vor Schreck das Rückenfell zu Berge. Gut, sagte meine Mutter Jetzt steht die Kaffeekanne hier, und der Zucker da. Für alles andere fragst du mich dann.

Meine Mutter hatte sehr hübsche Haare, die nie stillhielten, die sich im Licht drehten und wendeten, und grüne Augen, die manchmal so hell waren, daß sie durchsichtig wirkten. Und sie trug lange Ohrringe, die gegen ihre Wangen klimperten. Die Müdigkeit von ihrem Tagwerk hatte sie abgeschliffen, weicher gemacht. Wir verbrachten einen friedlichen Abend, mein Vater las seine ewige Zeitung, und meine Mutter sang wundersamerweise leise für mich:

Die Mädchen von La Rochelle
Haben ein Schiff gerüstet,
Haben ein Schiff gerüstet,
Um auf den Meeren des Orients
In den Krieg zu ziiiehen ...

„Ins Rennen“, verbesserte mein Vater. „Nicht in den Krieg ... Frauen ziehen nicht in den Krieg, Mama ...“

„Ach, meinst du!“ ging meine Mutter plötzlich hoch und machte mit der flachen Hand ein Flugzeug nach „Heutzutage ziehen doch alle in den Krieg, wrumm! Die Frauen, die Alten, die Kinder ... Und hinterher mußte man sie in den Trümmern aussortieren, weißt du nicht mehr?...“

„Komm“, hat mein Vater gesagt und mich überstürzt auf den Arm genommen „Jetzt geht's ins Bett, es ist Zeit ... Hopp, Animus, ab ins Bett!“

Und in meinem Zimmer singt er mir die Menschen im Paradies vor Dort oben ist das Leben schööön ... Es gibt keine Menschen im Paradiiies ... Animus hat sich dabei zusammengerollt und schnarcht mir schon ins Ohr.

Gleich bei den ersten Donnerwirbeln der klappernden Absätze haben wir gesehen, wie von den Bühnenbrettern Wolken von feinem Staub aufstiegen Am Ende war es wie dichter Dunst, der den Tänzern bis zu den Oberschenkeln reichte Es sah aus, als tanzten sie frühmorgens im Nebel eines Sumpfes oder als entstiegen sie einem nebelverhangenen Teich, wie Gespenster ...

„So eine Scheiße!“ sagte Jean-Paul entsetzt zu mir „Sie haben doch wie verrückt gesaugt, ich hab’s gesehen, frag Lucie ...!“

Doch weder die Stimme von Paco, dem kleinen Gitano, noch die Gitarren ließen sich von einer solchen Kleinigkeit beeinträchtigen, und der Flamenco „heizte“ das Publikum unaufhaltsam „an“, brachte das anfängliche Gelächter, das zusammen mit dem Staub aufgewirbelt worden war, zum Verstummen, ließ die Herzen im immer schneller werdenden Rhythmus der Absätze und der Musik schlagen, entfesselte das Mitklatschen der Hände, das Wiegen der Schultern und Köpfe, als stünde das gesamte Parkett unter Strom ...

Es war ein wahrer Triumph, und mit all diesen Faltern, die ununterbrochen im Lichthof der Scheinwerfer schneiten und schneiten und schneiten, kam man sich vor wie in einem Traumland Einem Land der Märchen und Zauberer Einer Art Paradies unter Hochspannung, in dem Klänge und Lichter explodierten und in dem man über den Dingen schwebte ...

Hinterher bin ich in ein und derselben Bewegung aufgestanden und zusammengeklappt Schwindelnde Leere und die Lautsprecher pfeifen plötzlich bis zur Unerträglichkeit ... In einer Garderobe komme ich wieder zu mir, vor einem Waschbecken, wo mich jemand mit kaltem Wasser bespritzt.

Im Spiegel sehe ich meine Mutter Sie hat ihren Gletscherblick Ihr irres Lächeln ... Mein Herz dreht sich um, und dann folge ich meinem Vater durch Sommernachmittage hindurch, auf Schritt und Tritt Einen Eimer in der einen Hand, mit der anderen darin schöpfend, besprengt er den staubigen Hof mit klarem Wasser, „zur Erfrischung“ ... Das gibt schwarze Sterne Winzige Krater Streifen Tropfen Sturzbäche und manchmal etwas wie die Einschußlöcher, deren Spuren man an den Häuserwänden noch sieht ...

„Sag, Papa ... Tut es weh, wenn man erschossen wird?“

„Keine Ahnung", brummt mein Vater „Ich bin nie erschossen worden ... Ich stell mir vor, daß man keine Zeit hat zu leiden ..."

Aber in den Filmen sieht man die Leute aufzucken, als hätten sie einen kräftigen Fußtritt gegen die Brust bekommen ... Das ist doch gespielt, knurrt mein Vater, wirst du mich wohl in Ruhe lassen damit?!

Dann leert er mit einem Schwung den Rest Wasser über die graue Erde aus, und das gibt einen großen schwarzen Fleck mit einem Bärtchen und Hörnern Mit einem aufgerissenen Mund, wie zum Schrei Mit einem einzigen ungeheuerlichen Auge, das weint ...

... dich pflegen, sagt Enrique zu mir, der mehr und mehr wie ein Rächer der Enterbten aussieht, mit seinem nachwachsenden Bart Du bist nicht ganz auf dem Damm, altes Mädchen, was? He!... Und er tätschelt mir die Wangen und macht mir den Kopf noch mal naß Das Gesicht meiner Mutter ist voller Tropfen Sie weint um die Maria, die sie haßte – aber haßte sie sie wirklich? Wen dann noch? Der Spiegel krümmt sich wieder He! sagt Enrique. Hallo! Jetzt hör doch mal auf zu heulen, Scheiße! Was ist denn los mit dir?

„Du hast ihrrr nicht zufällig ein Kind gemacht?" erkundigt sich Paco.

„Ach, halt die Klappe", sagt Enrique, „du mit deinem feinsinnigen Humor!" Und zu mir: „Was ist los mit dir, mein Täubchen? Tut dir was weh? Soll ich einen Arzt rufen?"

„Ich will Rachel! Ich will sie sofort ..."

Oje oje oje, psalmodierte Enrique unter den Falterschwärmen Wenn ich sie dir nur aus der Tasche zaubern könnte!... Oder eine Ansage übers Mikro machen: Ist da eine Rachel im Publikum?... Aber die Ränge sind leer, mein Täubchen, das siehst du ja. Wir müssen jetzt nach Hause. Los, komm, Chérie-meine-Schwester ...

Dieser Mistkerl hatte mich mehrmals völlig durchnäßt mit seinen Spritzaktionen Ein Glück, daß wir mehr oder weniger allein waren unter den Sternen, bei jedem Schritt füllten sich unsere Schlappen mit Sand Verdammte Schweinerei! fluchte Enrique Zwischen den noch immer angestrahlten Ruinen ließen sich die letzten winzigen Mannafalter von den Scheinwerfern verbrennen Oje, hat Lucilla zu Enrique gesagt, bringen Sie sie schnell nach Hause, sie ist ja leichenblaß ...

Dann sind wir gegangen, uns gegenseitig stützend, unter dem unendlich leichten wirbelnden Schnee der toten Falter, die sich mit einem letzten Flattern auf unsere Haare unsere Schultern legten ...

Enrique betrachtete die Stoppeln seines Bartes, den wieder abzurasieren er zögerte.

„Laß ihn wachsen, ohne Bart siehst du doof aus."

„Ich hab Kaffee gemacht", hat Enrique gesagt, ohne seine Betrachtung zu unterbrechen „Ein echter Saustall, deine Küche ... Geht's dir besser? Okay, Chérie-meine-Schwester, dann hau ich jetzt mal ab. Hast du Botschaften, die ich übermitteln soll?"

„Gib den Hidalgos einen Kuß, und auch Judith und Rosa, wenn du sie siehst ..."

„Ist das alles?"

„Der Rest ist nicht übermittelbar."

„Okay", hat Enrique gesagt, „ich werde nach bestem Wissen und Gewissen handeln ..."

Nun strich er mit manischer Sorgfalt Butter auf seine Brote:

„Weißt du, daß du gestern abend ernstlich weggetreten warst? Du sprachst davon, die Welt zu röntgen und Skelette zu entdecken ... Ich hab angefangen, mir Sorgen zu machen."

„Mir war schlecht. Ich hatte zuviel getrunken."

„Bist du sicher, daß ich ruhig abreisen kann?"

„Trinkst du vielleicht nie zuviel?"

„Oh, schon gut!" sagte Enrique und knüllte seine Serviette zusammen. „Wenn du dich schämst, dreh ich mich um und hab nichts gesehen ... Welche Viecher sind es noch mal, die sich zum Sterben verstecken?"

„Vögel. Aber keine Sorge, mit den Augen, die ich heute habe, bin ich wohl eher mit den Lurchen verwandt."

„Kann man sich nicht drauf verlassen", brummte Enrique. „Frauen sind so wechselhaft ... Bye! Ich ruf dich an, wenn ich angekommen bin."

„Cornélia!"

Diesmal hat sie sich von ihrer Kette losgerissen und ist übers Tor gesprungen. Sie steht vor meiner Tür, mit so flach angelegten Ohren, daß sie kahlköpfig aussieht, so demütig wie sie vorher, als sie noch an ihre Hundehütte gekettet war, verächtlich gewesen war ... Sogar ihr Stummelschwanz tut sein möglichstes, um sich nicht voreilig in Bewegung zu setzen. Ihr Liebesblick schnürt mir die Kehle zu: noch eine Liebesgeschichte, die ein böses Ende nehmen wird, das fühle ich ... Sie läßt sich ein so klitzekleines Jaulen entschlüpfen – mehr zurückgehaltenes Schluchzen als wirkliches Flehen –, daß ich auf einmal am äußersten Rand der Tränen bin.

Dann gehe ich auf sie zu, nichts auf der Welt könnte mich daran hindern Und sofort bietet sie mir ihren Bauch dar, im weißen Staub der toten Falter legt sie sich auf den Rücken und liefert sich regungslos aus, ob sie nun gestreichelt oder getreten wird ... Sie hat sich eine Zitze fast abgerissen, und das Halsband hat ihr den Hals wundgescheuert bis aufs Blut ...

„Oh, Cornélia ... Meine Schöne! Komm ... Komm, ich werd dich pflegen ..."

Cornélia läßt sich alles gefallen, mit verliebten Blicken und Seufzern, die klingen wie eine Fahrradpumpe. Und dann, während ich noch über sie gebeugt bin und ihre Wehwehchen begutachte, schlingt sie eine riesige, aber gewichtslose Pfote um meinen Hals, zart wie eine menschliche Liebkosung, und stößt vor Behagen ein langgezogenes Jaulen aus ...

Ach ja, hat Jean-Paul gesagt, den kenn ich   Ein alter Knacker, immer in Arbeitsklamotten ... und nie ganz nüchtern! Er ist Indochina-Veteran und total plemplem.

Weißt du, sagte Jean-Paul, wenn du ihm einen guten Preis bietest, würde es mich wundern, wenn er ablehnt ... Seine Nichte ist nach Übersee gegangen und hat ihm den Hund dagelassen. Er wollte ihn für die Jagd abrichten, aber angeblich ist er eine Niete.

„Ist ja kein Wunder!"

„Wenn er stockbesoffen ist, redet er nur davon, ihm 'ne Kugel in den Kopf zu jagen, damit er ihn nicht mehr durchzufüttern braucht, also ...! Aber wenn du einen guten Rat willst, geh frühmorgens zu ihm, später wird's nämlich zappenduster in seinem Schädel ..."

Obwohl ich ihn mir im Morgengrauen geschnappt habe, ist es ein harter Kampf geworden! Er hat den Preis unverschämt hochgetrieben   Ich habe gedroht, ihn beim Tierschutzverein anzuzeigen, das Ganze hat mehrere Stunden gedauert, und weil er dann am Verdursten war, hat er mir endlich eine ordnungsgemäße Kaufurkunde unterschrieben, uff!

Die habe ich Cornélia unter die Nase gehalten, und sie hat mir mit einem knurrenden Lächeln zugehört, alle ihre Falten auf der Stirn zusammengezogen.

„Wir werden uns nie mehr trennen, Cornélia, meine Kleine ..."

Da ich vor ihr hockte, hat sie mich unter tiefen Blasebalgseufzern mit manischer Sorgfalt vom Rand meines Ausschnitts bis zu den Haarwurzeln abgeschleckt, um sich dann bis über beide Ohren grinsend mitten aufs Bett fallenzulassen und dort Kapriolen zu machen, als wäre sie dessen rechtmäßige Besitzerin.

Man sollte die geistigen Fähigkeiten eines Boxers nie unterschätzen: Ich hatte Gelegenheit festzustellen, daß er fast nicht mehr dem Tierreich angehört, sondern einer Mutanten-Art, die nach Sprache strebt und sie bald erlangen wird!

Im übrigen hat jetzt bei mir zu Hause Cornélia das Sagen: Sie sagt wau! Ich öffne die Tür. Sie stolziert hinaus. Wenn sie zurückkommt, bellt sie, denn durch die dicke Tür würde ich ihr zivilisiertes Knurren nicht hören. Wenn es kalt ist, bellt sie schon von weitem, um keine Zeit mit Warten zu verlieren, bis ich die Tür aufmache. Wenn es Zeit ist für ihr Fressen, sagt sie wau, damit ich Bescheid weiß Und wenn ich ihrer Aufforderung nicht innerhalb der nächsten Minute nachkomme, bellt sie, daß die Wände wackeln.

Wenn ich mit ihr schimpfe, erklärt sie mir, daß es überhaupt nicht ihre Schuld ist, wobei sie Wörter artikuliert, die es zwar noch nicht gibt, die aber trotzdem sehr gut verständlich sind, darunter einige sehr unflätige.

Und wenn sie mich mit der Schnauze schubst und dabei zärtliche Töne flötet, dann habe ich endlich die Gewißheit, nicht mehr allein zu sein auf Erden und wie verrückt geliebt zu werden.

Mein Vater lächelt mir aus seinem Rahmen heraus zu Ein kleines verschwörerisches Lächeln, das ihm ein Grübchen in die Wange gräbt Es ist gar nicht wahr, daß er tot ist, da ich ja lebe und ihn weiter liebe ... Ich glaube nicht an Gott Mein Vater glaubte auch nicht daran Und trotzdem weiß ich, daß er, auch wenn ich gestorben wäre, weiter mit mir geredet hätte Er hätte mir auf dem Akkordeon vorgespielt, mir dabei vor Begeisterung leicht zugezwinkert Er hätte mich seine kleinen Unglücke bezeugen lassen, die mit ihm verschwunden sind und die ich nun weitertrage ...

Ich kann nicht Akkordeon spielen Ich habe nie das geringste Talent für irgend etwas gehabt, außer dafür, dem Verschleiß zu widerstehen, ich habe nur einen grenzenlosen Heißhunger nach dem der anderen O Rachel!

Meine Mutter hatte einen Haß auf alles, was sie nicht besaß Einen entstellenden Haß, der sie auf die Dauer zu einer Karikatur ihrer selbst werden ließ Am Ende hatte sie überhaupt kein Lachen mehr Dieses kostbare und seltene Lachen, das einen mit Licht vollspritzte, ehe man verstand, daß es nicht für einen bestimmt war Ihr Lachen von der Java damals, als wir alle Stühle wegräumen mußten, um tanzen zu können ... Einmal ein echtes Lachen. Aber trotzdem immer daneben.

Von diesem Lachen, das nach und nach von einem unerbittlichen Seelenleiden angegriffen wurde, dann plötzlich zerfiel wie durch Einwirkung einer Säure, blieb ihr nur noch ein falscher Abklatsch: eine angeekelte Grimasse der Lippen, oder eine Art Schluckauf, wie wenn man gegen Brechreiz ankämpft. Ihre Haut überzog sich mit Warzen, als wären es Pickel Ihre Hände und ihr Kinn zitterten Sie wurde grauenerregend und jämmerlich.

„Hör zu, Mama ..."

Wenn sie meine Stimme hörte, schien es, als würde anstelle ihres Knochengerüstes allein der Haß sie noch aufrechterhalten Man hätte meinen können, daß sie mir den Tod meines Vaters anlastete. Aber sie sagte nichts, bis sie sah, daß ich meine Jacke wieder anzog. Dann sagte sie mir, ich solle wiederkommen, und jedesmal knallte es mir in den Ohren wie eine Urteilsverkündung: Joseph', du kommst am Samstag wieder. Punkt.

Aus dem Mund meiner Mutter habe ich das e am Schluß meines Vornamens nie auch nur andeutungsweise gehört Mit einer Beharrlichkeit, die nie nachgelassen hat, nannte sie mich Joseph. Andererseits legte sie einen übertriebenen Wert auf die äußeren Zeichen meiner Weiblichkeit, frisierte mich mit der zu heißen Brennschere, begrub mich unter Rüschen Schleifen Fältchen, bis ich aussah wie ein Weihnachtszuckerbäckerkuchen, den man nicht anrühren konnte, ohne eine Katastrophe auszulösen. Wenn er mich so ausstaffiert auf der Straße aufkreuzen sah, war Enrique-mein-Bruder jedesmal am Boden zerstört: So konnte man natürlich nichts spielen, der Sonntag war wirklich unser Pechtag. Und davon hat die Gréco dann gesungen *Je hais les dimanches,* ich hasse Sonntage Was haben wir sie geliebt, die Gréco.

Meine Mutter konnte sie nicht ausstehen, wegen des Gerüchts, sie habe sich die Nase richten lassen, was nicht „natürlich" sei Meine Mutter hegte für die „Natur" eine geradezu religiöse Verehrung, was mir so manchen Ärger beschert hat. Im übrigen war das aber auch das einzige, was sie verehrte, ansonsten zählten für sie allein die materiellen Dinge: Die waren ihre Feinde, das war wenigstens eine klare Sache.

Die Feindin Nummer eins jedoch war ich.

Und während meine Mutter durch mich hindurch den Jungen ansieht, der ich hätte werden sollen, drücken die Hände meines Vaters auf meine Schultern, damit ich mich hinsetze.

Und ich setze mich, auch dann noch, als mein Vater nicht mehr da ist, mehr aus Treue zu ihm als aus Mitleid mit ihr ... Wahrscheinlich setzt sie ihre Ehre daran, ihre Verwirrung vor mir zu verbergen, aber ich bin mir dessen nicht ganz sicher Sie weiß sich auch einer ganz neuen Waffe zu bedienen: ihrer Schwäche, von der sie wohl weiß, daß sie besonders gut zur Geltung kommt, wenn sie sie versteckt. Manchmal bin ich mir auch nicht ganz sicher, ob sie mich sieht, wenn ihr Blick durch mich hindurch geht Und ich weiß noch nicht mal genau, ob sie wirklich mich anspricht, wenn sie „Joseph" sagt.

Meine Mutter ist verrückt. Mehr und mehr. Wenn sie mit mir spricht, habe ich das Gefühl, daß sie gerade aus dem Zimmer gegangen ist und dabei um meinen Körper herum die gewohnte Leere und in der Brust einen eiskalten Luftzug hinterlassen hat, kalt wie ein chirurgisches Instrument ... Dann bleibe ich einen Moment so sitzen, die Arme vor mir auf den Tisch gelegt, wie man sich auf das Geländer am Rande eines Abgrundes stützt.

Mein Vater steht auf, und wir gehen zusammen weg, er mit seinem Fahrrad, das er mit einer Hand am Lenker schiebt. Er erzählt mir wieder vom Krieg Er sagt, daß ich eine „fürchterliche" Frau bin Auch meine Großmutter war eine „fürchterliche Frau" Sie ist in den allerletzten Kriegstagen umgekommen, bei den Bombardierungen der Befreiung. Er sagt, meine Mutter habe sie überall gesucht, viele Tage lang, während immer wieder die Trümmer weggeräumt wurden Er sagt, daß man solche Dinge nicht vergessen kann: All diese Menschen, die auf den Plätzen an den aufgereihten Leichen vorbeizogen – besudelte, verstümmelte, entstellte Leichen –, alle auf der Suche nach ihren Angehörigen, zwischen zwei Luftangriffen ... Als meine Mutter ihre Eltern identifizierte, waren sie seit sechs Tagen tot. Und in der Tasche meiner Großmutter, dieser „fürchterlichen" Frau, fand sie das Medaillon aus geprägtem Leder mit dem Ringellocken-Photo darin: Ein Zweiglein von geweihtem Buchs, wie für die Toten, war unter das Glas geklemmt.

Meine Mutter ist im Krankenhaus gestorben, an einer nicht rechtzeitig erkannten exotischen Grippe, die sie versäumt hatte, behandeln zu lassen. Sie liegt neben meinem Vater begraben So hätte er es wahrscheinlich gewollt, in Ermangelung eines Besseren ... Jedenfalls wollte sie es so.

Seit ich weg bin, pflegt Enrique ihr Grab für mich. Aber mein Vater ist nicht in seinem Grab, er ist in seinem Rahmen an der Wand, mit dem kleinen verschwörerischen Lächeln, das mich von Zeit zu Zeit im Vorübergehen streift ...

Meine Mutter liegt in ihrem Medaillon in einer Kommodenschublade. Es ist sonst nichts in dieser Schublade. Sie ist abgeschlossen.

Cornélia, Liebste, ist es wahr, daß auch ich eine „fürchterliche" Frau bin? Ist das erblich?

„Pfuuu ...“ sagt Cornélia und hebt ein Augenlid, das sofort wieder zufällt.

Dann mache ich den Fernseher an, um meinen Trübsinn ein bißchen zu verdünnen Man hört nichts anderes in dieser Wohnung, in die fast nie jemand zu Besuch kommt Ein geschändeter jüdischer Friedhof Die Polizei nimmt Hinweise entgegen Die Bilder fliegen mir mitten ins Gesicht, und plötzlich kippt die Zeit und kehrt sich um Es wird wieder losgehen, sagte Rachel sagte Rosa sagte mein Vater Es wird wieder losgehen, du wirst sehen Es wird immer wieder losgehen ... Ich mache das gottverdammte Gerät aus, in dem jetzt irgendwelche Spieler hinter einem Ball herlaufen Ah, diese Schweine Ich stürze zum Telephon: kein Mensch nirgends!

Rachel Rachel wo bist du Ich sehe Rachel Rachels Gesicht bei der Liebe Immer noch dasselbe Dasselbe wie beim ersten Mal ... Nie werden sich zwei Menschen so lieben, wie Rachel und ich uns geliebt haben an diesem Tag Wir waren nur noch ein Strang von bloßliegenden Nerven von Herzensschreien von zitternd berührten kleinen Narben ... Und gleichzeitig eine weite Fläche ganz neuer Haut, die von dem Glück, so völlig miteinander verschmolzen zu sein, überlaufen wurde Ewig eins und untrennbar für alle Zeit ... Eine ganz neue Menschheit hatte mit uns begonnen, auferstanden aus den Trümmern Mit der Gewißheit, daß es hier, wo wir lebten, keine Konflikte um „Rassen“ oder Hautfarben mehr geben würde, und daß keinerlei Faschismus jemals wieder „passieren“ würde ...

Und jetzt bekommen die Mauern Risse Gespenster, die man für immer besiegt geglaubt hatte, kriechen in Kampfanzügen aus der Erde Rasierte Schädel Schlägervisagen Schuhe mit Eisenkappen mit denen man einen Ochsen umbringen könnte Sie haben dieselben Fahnen denselben Robotergang Die Leute sehen mit gleichmütigem Staunen zu, wie sie vorbeimarschieren Im Radio hört man Wortspiele, bei denen mein Vater sich in seinem verdammten Grab, das er nicht gewollt hat, umdrehen würde Und das alles bringt niemanden hinter Gitter Es bringt niemanden um seine Wählbarkeit Falls es zum Prozeß kommt, wird es den symbolischen Franc kosten, das ist alles.

Heute ist gerade ein jüdischer Friedhof in Carpentras, Vaucluse, geschändet worden Man hat die Leichen aus den Gräbern geholt und damit herumgespielt Eine Tat von Verrückten? Seit wann rotten sich Verrückte zu mehreren zusammen, um auszurasten? Und selbst wenn Na und? Waren die Nazis denn nicht verrückt? Wir sind im Jahr 1990, noch nicht mal fünfzig Jahre nach der Shoah! Bin ich es, die verrückt wird!

Und es geht noch immer niemand ans Telephon Ich weiß noch immer nicht, wo Rachel ist Mein Glühwürmchen Meine verzückend-berückende Verrückte, die ich Gott weiß wohin habe weggehen lassen, wegen dummem Kinderkram, obwohl ihr Platz doch bei mir war für alle Zeit ...

„Rosa? Ah, Rosa, ich hab's schon fünfzigmal bei dir versucht, und nicht nur bei dir, nirgends war jemand da!... Oh, Rosa, es ist schrecklich ..."

„Ja. Ja, ich weiß, meine Schöne, ich weiß ... Aber reg dich doch nicht so auf, das sind sicher Irre, mickrige Kerle ... Oh, es ist natürlich ein Schock ..."

„Rosa, bitte ... Weißt du, wo Rachel ist?"

„Oh, mal hier, mal da ... Du weißt ja, wie sie ist ... Zur Zeit rennt sie, glaube ich, auf der Suche nach einem Musikladen herum, es ist kompliziert, sie wird's dir erklären ... Ich sag ihr, daß du angerufen hast. Das war richtig, mein Mädchen. Küßchen, und mach dir keine Sorgen ..."

„Ich hab doch keine Ahnung!" brüllte Enrique, der gerade nach Hause gekommen war „Sie sucht einen Laden, sie will Instrumente verkaufen Sie ist verrückt!... Und hast du das gesehen, in Carpentras, es ist nicht zu glauben! Und du wirst sehen, man wird sie nicht erwischen, diese ... Seit Kriegsende haben sie nicht aufgehört, sich für die Vergeltung zu organisieren! Man hätte das ernster nehmen müssen ... Hör zu, es müssen Komitees, Brigaden gebildet werden ... Gott verdammt noch mal, jetzt sag doch was!"

„Im Moment, mein Lieber, sag ich leck mich. Ich bin jetzt auf der Suche nach Rachel. Du hast völlig recht, aber heute habe ich keine Minute Zeit dafür, den Widerstand zu organisieren. Was ist das für eine Geschichte mit dem Laden?"

„Was weiß ich", sagte Enrique „Du kennst sie ja ... Sie sagt, daß es mit den Konzerten nicht das ganze Leben so weitergehen wird Daß sie sich sowieso nicht als die Ewige Jüdin vorstellen kann ... Deshalb hat sie ihren Anteil am Haus ihrer Großeltern verkauft ..."

„An wen?!"

„An Raphaël, keine Panik ... Ihn wird es außerdem daran hindern, sein ganzes Geld zum Fenster rauszuschmeißen ... Na ja, so ist es jedenfalls. Stell dir vor, sie sucht in ganz Frankreich Auch im Süden."

„Warum diese nähere Bestimmung?"

„Um was zu sagen", sagte Enrique gleichmütig. „Über irgendwas muß man ja reden ... Ciao!"

Natürlich ging bei Raphaël keiner dran, bei ihm hätte ich darauf wetten können: ein echter Wirbelwind ...

Abends, nachdem ich Cornélia gefüttert hatte, bin ich ins Kino gegangen, in einen Film, der schon seit mehreren Wochen Furore machte Eine blödsinnige Geschichte vor Meereskulisse, in sehr hübschen Farben. Diese Nichtigkeit hat es geschafft, mich einzuschläfern, und ich bin tränenüberströmt wieder aufgewacht, als mich eine mitfühlende Platzanweiserin, die mich beinahe nicht gesehen und über Nacht eingesperrt hätte, wachrüttelte Soll ich einen Arzt rufen? Ist Ihnen nicht gut?

Ich habe geantwortet, es ginge mir sehr gut, danke, es sei eher der Rest der Welt, der den Bach runterginge ... Aber was sollte ich diese arme Frau weiter nerven, die schon ihren Arbeitstag auf dem Buckel hatte und deren Kinder wahrscheinlich schon auf sie warteten, um sich auch noch ein bißchen zu beschweren ... Und ich mußte sowieso nach Hause: Cornélia mußte sicher mal pinkeln.

Ich glaub's nicht! zeterte Enrique durchs Telephon Das kann mir keiner weismachen! Also nee, das soll bloß ein Streich von Jugendlichen gewesen sein, in Carpentras? Spinnen die oder verarschen sie uns?!... Glaubst du das?

„Ich weiß nicht, hör auf zu brüllen ... Es wäre doch möglich ...“

„Einverstanden“, gab Enrique mit äußerst gereizter Stimme zu. „Einverstanden, es wäre möglich. Ich könnte sogar wetten, daß es um irgendwelche Honoratiorensöhnchen geht Auf die kleinen Randalierer aus den Vorstädten wird nicht so viel Rücksicht genommen: Die werden namentlich genannt und abgefilmt! Wohingegen die anderen ... Denen werden unter vier Augen mal kurz die Ohren langgezogen, das geht weder die Polizei noch das niedere Volk was an!... Aber ich erinnere dich daran, Chérie-meine-Schwester, daß in Frankreich schon mehrere andere jüdische Friedhöfe geschändet und verwüstet worden sind ... Also was? Eine Epidemie von makabren Streichen kleiner Scheißer, die nichts zu tun haben? Und warum sind es dann nie christliche Friedhöfe, die diesen Scherzen zum Opfer fallen, was? Ich sage dir ... Und du wirst sehen ...“

Ich kürze den Schreckensmonolog ab, in dem Enrique wieder einmal die Apokalypse nahen sieht Er geht mir auf die Nerven, Enrique Überhaupt gehen sie mir alle auf die Nerven, sogar der arme Jean-Paul, der mich in ein elastisches, reißfestes Mitgefühl einhüllt wie in ein Spinngewebe ... Heute abend fängt mein Urlaub an, und es ist Jean-Paul, der sich an meiner Stelle freut Es war an der Zeit, sagt er und atmet auf, als sei es sein eigener Urlaub Du bist mit den Nerven am Ende, das ist deutlich, und dazu noch die Hitze. Außerdem ist es gewittrig, ich fühl mich innerlich ganz verschwitzt ... Soll ich dir einen Erdbeersirup machen?

Ich sage, nein danke, ich geh nach Hause ... Ich bin völlig fertig, ciao! Vor meinen Augen fliegen Funken vorbei Lodernder Überdruß über mein festgefahrenes Leben Und während draußen die Hitze beharrlich die Platanen röstet, schnappe ich mir meine Tasche, gebe Jean-Paul rechts und links ein Küßchen, und gehe geradeaus vor mich hin.

Vor mir erhebt sich der wuchtige Wachtturm, aufrechtstehend wie die Statue des Komturs Ich hebe den Kopf zur Turmuhr, die Punkt achtzehn Uhr anzeigt, vollkommene Vertikale der Zeiger, schmal wie früher die Pupille von Animus, wenn sie sich im prallen Sonnenlicht zu einem kleinen schwarzen Spalt verengte ... Tag und Nacht beobachtet mich der Wachtturm mit seinem Zyklopenauge Nachts drängt sich sein Licht durch die Ritzen meiner Fensterläden Und morgens, wenn ich sie öffne, ist es das erste, was ich sehe: dieses runde Auge, das nie schläft und ewig auf mich gerichtet ist.

Ich steige die Treppen hinauf, komme oben an Aussicht auf diese sinnlose Teppichboden-Fußmatte, die mal ausgeschüttelt werden müßte und die ich eines schönen Tages in der Luft zerreißen werde ... Wie oft habe ich nicht beim Heraufkommen eine durchgefrorene Rachel darauf sitzen sehen, weit weg von ihrem Geigenkasten, der auf der obersten Stufe liegengeblieben ist, mit diesem gewittergrauen Blick, der mir nicht gleich zulächeln will.

„Um die Zeit kommst du erst nach Hause? Ich war schon langsam am Erfrieren!... Und was hast du da hinter dieser Tür? Eine Pumpe? Ich höre ständig pfuuu pfuuu pfuuu ..."

Wie oft habe ich nicht den Geigenkasten aufgehoben, ihn an meine Brust gedrückt, bis ich ihn fast krachen hörte ... Laß keine

Tränen darauf fallen, sagte Rachel dann sanft zu mir, das gibt Flecken ... Übrigens, sagte Rachel, Raphaëls Blödelstimme perfekt imitierend Übrigens, weißt du, warum die sowjetischen Juden nach Israel auswandern, ohne ihre Geigen mitzunehmen?... Weil sie Pianisten sind, Dussel! Na, findest du ihn, deinen Schlüssel?

Cornélia, die selten bellt, dauert es allmählich zu lange: Sie schnüffelt hinter der Tür herum, es klingt wie eine Fahrradpumpe Und Rachel ist Gott weiß wo Sie ist auf der Suche nach einem Musikladen Sie wird einen finden, da habe ich keine Sorge Und eines schönen Abends werden irgendwelche Scherzkekse kommen, es gibt ja immer mehr davon, und ihr gelbe Sterne aufs Schaufenster schmieren ... Und ich, ich werde dann noch nicht einmal da sein, um die Farbe mit ihr abzukratzen, wohl oder übel täte das irgendeine dahergelaufene Brot-ohne-Salz an meiner Stelle ... Undenkbar!

Endlich finde ich den Schlüssel ganz unten in meiner Tasche Ende der Qual für Cornélia, die hinter der Tür gewartet hatte Auch ich warte hinter der Tür Ich werde krepieren, wie ein Hund, den irgendwelche Schwachköpfe in der Wohnung vergessen haben, als sie in die Ferien gefahren sind Aber Rachel hat mich nicht vergessen können, das kann ich nicht glauben Du bist es, die angefangen hat, so saudumm rumzuspinnen, sagt Enrique, dessen kritisches Urteilsvermögen immer, wenn es um andere geht, gut funktioniert.

Er hat recht.

Cornélia rollt sich zu meinen Füßen zusammen und gibt glückliche Schluchzer von sich, jeden Tag von neuem Und ich, ich bringe es noch nicht einmal fertig, hinzugehen und auf Rachels Fußmatte zu schluchzen, damit sie mir endlich die Tür aufmacht ... Warum nur Warum! Fürchterliche Frauen, sagte mein Vater mit fassungslosem Fatalismus Fürchterliche Frauen seid ihr alle in dieser gottverdammten Familie!... Los, komm Cornélia, wir gehen spazieren.

Es ist der erste Abend meines Urlaubs, und ich fühle, wie es in meinem Inneren knistert, als würden sich ein paar elektrische Drähte ständig streifen Cornélia ist von meiner Nervosität angesteckt und kratzt sich ununterbrochen, schüttelt sich, schnaubt durch den Spalt unter der Tür. Ich schimpfe, damit sie endlich stillhält, und sie wirft mir einen Märtyrerblick zu, bevor sie sich in der Küche auf den Kachelboden fallenläßt und eine ganze Kollektion entnervter Seufzer von sich gibt ... Gleich kracht's ... In der Ferne fängt es auch an zu donnern, und der Himmel bedeckt sich in Windeseile. Ich sollte die Läden schließen ... Die Straße unten ist vollkommen leer, die Omas sind alle in den Häusern Menschenleer auch der Platz, über den plötzlich der Wind fegt Die gesamte Landschaft scheint unter den schnell aufeinanderfolgenden Blitzen zu vibrieren, wie das Standbild eines schlechten Videorecorders Es ist wie ein Erdbeben, das vom Auge zwar wahrgenommen, vom Körper jedoch nicht gespürt wird ... „Erhebt euch, ersehnte Stürme, die ihr René in die Räume eines anderen Lebens tragen sollt ..."* Aber statt in neuen „Räumen" stehe ich Aug in Aug mit dem Wachtturm da, der totenblasser ist denn je und den die aufleuchtenden Blitze stoßweise auf mich zustürzen lassen, wie ein Monster, das sich nur mühsam zurückhalten kann ... Ich habe das idiotische Gefühl, daß er oder ich draufgehen werden Daß ich mit dem Zyklopen kämpfen muß Dann plötzlich eine ungeheure Entladung, kurz vorher oder nachher begleitet von einem Schlag, der das gesamte Gebäude erschüttert, und eine Kugel von blendend weißem Licht bleibt ein paar Meter vor meinem Fenster in der Luft stehen, als nähme sie sich Zeit, auf mich zu zielen ... Und während Cornélia in der hintersten Zimmerecke entsetzt losheult, werde ich begraben unter den

* Chateaubriand

Gesteinstonnen des Wachtturms, der einstürzt Der immer weiter einstürzt ...

Aber die Regengüsse, die mir entgegenschlagen und den Teppichboden unter Wasser setzen, reißen mich aus meiner Benommenheit heraus: Der Wachtturm steht noch, er ist aus gutem dickem, solidem Stein. Der Blitz hat nur die Uhr abgerissen, die nun unten auf dem Platz liegt, völlig zerschlagen ... Dann komme ich noch etwas mehr zu mir und verschließe endlich das Fenster vor den sturzbachartigen Regenfällen, und Cornélia flüchtet sich zitternd zwischen meine Beine wie ein Zwergspitz.

Einen Teil der Nacht verbringe ich damit, durch die wasserüberströmten Scheiben im ununterbrochenen Aufleuchten der Blitze den blinden Wachtturm zu betrachten, mit seinem schwarzen Loch mitten auf der Stirn, wie ein verstümmelter Zyklop.

Ich bin ruhig ... Erleichtert. Als würde ich über meiner eigenen sterblichen Hülle schweben ... Ich weiß nicht, was mit mir passiert ist. Und während ich unter den ratlosen Blicken Cornélias, die das noch nie gesehen hat, anfange, meine Koffer zu packen, begreife ich, daß ich mich die ganze Zeit mit der falschen Fußmatte beschäftigt habe Daß die Fußmatte der Wiederbegegnung tatsächlich in Le Havre geblieben ist – Enrique, dieser Idiot, hatte gar nicht so falsch gelegen – und daß schließlich jeder mal dran ist, sich draufzusetzen ...

Nun, dann werde ich eben losgehen, und ich werde auf dich warten Ich werde bei Tag warten Ich werde bei Nacht warten Ich werde dir sagen, daß ich mich verändert habe Daß ich diesmal dem Auge meiner Mutter entkommen bin Daß es an einem Gewitterabend heruntergefallen ist, als ich endlich wagte, es direkt anzusehen ...

Meine Mutter ist tot, Friede ihrer gequälten Seele. Aber ich, ich bin am Leben. Am Leben!

Mein Vater sang: „Es gibt keine Menschen im Paradies ...“ Ich fürchte sehr, daß es so ist. Aber ich will da sein, wo du bist. Wo du bist, ist nicht die Hölle, das ist unmöglich: Die Hölle ist da, wo du nicht bist.

Und während ich den Koffer schließe, in dem das Portrait meines Vaters liegt, erinnere ich mich an eine jüdische Geschichte, die Rosa erzählt hat ... Es ging um einen Vater und seinen Sohn, oder um eine Mutter und ihre Tochter, das weiß ich nicht mehr, aber vielleicht waren es auch du und ich (Rosa ist alles zuzutrauen!) Jedenfalls, eines Tages entfernte sich eine Liebende von ihrer Geliebten, und diese schrie ihr zu: „Komm zurück!“ „Ich kann nicht!“ antwortete sie. Da sagte die andere zu ihr: „Hör zu, komm zurück, so weit du kannst, und ich gehe dann den Rest des Weges ...“

Aufmerksam beobachtet von Cornélia, schließe ich den letzten Koffer: „Den Rest des Weges“ kannst du jederzeit gehen, wenn du es eines Tages willst.

Aber hier und jetzt, am offenen Fenster, an das auch Cornélia kommt, um den Geruch der Regentropfen einzuatmen, ist wirklich und wahrhaftig die Nacht zu Ende ...

Die Veröffentlichung dieses Buches wurde im Rahmen des
Förderprogramms des französischen Außenministeriums, vertreten
durch die Französische Botschaft in Bonn, unterstützt.
Vielen Dank.

Cet ouvrage, publié dans le cadre du programme de participation
à la publication, bénéficie du soutien du Ministère des Affaires Etrangères,
reprèsente par le Service culturel de l'Ambassade de France à Bonn.
Merci bien.

Die französische Originalausgabe
erschien unter dem Titel
Il n'y a pas d'hommes au Paradis

Die Deutsche Bibliothek – CIP-Einheitsaufnahme
Best, Mireille:
Es gibt keine Menschen im Paradies : Roman / Mireille Best.
Aus dem Französischen von Claudia Kalscheuer
Berlin : Krug & Schadenberg, 1998
Einheitssacht.: Il n'y a pas d'hommes au Paradis <dt.>
ISBN 3-930041-16-2

Heimstraße 19, 10965 Berlin

1. Auflage 1998

Lektorat: Dr. Gabriele Mittag, Berlin
Satz und Gestaltung: Types, Berlin
Umschlagillustration: Mirta Domacinovic, Offenbach
Druck: Clausen & Bosse, Leck